古代美術史研究

初編

第8冊

六朝山水詩畫美學研究（下）

施筱雲 著

花木蘭文化出版社

國家圖書館出版品預行編目資料

六朝山水詩畫美學研究（下）／施筱雲 著 ── 初版 ── 新北市：
花木蘭文化出版社，2017〔民106〕
目 6+ 164 面；19×26 公分
（古代美術史研究 初編：第8冊）
ISBN 978-986-6449-56-7（精裝）
1. 山水詩 2. 山水畫 3. 詩評 4. 畫論 5. 美學
6. 六朝文學
820.9103   98013864

古代美術史研究
初 編 第 八 冊   ISBN：978-986-6449-56-7

六朝山水詩畫美學研究（下）

作　　者　施筱雲
總 編 輯　杜潔祥
副總編輯　楊嘉樂
編　　輯　許郁翎、王筑　美術編輯　陳逸婷
出　　版　花木蘭文化出版社
社　　長　高小娟
聯絡地址　235 新北市中和區中安街七二號十三樓
　　　　　電話：02-2923-1455／傳真：02-2923-1452
網　　址　http://www.huamulan.tw 信箱 hml810518@gmail.com
印　　刷　普羅文化出版廣告事業
初　　版　2017年3月
全書字數　296374 字
定　　價　初編 15 冊（精裝）新台幣 30,000 元

六朝山水詩畫美學研究（下）

施筱雲　著

目次

第四章　藝術理論中之山水

　　讀六朝山水詩可覽賞江南山水，亦可品味詩人生命情調。而讀六朝畫論則更能體會六朝是個藝術氣質濃厚的時代，之所以有這樣的藝術氛圍，來自三項因素：儒道思想的綜合體現、知識份子的參與、國運不祚。

　　六朝是傳統儒家道德規範崩解的時代，仁義、禮教不是被利用爲統治者的工具，就是文士視作人性的包袱。道家思想乘勢興起，雖非原始老莊面目，但那種追求自由，往自然山林尋慰藉的逍遙生活態度，使文人精神得到出口。藝術在這樣的環境下，竟衝破傳統的樊籬，逐漸取得了獨立的地位。

　　其實傳統儒家所建立的倫理秩序和道德觀裡，並不容許繪畫獨立。孔子說「據於道、志於德、依於仁、遊於藝」，[註1] 藝的位置是擺在道德仁義之後，在「道」的大旗領軍之下，繪畫才有可依附的地位。雖說藝事仍不失爲道，但畢竟是小道，致遠恐泥，既不能揄揚大義，又不能勠力上國，流惠下民，只能抒胸中之逸氣，極視聽之娛樂，所以，藝的地位被定爲「遊」的性質。繪畫既是茶餘飯後無須拘謹的閒事，在講究禮樂的儒家思想主導下，文人要堂而皇之地遊於藝，就要畫以載道，如此才有文人表現繪畫才情的空間。六朝以前是以畫來解釋現象呈現道，而非以道弘揚繪畫價值。因此，繪畫對道是亦步亦趨。

　　然而，隨著儒家禮樂的崩解，道家思想的抬頭，更使得繪畫被當作逍遙逸事。《莊子・田子方》敘述宋元君稱讚一「後至，儃儃然不趨，受揖不拜，解衣般礴裸」[註2] 的畫工是眞畫者，心無旁騖，全神貫注，全不受外物拘束，

<hr>

〔註1〕　《十三經注疏・論語・述而》台北：藝文印書館 1993 年 9 月十二刷，頁 60。
〔註2〕　黃錦鋐《莊子讀本》台北：三民書局 2001 年 5 月初版十六刷，頁 277。

說明了藝術家要在精神上得到絕對的自由，連世俗的虛文禮儀都可丟棄。繪畫的獨立價值要如此才得提升。徐復觀《中國藝術精神・魏晉玄學與山水畫的興起》云：「中國以山水畫爲中心的自然畫，乃是玄學中的莊學的產物。不能了解到這一點，便不能把握到中國以繪畫爲中心的藝術的基本性格。」〔註3〕所以莊學性格的藝術理想在六朝時才真正體現。徐復觀又云：

> 我國文學源於五經。這是與政治、社會、人生，密切結合的帶有實用性很強地大傳統。因此，莊學思想，在文學上雖曾落實於山水田園之上，但依然只能成爲文學的一支流；而文學中的山水田園，依然會帶有濃厚地人文氣息。這對莊學而言，還超越得不純不淨。莊學的純淨之姿，只能在以山水爲主的自然畫中呈現。〔註4〕

所以山水文學是雜糅著儒家的人文氣息和道家的自然追求，只有在繪畫藝術中，山水美學才得到了自由的發揮。後世山水畫會成爲繪畫主流，完全是從「遊於藝」這一觀念發展而來。道家追求逍遙，在山林中最能達到此境界，山水畫故能成爲文人畫的最大宗。六朝先期繪畫仍以人物畫爲主，如藏於大英博物館傳爲唐人複製的顧愷之〈女史箴圖〉（附圖三），那種「圖以載道」的作品被視作主流，隨著道家思想的蓬勃發展，在逍遙遊的追求中，也產生了宗炳爲「臥遊」而圖繪的山水畫。可以說六朝的繪畫藝術把儒家「遊於藝」和道家「逍遙遊」作了綜合體現。所以陳傳席《中國繪畫理論史・緒論》云：

> 孔子的藝術思想猶如鐵軌，規定了藝術發展的方向；莊子的藝術思想猶如車輪，正好卡在這個車軌上，奔馳的方向都是一致的。〔註5〕

綜觀，形成這一時期繪畫藝術的風尚的因素有三：

一、思　想

這時期除了新興異化的老莊、崩落了的儒家外，還有新興的佛教、未開化的蠻胡，也都成爲藝術創作心靈的滋養，使得繪畫題材或者繪畫理論，蔚成前所未有的豐富奇觀。藝術題材方面，產生了宮殿、墓室、壁畫、石窟寺、佛廟、佛像等等的新興藝術形式；繪畫理論上，形與神、道與藝、心與自然

〔註3〕 徐復觀《中國藝術精神・魏晉玄學與山水畫的興起》台北：台灣學生書局 1998 年 5 月初版十二刷，頁 236。

〔註4〕 徐復觀《中國藝術精神・魏晉玄學與山水畫的興起》台北：台灣學生書局 1998 年 5 月初版十二刷，頁 230。

〔註5〕 陳傳席《中國繪畫理論史・緒論》台北：三民書局 2004 年 7 月二版一刷，頁 3。

的關係等，均被一一提出，這些繪畫理論前所未有地把繪畫與道的關係緊密結合起來。

二、文人參與

使六朝繪畫藝術形成超越前代成就的原因，是知識份子的參與。知識份子專業畫家登上了歷史舞台，如顧愷之、陸探微、張僧繇等，他們以其卓越的創作力，開啓了新的眼界、新的技巧，如顧愷之精細的遊絲描法、陸探微受王右軍一筆書的啓發所開創的一筆畫，張僧繇吸收西域畫風而引進的沒骨皴等等。魏晉時期各類專業化藝術家大量出現，影響所及，一方面專業技術更精緻的提高，另一方面，從事藝術工作的人從工匠逐漸轉移到文人身上，於是藝術工作者在社會上有了被承認肯定的地位。〔註6〕這些文人有了寄情的新媒體，就不斷深化研究這一媒體的藝術表現，於是繪畫藝術提升了地位價值，開拓了新的領域。張光福《中國美術史・魏晉南北朝時期的美術》云：

> 他們與秦漢時期的藝術家不同，不再專注現實本身，而開始探索新
> 的領域，例如山水畫作為一種獨立科目，有利於尋求新意境的表現
> 方式，同時分立科目，有利於各種繪畫體裁的藝術性得到提高，他
> 們在繪畫領域裡還提出了許多美學問題，促進了繪畫藝術的發展。
>
> 〔註7〕

這些知識份子不但提升了繪畫藝術的內涵，而且開發出豐富的繪畫理論和美學議題，顧愷之是六朝重要畫家，也是畫史上第一個畫論家，在此之前也有畫論的出現，如《莊子》、《韓非子》、《淮南子》等，但都是不成熟的片段敘述，中國真正繪畫理論，乃由顧愷之首開其端。在顧愷之畫論基礎上，更多文人參與了繪畫理論的深化，愈發展愈為精闢豐富，甚至與文學理論相呼應，成為傳統美學中的重要命題。

三、國運不祚

六朝繪畫由人物畫而發展出山水畫，而畫論針對人物畫而轉向山水畫，也奠定中國山水畫的獨立基礎，其成就可觀。張桐瑀《100位中國畫家及其作品・展子虔——山水畫的奠基人》論山水畫與國運的關係云：

〔註6〕 參蔣勳《美的沈思・唯美的時代——魏晉名士風流》台北：雄獅圖書股份有限公司 2004 年 1 月一版二刷，頁 63。

〔註7〕 張光福《中國美術史・魏晉南北朝時期的美術》台北：華正書局有限公司 1986年 5 月初版，頁 176。

太平盛世會爲人物畫的發展帶來機遇；個體生命的坎坷，會造就寫
意花鳥畫大師；而國運不祚，卻是山水畫的時節。魏晉南北朝，國
運不濟，文人們仕途受阻，情懷寄望山林，山水畫萌芽並發展出雛
形的「水墨山水」和成熟的「青綠山水」畫。〔註8〕

這番理論，恰印證了爲什麼政局動盪的六朝會有精闢的畫論出現，也說明了
爲什麼積弱不振的宋代會有輝煌的山水畫作產生。亂世中士人對山水寄情的
渴望，使得山水在畫中逐漸有了分量，終而形成畫幅的主角。

　　六朝時代山水畫開始擺脫人物畫的附庸背景地位，而開始獨立發展。先
是東晉顧愷之的〈洛神賦圖〉，在題材上出現了豐富的整體性山水畫面，雖然
還不脫陪襯的地位，但佈局上形成了與人物分庭抗禮之勢，人物與山水的融
合與畫面的協調，已爲山水獨立做好了準備。後出現了宗炳、王微等專業山
水畫家，雖然至今沒有完整的山水畫發現，但畫論成熟精闢，儒家所談的「靈、
明」，道家強調的「虛、靜」等藝術根源都有所涉及，且一直成爲後世畫論發
展的基礎。張俊傑《山水繪畫思想之發展・中國山水繪畫藝術思想之根源》
云：

在中國文化思想，尤其山水繪畫藝術思想中，它具備著虛、靜、靈、
明、愛、生等性質。這些性質，就是山水藝術思想的根源，亦是世
界一切藝術的根源。〔註9〕

整個中國繪畫史及繪畫理論史正是在此基礎上，遵循自身的規律和特點，一
步步由初級到高級、由粗陋到精致、由簡單到複雜發展起來的。傅抱石〈中
國山水畫論〉云：「余以爲，所謂一切智識，不過一切作品以前或以後之事，
絕非當時之事也。」〔註10〕六朝的山水畫與山水畫論並未同步發展，畫論在
畫作出現前已成熟了，當畫論家已對藝術技巧中的用筆、色彩和藝術核心中
的神氣、形、神問題作深入討論時，畫作卻未能到達等同的境界。

　　鄭午昌〈中國畫之認識〉云：

就學畫進程而論我國畫之造詣，綜觀中西繪畫，而尋其演進之次序，

〔註8〕　張桐瑀《100位中國畫家及其作品・展子虔——山水畫的奠基人》台北：高談
　　　　文化事業公司 2006 年 3 月初版三刷，頁 62。
〔註9〕　張俊傑《山水繪畫思想之發展・中國山水繪畫藝術思想之根源》台北：國立
　　　　歷史博物館 2005 年 9 月，頁 15。
〔註10〕 傅抱石〈中國山水畫論〉載何懷碩主編《近代中國美術論集》台北：藝術家
　　　　出版社 1991 年 6 月，頁 6。

可分爲四程：第一程漫塗，第二程形似，第三程工巧，第四程神化。
〔註11〕

神化是繪畫之最高境界，六朝畫論在形神方面已有相當深入的論題，然而在畫作中，我們只看到如〈洛神賦圖〉作爲襯景的山水，現在能見到眞正的山水畫最早是隋代展子虔（約 550～604）的〈遊春圖〉（附圖二），無論形神意境，都已臻成熟，而從〈洛神賦〉到〈遊春圖〉中間是怎樣一個過程？鄭午昌云：

> 謝氏（謝赫）雖以六法爲我國畫學之公例，并以氣韻生動爲極則，
> 然其時因受佛教美術之影響，除少數士大夫繼續由第三程而第四程
> 努力前進，其大多數之畫士，則依然受宗教支配，從事摹寫宗教的
> 古典人物畫；且盛行極工巧之臺閣畫。〔註12〕

認爲六朝大部分的畫家仍停留在「形似」、「工巧」的層次而已。這是由今日所能見到的畫作認定，但若從展子虔的〈遊春圖〉判斷，無論形神意境，都早已超越「形似」、「工巧」的層次，已發展到「神化」的第四程。在〈遊春圖〉之前或應有其他成熟傑出的山水畫作，只是未被發現而已。

故研究六朝繪畫，重點應在畫論，研究六朝山水畫，重點更應在畫論，因爲六朝畫論不僅影響了爾後千餘年的中國繪畫主流，也對文學、美學、哲學產生重大的啓發作用。

六朝著名畫論家有顧愷之、宗炳、王微、謝赫、蕭繹（508～554）、姚最（537？～603）等等，除了梁元帝蕭繹〈山水松石格〉不似其人風格，值得存疑外，〔註13〕其餘數家由重視形而至神，乃至情理兼備的理路清晰可見。故本章先由「道」這一涵融所有藝術核心的主題切入「含道暎物」之論題，以繪畫藝術發生的聖心源頭爲引，之後即以「以形媚道」、「形神符應」探討六朝山水畫如何從從視覺上的形引發至神的層次，末節以「心師造化」之論題，探討創作者的心神與大自然造化間的微妙關係，以貫串六朝山水畫論發展的脈絡。

〔註11〕 鄭午昌〈中國畫之認識〉載何懷碩主編《近代中國美術論集》台北：藝術家出版社，1991 年 6 月，頁 72。

〔註12〕 鄭午昌〈中國畫之認識〉載何懷碩主編《近代中國美術論集》台北：藝術家出版社 1991 年 6 月，頁 80。

〔註13〕 目前能見到載有〈山水松石格〉文章的較早版本，是明代王紱《書畫傳習錄》。但王本認爲此文乃「托名贋作，所勿計也。」

第一節　含道應物——以聖心觀照自然

　　中國古代文學理論由於受儒家思想的影響，表現了兩個十分顯著的特點：一是主張詩言志，強調文學的教化功能，二是提倡實錄寫真，重視文學反映現實生活的真實性與正確性。這種觀點不僅顯現在文學方面，其他藝術領域亦是如此。孔子的繪畫理論載於《論語·八佾》「繪事後素」，〔註14〕表面的華彩只是一種裝飾的餘事而已，畫以載道才是繪畫的終極價值；《左傳·宣公三年》記夏時遠方貢金九牧，「鑄鼎象物，百物而爲之備，使民知神姦」，〔註15〕「使民知神姦」是儒家的文藝觀的核心。漢代罷黜百家，獨尊儒術，這種文藝觀就主導著文藝思想的發展。看後漢所留下的孝堂山祠、武梁祠等的石刻畫，多爲教忠教孝的內容，雖也有圖繪靈界充滿情趣的圖，大抵仍不脫成教化、助人倫的使命，畫以載道是繪畫的終極價值。

　　及至六朝，仍可見這一類的作品，如顧愷之〈女史箴圖〉（附圖三），等於是圖繪的女戒，雖筆觸剛勁如金鍊，細膩如蠶絲，有極高藝術價值，卻仍是繼承儒家繪畫理論的精神，是爲載道之用。

　　繪畫究竟用以載什麼道呢？六朝雖有如顧愷之〈女史箴圖〉那種教誡的畫，但，顧愷之其人卻在「遷想妙得」的繪畫理論中，展現出自由浪漫精神。而後宗炳的「應會感神」、王微的「神明降之」、謝赫的「氣韻生動」等著名畫論，也與傳統儒家的文藝教化論漸行漸遠。究其原因是傳統儒家的墮落、異化了的老莊興起，加上佛教思想帶入的原心本性，對繪畫產生極大影響。張俊傑《山水繪畫思想之發展·中國山水繪畫藝術思想之根源》云：

> 藝術本源之心，係指心之本體或吾人天生真性、本性，故稱心源。……中國山水畫藝術思想，及中國一切藝術思想，皆胎源於儒、道、佛三家之心學思想。此言心源，即爲儒、道、佛三家所言之原心本性，故此心源，實爲中國山水繪畫藝術思想之根源。〔註16〕

六朝在儒、道、佛三家思想激盪遞變之下，山水畫及畫論形成了。山水畫尚在萌芽時期，甚至還沒完全從人物畫中分離出來的時候，畫論家對山水畫就已進行了全面而詳盡的論述，認爲山水既是直觀的實體，又具有生命的靈氣；

〔註14〕《十三經注疏·論語》台北：藝文印書館 1993 年 9 月十二刷，頁 27。
〔註15〕《十三經注疏·左傳·宣公三年》藝文印書館 1993 年 9 月十二刷，頁 367。
〔註16〕張俊傑《山水繪畫思想之發展·中國山水繪畫藝術思想之根源》台北：國立歷史博物館 2005 年 9 月，頁 14。

山水畫既有具象的美，又是抽象的道的體現。陳傳席《中國繪畫理論史・自序》云：

> 一代之畫論無不肖乎一代之人與文者，知畫論而知時代也。〔註17〕

這些畫論的出現把整個時代的道體風尚呈現地明晰，透過這些畫論，可以看到六朝人對自由精神的追求，繪畫技巧之精益求精，以及這一時代的哲學玄理的概況。

一、自由精神的追求

先秦諸子們的看法，認爲藝術是一種增補，也就是一種外在的裝飾，是依附於道，爲使道有更清楚的表達，乃有外飾的繪畫產生，有了繪畫，可以更方便勸誡，所以繪畫只是施政的餘事，沒有繪畫，缺憾也不大。

隨著大環境的變遷，道家思想興盛，世家門閥的興起，山水之美被貴遊子弟及文人藝匠所青睞，美的追求不再是統治者的餘事，而是文士的正事。暮春三月的修禊活動要在惠風和暢的清流激湍旁舉行，人品的美好要以美的環境去映襯。於是表達美景美事的繪畫地位提升了，描繪山水自然的詩畫風行了。

曹植的〈畫贊序〉專題論繪畫的功能：

> 觀畫者見三皇五帝，莫不仰戴；見三季暴主，莫不悲惋；見篡臣賊嗣，莫不切齒；見高節妙士，莫不忘食；見忠節死難，莫不抗首；見放臣斥子，莫不嘆息；見淫夫妒婦，莫不側目；見令妃順后，莫不嘉貴。是知存乎鑒戒者，圖畫也。〔註18〕

所闡述雖不出倫理教化作用，但明確肯定了繪畫的藝術價值，藝術可引起觀者仰戴、悲惋、切齒、嘆息種種情感反應，這接觸到繪畫最重要的特點，與曹丕《典論・論文》第一次涉及文章與作者的性情有等同的價值。到了陸機，更把繪畫提到了與經學同等的高度：

> 丹青之興，比雅頌之述作，美大業之馨香。宣物莫大於言，存形莫善於畫。〔註19〕

〔註17〕陳傳席《中國繪畫理論史・自序》台北：三民書局 2004 年 7 月二版一刷，頁 7。

〔註18〕曹植〈畫贊序〉載潘運告編《漢魏六朝書畫論》湖南美術出版社，2006 年 7 月一版七刷，頁 257。

〔註19〕陸機之作未見此言，但見唐・張彥遠《歷代名畫記・卷一・敘畫之源流》所

繪畫既與經學等同地位，必有不依恃經典而能自我闡述的功能，故真正具藝術價值的繪畫必以自由精神為前提。六朝是老莊思想復興的時代，莊子逍遙之境為文士所嚮往，以山水美景為追求化外逍遙的場域，以賞遊山水為排遣鬱悶的方式，以描繪山水為表現文藝才華的載體。

（一）遷想妙得

顧愷之是六朝畫人物的能手，他的畫作雖未能全部傳世，他的畫論卻影響後世深遠。其中有兩個最為重要的命題：「傳神寫照」〔註20〕與「遷想妙得」。「傳神寫照」雖針對人物畫，後來卻成為所有繪畫評斷的準則；而「遷想妙得」一開始就沒有特別的針對性，可指稱所有的繪畫。〈魏晉勝流畫贊〉云：

> 凡畫，人最難，次山水，次狗馬，台榭一定器耳，難成而易好，不
> 待遷想妙得也。〔註21〕

「遷想」就是發揮藝術想像。遷想妙得就是要反覆觀察對象，不斷思索聯想，以得傳神之趣。例如《世說新語・巧藝》第十二則記顧愷之把謝幼輿畫在岩石裡，他並未見謝幼輿在岩石裡的活動，只知他愛好山水，聽謝說過「一丘一壑，自謂過之」之言，繪其圖像時就覺得應把謝畫在岩石裡，如此才更能表現他樂於丘壑的精神面貌，這就是自由想像「遷想妙得」的結果。

當畫家在捕捉一個人的風神，僅憑觀察是不够的，必須再進一步發揮想像力，才能「突破有限的形體，而可以通過向無限的道，這就叫妙得」，〔註22〕畫人物須憑想像捕捉神韻，畫山水亦須具備充分想像力，當顧愷之憑想像覺得把謝幼輿畫在岩石裡，使之與大自然相融合能更符合其人風神面貌，就使山水走入人生，在人物主題中，山水不僅僅是一種擺設而已，它更成為人物情趣的有機組成部分。這種想像使突破了傳統的形式藩籬，是六朝特有的精神自由的追求，也形成了新的美學風尚。

引。藝文印書館原刻影印《百部叢書集成》1966 年一編，頁 2。

〔註20〕《世說新語・巧藝》十三則：「顧長康畫人，或數年不點目精。人問其故，顧曰：『四體妍蚩，本無關於妙處；傳神寫照，正在阿堵中。』」台北：三民書局，2005 年 5 月初版六刷，頁 652。《二十五史精華・亨・晉書・文苑傳》（台北：讀者書店 1978 年 1 月，頁 153）、《歷代名畫記・卷五》（台北：藝文印書館原刻影印《百部叢書集成》1966 年一編，頁 5）亦記此事。

〔註21〕潘運告編《漢魏六朝書畫論》湖南美術出版社，2006 年 7 月一版七刷，頁 273。

〔註22〕葉朗《中國美學史・魏晉南北朝繪畫美學三大命題》台北：文津出版社 1996 年 1 月一版一刷，頁 134。

七十年代末，南京西善橋出土的〈竹林七賢與榮啓期〉磚印壁畫（附圖四）。畫面上闊葉竹、青松、銀杏、垂柳與七位名士相間，名士徜徉林中，或飲酒自樂，或沈吟，或撫琴，或長嘯，個個風神瀟散，舉止飄逸。然而畫中人物是西晉竹林七賢與春秋時代的高士榮啓期，時代差距很大，不可能如畫中那樣聚飲。高木森《中國繪畫思想史》云：「這些人物是透過人們（包括畫家和贊助者）的神仙思想加以組合的。」〔註23〕不僅內容、題材有藝術家的想像，就是佈局也是經巧思安排的。在唐宋以後的山水畫看來，六朝人物畫中的景致似十分拙稚，但〈竹林七賢與榮啓期〉、〈洛神賦圖〉等把山水安排在人物間，與人物相間呈現，是畫家遷想妙得的結果，是山水入畫的宣告，也是山水開始走入人生的宣告。

傅抱石〈中國山水畫論〉云：

> 「論畫」中最中肯綮的話，我覺得「遷想妙得」這四個字，即已把中國繪畫對於自然的態度，製作的歷程，乃至繪畫的基本思想，都面面的顧到；他實在是道破並解答了「什麼才是中國繪畫」的一大課題。〔註24〕

其實這「遷想妙得」的作用就是貫通形神的作用。陳昌明〈「形－氣－神」中國人獨特的美學思維〉云：

> 中國人獨特的身心論，包括了外在感官形軀的「形」，也包括了內在心靈與精神的「神」，又包含了虛實之間的「氣」，並由此形成了「形－氣－神」的三重結構，而氣則貫穿其中，彼此互動。
>
> 〔註25〕

虛實之間的氣，其實就是靈思聯想，在形與神之間，甚至道與藝之間搭建起一個可以連結的神秘思維橋樑，是畫家擺脫仁智的道德倫理，全然主體性的自由思維。所以，顧愷之不僅是一位人物畫家，他對於畫學的建設，更是厥功甚偉，其「遷想妙得」是一種自由精神，實乃畫學、美學，甚至所有藝術家創作靈感的核心。

〔註23〕高木森《中國繪畫思想史・神仙思想與上古時期的畫像藝術》台北：三民書局 2004 年 1 月二版一刷，頁 85。

〔註24〕傅抱石〈中國山水畫論〉載何懷碩主編《近代中國美術論集》台北：藝術家出版社 1991 年 6 月，頁 14。

〔註25〕陳昌明〈「形－氣－神」中國人獨特的美學思維〉載《國文天地》九卷九期，1994 年 2 月，頁 18。

（二）逍遙境界

古代山水畫未能獨立，只能依附於道。不但「文章合爲時而著，歌詩合爲事而作」，〔註26〕連繪畫亦合爲教誠而作。從荀子的《樂論》到《禮記・樂記》，逐漸形成了「音樂→人心→治道」的公式，這也可以擴充到所有文學藝術的領域：文學藝術可以影響甚至決定人心的善惡，甚至決定政治的良窳和社會風俗的好壞。在這種思維下，繪畫只是教化的工具。

六朝時，繪畫終於從經史附庸的被動地位中初步掙脫出來，面對紛雜的現實世界，開始顯耀了獨立的審美價值。而山水也在六朝時入畫，進而又從人物畫的附庸中獨立出來。山水入畫的意義是：山水已走入了人的生活；山水從人物畫的附庸獨立出來的意義是：人的精神開始要求掙脫束縛。張俊傑《山水繪畫思想之發展・魏晉南北朝──山水繪畫思想的成熟與山水畫的建立》云：

> 山水繪畫思想是會通自然的，其根本精神是自由的，因此山水畫的
> 誕生，象徵著圖畫解脫了政教束縛，而成爲純粹的藝術品。〔註27〕

如顧愷之畫謝幼輿於岩中以符合其精神，已顯示人物畫逐漸擺脫政教附屬品的地位，而山水畫又從人物畫的附庸獨立出來，顯示純粹藝術精神的獨立，和六朝追求莊子逍遙境界的象徵。一方面，山水本身就是道家樂以逍遙的場域，六朝畫家如果好老莊好仙佛，則必然好山水。另一方面，山水遠近大小，曲直比例，不若人物狗馬有定則，繪畫山水可讓畫家落筆自由，情滿於山或意溢於水，都可隨風雲卷舒。

六朝人追求逍遙之境，是來自莊學所引發的人對自然的追尋，這種追求必定帶有隱逸的性格。宗炳〈畫山水序〉云：「聖人含道映物，賢者澄懷味像。」〔註28〕他所說的聖賢不是熱心救世、積極進取的儒家聖賢，而是遊山玩水，是帶有隱逸性格的聖賢，但這種隱逸性格是否一定能帶出山水畫的發展呢？徐復觀《中國藝術精神・最早的山水畫論──宗炳的畫山水序》云：

> 當時一般人的隱逸性格，只是情調上的，很少是生活實踐上的。有
> 實踐上的隱逸生活，而又有繪畫的才能，乃能產生眞正的山水畫及

〔註26〕 白居易〈與元九書〉載周祖譔編《隋唐五代文論選》北京：人民文學出版社 1990 年 5 月一版一刷，頁 237。

〔註27〕 張俊傑《山水繪畫思想之發展・魏晉南北朝──山水繪畫思想的成熟與山水畫的建立》台北：國立歷史博物館 2005 年 9 月，頁 66。

〔註28〕 潘運告編《漢魏六朝書畫論》湖南美術出版社，2006 年 7 月一版七刷，頁 288。

山水畫論。〔註29〕

所以山水畫和山水畫論的產生，是真正實踐莊子隱逸思想而後的產物，就如田園詩必得有如陶淵明愛自由、愛自然，真正實踐莊子逍遙境界，隱逸耕讀而後才能產生。莊子的隱逸性格表現於：在異己的社會尋求一己的逍遙，在夾縫中尋求個體的精神自足和自我保全。如果體現在繪畫上能夠尋找到那樣的逍遙境界，則必也山水畫。

　　宗炳喜歡遊覽山水，往輒忘歸。嘗「西陟荊巫，南登衡岳，……結宇衡山」；後來因病居住江陵。《宋史》記他曾歎息：「老疾俱至，名山恐難遍睹，唯當澄懷觀道，臥以遊之。」故凡所遊覽，皆圖之於室。」〔註30〕為了能「臥以遊之」，他開始提倡山水畫，可以說精神上徹底實踐了隱逸逍遙的莊子境界。與宗炳同時的王微，亦善畫，他提倡「綠林揚風，白水激澗」〔註31〕（〈敘畫〉）的山水畫。梁時又有蕭賁，「嘗畫團扇，上為山川，咫尺之內，而瞻萬里之遙；方寸之中，乃辯千尋之峻」〔註32〕（姚最〈續畫品〉評蕭賁）。不論是臥遊，或瞻萬里之遙，都表現出徜徉山水間的隱逸、逍遙的性格，尤其是宗炳的那種出世的、務虛的臥遊，表現了對山水的極大熱情。山水畫就是經過這番提倡，開始受到人們的重視。

　　宗炳〈畫山水序〉云「山水質有而趣靈」，山水形質之有，正可作為道的供養之資，成為賢者「澄懷味象」的對象，徐復觀《中國藝術精神・魏晉玄學與山水畫的興起》云：

　　　　賢者由玩山水之象而得與道相通。此處之道，乃莊學之道，實即藝
　　　　術精神。與道相通，實即精神得到藝術性地自由解放；這正是宗炳
　　　　這類的隱逸之士所要求的。在山川的形質上能看出它是趣靈，看出
　　　　它有其由有限以通向無限之性格，可以作人所追求的道的供養，亦
　　　　即是可以滿足精神上的自由解放的要求，山水才能成為美地對象，
　　　　才能成為繪畫的對象。〔註33〕

〔註29〕徐復觀《中國藝術精神・最早的山水畫論──宗炳的畫山水序》台北：台灣學生書局 1998 年 5 月初版十二刷，頁 237。
〔註30〕《二十五史精華・宋史・宗炳列傳》台北：讀者書店 1978 年 1 月，頁 68。
〔註31〕潘運告編《漢魏六朝書畫論》湖南美術出版社，2006 年 7 月一版七刷，頁 295。
〔註32〕潘運告編《漢魏六朝書畫論》湖南美術出版社，2006 年 7 月一版七刷，頁 329。
〔註33〕徐復觀《中國藝術精神・魏晉玄學與山水畫的興起》台北：台灣學生書局 1998 年 5 月初版十二刷，頁 239。

六朝人的逍遙追求是老莊精神的實踐，宗炳提出的澄懷正是老子「滌除玄覽」（《道德經‧第十》）、《莊子‧人間世》和〈大宗師〉分別所提「心齋」「坐忘」的意境，主體無須依恃外物，也無須比德，以超越於世俗的虛靜之心來對外物，其內在本體即可映照出自然美境，故山水使六朝人得到一種自由解放的審美心胸，使人的生命與自然融為一體，相化而相忘。

（三）理入影迹

六朝以前的繪畫是由畫面上的故事來表現繪畫的意義和價值，這是求繪畫意義價值於其外。至於六朝，文人發現了文學本身的美就是文學的價值，藝匠也發現了繪畫的藝術本質就是繪畫的價值，繪畫有了其自身的藝術任務，於是繪畫便有了自律性的發展。這樣的藝術規律被揭露出，對藝術發展的影響是巨大的。

宗炳的〈畫山水序〉一起首即言「聖人含道應物」，十分強調創作者主觀意念對客觀事物的感應作用，也就是畫家對繪畫對象的熔鑄作用。宗炳又云：

神本亡端，棲形感類，理入影迹，誠能妙寫，亦誠盡矣。〔註34〕

山水的神無形無狀，寄託於有形的丹青，感通於畫中，「雖復虛求幽岩，何以加焉？」觀賞一幅好的山水畫勝過遊覽真山水，原因在於畫家把自己的主觀情志灌注於圖畫，使畫中呈現了作者的情感和認知，當畫家通過眼睛去攝取山水之形，心有所悟就得到了理，當神感通於畫之上，山水之神也就進入畫作之中。能妙寫繪出山水神靈，也就能呈現那和神靈相通的道。這樣的過程是須創作者有自由的意志去表達心目中的情理，方能「理入影迹」。

至於何以又言神，又言理，宗炳何不說「神入影迹」，陳傳席《六朝畫論研究》云：

「道」，常，是不可變的，絕對的；理，不可謂常，是變化著的。〔註35〕

道是萬事萬物規律的總和，也是無數具體規律的總依據。老子云：「道者，萬物之奧。」（《老子‧六十二章》）宗炳畫論中「聖人含道暎物」的「道」，是聖人從自然萬物中發現總結了「先天地生」的道，道雖發自聖人，卻是山水天地之常。而理是每個事物所以構成的具體規律，因物而見，必具因果對待，

〔註34〕宗炳〈畫山水序〉載潘運告編《漢魏六朝書畫論》湖南美術出版社 1997 年 4 月一版，頁 288。

〔註35〕陳傳席《六朝畫論研究‧宗炳〈畫山水序〉研究》台北：台灣學生書局 1999 年 9 月一版二刷，頁 106。

凡言理必及其所以然，故理是活潑靈動的，不同的畫家所見自然之理必因個人修養性情之不同而有所異。即使儒家談「仁者樂山，智者樂水」，自然山水也要符合主體的道德觀念才能成爲審美的對象。唯宗炳所談山水引發人的快樂，與主體的道德無關，這一點是對比德山水美學觀的否定。故其「理入影迹」的理是一種極活潑靈動的理，只要有形質山水的欣賞經驗，就可以實現對道的觀照。澄懷味象，欣賞自然山水，應目會心就能味出自然之理。

豐子愷《豐子愷論藝術‧藝術的效果》云：

> 我們唯有在藝術中可以看見萬物的天然的眞相。我們打破了日常生
> 活的傳統習慣的思想而用全新至淨的眼光來創作藝術、欣賞藝術的
> 時候，我們的心豁然開朗，自由自在，天眞瀾漫。……我們創作或
> 鑑賞藝術，可得自由與天眞的樂趣。這是藝術的直接效果，即藝術
> 品及於人心的效果。〔註36〕

在自由的山水創作和鑑賞中，創作者的自由天趣與山水相應才能得到那隱寓在自然山水中的理，此正合王羲之〈蘭亭詩〉所說「寥閒無涯觀，寓目理自陳」，心中寥閒而觀，與萬物之理相感，此時把筆爲文或作畫，那參差群籍的自然之理，莫不一一列陳。陳朝姚最〈續畫品〉所云「立萬象於胸懷，傳千祀於毫翰」，〔註37〕即概括了山水畫的功能，山水畫之所以有此功能，源於創作者自由開闊的創作心靈。

二、由略轉精的表現

顧愷之的傳神論代表魏晉時代繪畫的大飛躍，指明繪畫的本質是傳神，而不是寫形，此爲畫家進行藝術創作時指明了一條道路。而後宗炳提出山水畫專論，以爲聖人含道暎物而有山水畫，王微提出要寫山水之神，謝赫又標出繪畫六法，一個接一個的畫論家把繪畫能涵融的道不斷擴充，而道一方面可指人生境界的道，它近於老莊美學，一方面也指繪畫技法的道，藉由這些技法，使繪畫呈現的內涵更形豐富。

（一）立體透視的表達

顧愷之〈畫雲台山記〉是記一幅畫的內容，雖然不算是談繪畫理論，而

〔註36〕豐子愷《豐子愷論藝術‧藝術的效果》台北：丹青圖書有限公司 1988 年再版，頁 35。
〔註37〕潘運告編《漢魏六朝書畫論》湖南美術出版社，2006 年 7 月一版七刷，頁 322。

且現在也見不到這幅畫，但從顧愷之的敘述中可以約略瞭解他所認爲好的山水畫中具備的特質。

〈畫雲台山記〉〔註38〕云「山有面則背向有影」，陰影向背的呈現，使山水顯現出立體感。

又云：「凡畫人，坐時可七分，衣服色彩殊鮮微，此正蓋山高人遠耳。」遠近距離與畫中大小比例成連帶關係，此亦爲立體透視的表現。

又云：「下爲磵，物景皆倒。作清氣帶山下三分倨一以上，使耿然成二重。」倒影部分占三分之一，上下映照，使得畫面虛實相映，而且搭配的方式恰合於今所稱的黃金比例。〔註39〕

又云：「凡三段山，畫之雖長，當使畫甚促，不爾不稱。鳥獸中時有用之者，可定其儀而用之。」什麼動物宜畫於什麼景物中，以渾合搭配裝飾，更增其整體的氣氛，且動物加在山水中，使山水景深有了立體感。國畫中常以人物爲襯，把山水妝點得「雲深不知處」，使山水的深度、靈氣透過山高人遠、水深人小的表達更形呈現。且所寫三段山，有前中後段，又有左中右段，故山是有重勢、有深遠感的立體表現。

有論者以爲六朝山水畫，只以上下表示高度，以左右延伸表示長度，尚未以不同層次表示不同深度，陳傳席則不以爲然，其《中國山水畫史‧山水畫的產生》云：

> 咫尺萬里，光靠左右延伸是很難表現的，必須有深遠感。……顧文中所敘山形上有絕崖，下有「諸石重勢」，「後有一網繞之」，若無重深之山勢（即縱深感），是無法表現的。〔註40〕

中國山水畫散點透視的特質是否在六朝時萌芽，由於畫作未見，不得而知，

〔註38〕顧愷之〈畫雲台山記〉載潘運告編《漢魏六朝書畫論》湖南美術出版社 1997 年 4 月一版，頁 281。

〔註39〕外中分割，數學名詞，古希臘數學家畢達哥拉斯已知作此分割，又稱之黃金分割。而黃金比率乃由十二世末義大利數學家 Leonardo Fibonocci 發表，是以任何相列的兩個數位之和都等於後一個數位。例如：1, 2, 3, 5, 8, 13, 21, 34……如此類推。如果以一個數位除以前一個數位的比率，得出來的結果均會與 1.618 相近，或者以低一個數值除以高個數值，得出來的結果均會與 0.618 相近。西元 1509 年 Luca Pacioli（1445～1517）寫了一本書《De Divina Proportione 》，首先稱它做「黃金比率」，爲 1：1‧618 或 5：8 的比例，爲依琴弦修正之神聖比率。亦可用之於文學藝術作品結構分析。本論文第五章第一節將論其會通。

〔註40〕陳傳席《中國山水畫史‧山水畫的產生》江蘇美術出版社 1998 年 4 月一版四刷，頁 49。

但至少從這些畫論中的陳述，可以看出立體透視的意識已具備了。

顧愷之以人物畫名世，在人物畫中，人物活動所佔空間有限，對空間的表現只佔畫中的一小部分而已，但他〈畫雲台山記〉的內容對山水畫的啟發卻十分重要，尤其是對空間的處理。山水畫的空間布局，影響著創作者心胸懷抱的表現，若不能解決空間的表現方法，必然無法表現山水畫的咫尺千里的特點。

顧愷之的畫論已把山水畫獨立於畫面的重要原則描出了大要輪廓，之後，宗炳〈畫山水序〉又將山水畫中最根本的透視原理提高到了極重要的位子：

> 崑崙山之大，瞳子之小，迫目以寸，則其形莫睹，迥以數里，則可圍於寸眸。誠由去之稍闊，則其見彌小。〔註41〕

宗炳以美學原理道出了畫幅中立體透視的原則。凡遠距離的景觀在畫幅中必然小，而過近的距離，形象反而不明，國畫中山水多繪遠而遼闊之景，即便是繪近景，也必然有遠近不同山景烘托出立體景觀，故不論那一時期的山水畫，多表現出大氣遼闊而又層次分明的景象，此亦六朝先期畫論家為山水繪畫奠定的核心技法精神。

（二）線的運用

六朝畫學上，由注重格體筆法的寫實畫漸漸趨向性靈懷抱的抒寫，使得寫意畫在後世逐漸形成風潮。同時，在畫法上，由線的高度發展，經過色的競爭洗練，又努力於水墨的完成，這混合交織相生相成的結果，便匯成了第十世紀以後中國繪畫循山水、寫意、水墨的軌道向前推進的繪畫主流。〔註42〕所以，六朝的繪畫技法是以線造型為基，開始向色、墨拓展。

劉綱紀《中國書畫、美術與美學・關於六法的初步分析》云：

> 用線造型，一點也不比用明暗造型更為容易。下筆之前，畫家必須對對象的形體構成已有充分準確、透徹、肯定的分析，下筆之後又須適應著對象的要求掌握筆的「輕重疾徐、偏正曲直」的微妙變化。〔註43〕

至少在今日所能見到的六朝繪畫或臨摹六朝的繪畫都是以線為造型基礎，例

〔註41〕宗炳〈畫山水序〉載潘運告編《漢魏六朝書畫論》湖南美術出版社 1997 年 4 月一版，頁 288。

〔註42〕傅抱石〈中國山水畫論〉載何懷碩主編《近代中國美術論集》台北：藝術家出版社 1991 年 6 月，頁 15。

〔註43〕劉綱紀《中國書畫、美術與美學・關於六法的初步分析》湖北：武漢大學出版社 2006 年 10 月一版一刷，頁 229。

如顧愷之的〈女史箴圖〉、北周末〈持蓮子觀音像〉，〔註44〕這些以人物為主的圖像，均以線造型；以山水為襯景的〈洛神賦〉，其中山水的部分亦以線造型。顧愷之繼承戰國以來如髮絲細勻的「春蠶吐絲」線條，《歷代名畫記》卷二稱其「緊勁連綿，循環超忽，格調逸易，風趨電疾」，〔註45〕至陸探微受二王一筆書影響，也吸收張芝草書筆法，形成「一筆而成，氣脉通連，隔行不斷」〔註46〕的一筆畫，是畫史上正式以書法入畫的開始。〔註47〕這種線條的改革對後世有很大的影響。

線條的發展是為了「象物」、「體物」，亦即真實地表現對象。謝赫在〈古畫品錄〉中評論各個畫家時，就認為「縱橫逸筆，力遒韻雅，超邁絕倫」〔註48〕是好的，「筆跡超越」〔註49〕是好的，而「筆迹輕羸」〔註50〕、「筆迹困弱」〔註51〕都是不好的。今天我們看不到這些畫是如何筆迹超越或輕羸，但從謝赫評丁光「雖擅名雀，而筆迹輕羸。非不精謹，乏於生氣」〔註52〕及評劉頊「用意綿密、畫體簡細。而筆迹困弱，形制單省」〔註53〕之語看來，簡細、

〔註44〕北周末隋初灰岩略有彩繪，高 249 公分，相傳取自西安青龍寺，今藏於美國波士頓博物館。

〔註45〕唐・張彥遠《歷代名畫記・卷二・論顧陸張吳用筆》藝文印書館原刻影印《百部叢書集成》1966 年一編，頁 4。

〔註46〕唐・張彥遠《歷代名畫記・卷二・論顧陸張吳用筆》藝文印書館原刻影印《百部叢書集成》1966 年一編，頁 4。

〔註47〕參周積寅〈「六朝三傑」指誰？「張家樣」的特色是什麼？〉載《古代藝術三百題》台北：建宏出版社，1994 年 12 月初版一刷，頁 309。及馮作民《中國美術史》台北：藝術圖書公司 2002 年 4 月再版，頁 51。

〔註48〕謝赫評毛惠遠「畫體周贍，無適弗該，出入窮奇，縱橫逸筆，力遒韻雅，超邁絕倫。其揮霍也必極妙……」載潘運告編《漢魏六朝書畫論》湖南美術出版社，2006 年 7 月一版七刷，頁 307。

〔註49〕謝赫評晉明帝：「雖略於形色，頗得神氣。筆跡超越，亦有奇觀。」載潘運告編《漢魏六朝書畫論》湖南美術出版社，2006 年 7 月一版七刷，頁 311。

〔註50〕謝赫〈古畫品錄〉評丁光：「雖擅名雀，而筆迹羸。非不精謹，乏於生氣。」載潘運告編《漢魏六朝書畫論》湖南美術出版社，2006 年 7 月一版七刷，頁 313。

〔註51〕謝赫〈古畫品錄〉評劉頊：「用意綿密、畫體簡細。而筆迹困弱，形制單省。」載潘運告編《漢魏六朝書畫論》湖南美術出版社，2006 年 7 月一版七刷，頁 311。

〔註52〕載潘運告編《漢魏六朝書畫論》湖南美術出版社，2006 年 7 月一版七刷，頁 313。

〔註53〕載潘運告編《漢魏六朝書畫論》湖南美術出版社，2006 年 7 月一版七刷，頁 311。

精謹都是敗筆。筆有精謹，有遒勁，要之，得用一定的筆法來全其骨氣，則須靠結構成一定的藝術形象的線條輪廓，才能描摹出人物形象，完成輪廓的線條系統。〔註54〕

（三）色彩的渾化

如要使紙上的筆跡看上去是流暢而準確、自然，給人一種力的感覺，恐怕僅僅以線造型是不够的，故六朝以線爲主的用筆外，應有關鍵性的其他彩色或墨法的發展，無論是那一種筆法，其目的都是爲了求肖似、神似，因爲肖似神似才能使形象鮮明，才能「物有生形，形有神情」，〔註55〕繪畫的基本功能才得顯現。

繪畫中常以線拘描其形，而後敷彩上墨，〈洛神賦〉中的山樹鳥獸都有明顯的描線痕跡，這些線條創生了繪形，然而精神韻致的表現，仍要依賴色彩。

劉綱紀《中國書畫、美術與美學・關於六法的初步分析》云：

> 我國古代畫家把用色上最成熟的境界稱之爲「渾化」。……達到了「渾化」之境的用色，在畫面上看不到人爲的色彩的塗痕，看到的是「穠纖得中，靈氣惝恍」的形象。〔註56〕

在〈女史箴圖〉中人物面部由額頭至雙頰的色彩變化頗有層次，〈洛神賦〉中的山水顏色，近者深、遠者淡，暗者深、明者淡，遠近明暗的對比，遂將色彩層次變化表現出來。同一區塊的山色，輪廓邊緣色略重，而後漸次淡化，這些表現手法都具光影渾化的效果，使得繪畫對象的質量感、體積感，在整幅畫上取得了豐富而又單純協調的效果。六朝繪畫中，色彩與負擔基本造型任務的筆墨融合一起，看上去似乎墨中有色、色中有墨，這又是彩墨渾化的效果。

劉綱紀《中國書畫、美術與美學・關於六法的初步分析》又云：

> 我國繪畫在色彩應用上的一個最顯著的特點，那就是從對象的固有色出發……色彩的施用，大多在筆墨已完成了基本的造型以後。即

〔註54〕徐書城《中國繪畫藝術史・晉唐繪畫的人文覺醒》北京：人民美術出版社 2001年2月一版一刷，頁13。

〔註55〕語出魏・劉劭《人物志・上卷・九徵第一》：「物有生形，形有神情，能知精神，則窮理盡性。」載陳喬楚《人物志今註今譯》台灣商務印書館 1996年12月初版一刷，頁32。

〔註56〕劉綱紀《中國書畫、美術與美學・關於六法的初步分析》武漢大學出版社 2006年10月一版一刷，頁221。

使直接用色彩描繪，色彩的變化也只是「一色中之變化」（畫筌），

即固有色在明度上的變化。〔註57〕

這些繪畫技巧的發展，奠定了山水畫的基礎，謝赫提出六法是把從人物畫實
踐的理論技法總結出後，隨著繪畫實踐的發展而不斷擴展、變化它的含義，
再應用到所有的畫類，形成一般繪畫的準則。正符合人類認識的規律是從特
殊上升到一般的概念。

總之，繪畫技法由略轉精，使形象表達更精確。

謝赫〈古畫品錄〉評陸探微「窮理盡性，事絕言象」，〔註58〕意謂陸探微
作畫，絕不爲表面非本質的東西所掩蓋。六朝人在「言象」二字的關係上有
熱烈的討論，敷衍莊子得意忘言之說，除此魏晉玄學家又增加了「象」，視言
象爲粗，爲皮相，視意爲精，爲本質。而文學技法愈精，愈能使言接近本質，
同樣的，繪畫技法愈精，愈能使象接近於本質。

三、人意天意的呼應

宗炳〈畫山水序〉云：「聖人含道映物……聖人以神法道，而賢者通；山
水以形媚道，而仁者樂。不亦幾乎？」〔註59〕「道」內含於聖人生命體中而
暎於物，「道」也亦施暎於山水，尤其山水之美更能體現聖人之道，所以得道
最好的方式是遊山水，而畫家把山水的美和聖人的道藉由繪畫縉合密附地呈
現，這正是天人的相與呼應。

由於中國文化是一種直觀式的文化，山水畫更是直接取材於天地，所以
在繪畫中始終有著一種畫外之意，那畫外之意是道，是天人呼應的意境。吳
功正《中國文學美學‧審美生成論》云：

中國文化的觀照方式是仰觀天，俯察地，不像西方人尋找那天外之

天，地外之地，……對天、地的體認，局限在自己的視覺範圍內，

形成了原文化的心理結構。〔註60〕

〔註57〕劉綱紀《中國書畫、美術與美學‧關於六法的初步分析》武漢大學出版社2006
年10月一版一刷，頁221。

〔註58〕潘運告編《漢魏六朝書畫論》湖南美術出版社，2006年7月一版七刷，頁303。

〔註59〕宗炳〈畫山水序〉載潘運告編《漢魏六朝書畫論》湖南美術出版社1997年4
月一版，頁288。

〔註60〕吳功正《中國文學美學‧審美生成論》江蘇教育出版社2001年9月一版一刷，
頁138。

中國藝術的特徵與美的特點，主要就是由於這種感知範圍內就能天人呼應的表現，例如古中國藝匠所創造的器物，外型多為一種自然的造型，這種自然的造型是在勞動工作中不自覺形成，在感覺上也配合著大自然的韻律形成。Michael Sullivan《中國藝術史・史前時期》云：

> 中國藝術對觀眾來說，並不像印度藝術那樣，必須要先了解許多形而上哲學性的內容，才能欣賞它的外型。觀眾事先也不須要許多思想上的準備才能接觸與欣賞藝術。中國藝術的造型很美，主要因為它們給人一種調合感。……中國藝術的韻律能與大自然的韻律相配合，同時能啟發人類本性的美感。這種自然的韻律感與內在的生命力，不管是線條，或輪廓線，從中國藝術一開始就已存在了。〔註61〕

中國的藝術來自於自然，它不像印度藝術那麼樣飽含形上哲學內容，欣賞起來形成那麼多的負擔，也不像西方藝術那麼樣的寫實，那麼一覽無遺，再無須畫外求畫。

　　三星堆中有些青銅製造的人形面具，造型明確，但那不是主流，中原主流文化中，玉石青銅是無須依附於人面造型，它的本來面貌即可成為藝術品來把玩欣賞。在自然的大題材下，人可以愈來愈小，甚至化合於天地之中隱而不見，人從自然物事中去感知人類自己，例如在玉石中見君子的美德，〔註62〕在山水中呼應人的情懷，自然萬物可以比德可以寄情。繪畫亦然，早先人物畫中山水為襯，山水畫成主流之後人物為襯，因為人的心懷可以包納宇內，山水在畫面上即使沒有人物，人的精神卻仍與天地同存。山水畫所呈現的不僅是技巧，更是創作者的心懷意境。雖然山水畫成為繪畫主流還有一段相當歲月，但六朝畫論已給予這方面極大的啟發。其一是顧愷之的傳神寫照，其二是宗炳的澄懷味象，其三是王微的易象同體，其四是謝赫的氣韻生動。

（一）傳神寫照——顧愷之

　　顧愷提出「傳神寫照」的理論，是針對人物畫而言，且成為人物畫之金科玉律。但繪畫時主觀的情意與對象物的神態一定要交互呼應，不論是什麼

〔註61〕Michael Sullivan《中國藝術史・史前時期》曾堉、王寶連譯，台北：南天書局 1992 年 3 月初版二刷，頁 2。

〔註62〕《說文解字注・一篇上》釋玉：「石之美有五德者：潤澤以溫，仁之方也；思理自外，可以知中，義之方也；其聲舒揚，專以遠聞，智之方也；不撓而折，勇之方也；銳廉而不忮，絜之方也。」台北：漢京文化事業公司 1985 年 10 月初版，頁 10。

畫類都成為一核心重要理論。曉雲法師《中國畫話‧中國畫藝概說》云：

> 藝術之所以別眾工者，在於傳神。中國畫，以氣韻生動為第一要，
> 即是以作者之精神融匯於物之精神，在物我無異之間，而激動其心
> 靈的某種情緒，於是某種情緒在指揮著，作者託於平素技巧，藉當
> 時之揮灑氣勢，而形成所不能抑止之所欲表象者，此為中國畫之奧
> 竅，故有謂畫神來降者，無非氣勢，當機使之耳，這要點正在於得
> 其神氣，……咫尺間能奪萬里之趣者，正因為能以有限表現無限，
> 於無限中已契悟其神，巧奪其形矣。〔註63〕

顧愷之畫論中的「神」，是指繪畫對象人物的神，如顧愷之繪裴楷象，頰上加
上三毛即得其神；在山水畫中可推衍出咫尺千里之趣，在尺幅中見江山風物
的無限生趣。再進一步推衍，「神」也指作畫者本身的精神，藉繪畫寫物而傳
遞予觀畫者。這與顧愷之的「遷想妙得」可相提並論。張俊傑《山水繪畫思
想之發展‧山水畫思想的成熟與山水畫的建立》云：

> 所謂「遷想妙得」，乃是純然觀照心物合一狀態下，深悟自然之理而
> 有所得於我心。此時我以我心合天地之心與萬物之神，形成感情移
> 入精神迴流的境界。西洋近代美學對「感情移入」的作用，視為很
> 大的創獲，殊不知早在一千五百年前，我國繪畫思想家顧愷之，已
> 有此一深刻的體認，足見我國繪畫的思想驚人的進步。〔註64〕

山水畫能傳神，固須作畫者藉由描繪技巧將山水景貌傳寫出，更須作者能藝
通於道、創作者的神思通於畫理，通於繪畫題材，個人的神思與山水的神情
疊合表現在畫作上。這就是所謂的「感情移入」，事實上山水有情，乃因人之
有情，詩畫中山水之神也正是創作者的神。

李澤厚〈山水花鳥的美〉云：

> 以狩獵為生的原始種族所描繪刻劃的，只是他們的狩獵對象。這些
> 今天看來並不怎麼雅觀的野牛河馬所以偏偏成了他們的審美對象，
> 不正因為這些自然物是與他們的生活緊密聯繫在一起、具有良好的
> 社會生活內容和理想的緣故嗎？至於一般的山水景色、花花鳥鳥，
> 不是可畏可怖危害生活的仇敵，便是與他們疲於覓食的緊張勞動無

〔註63〕曉雲法師《中國畫話‧中國畫藝概說》台北：原泉出版社 1988 年 5 月，頁 182。
〔註64〕張俊傑《山水繪畫思想之發展‧山水畫思想的成熟與山水畫的建立》台北：
國立歷史博物館 2005 年 9 月，頁 75。

關痛癢的閒花野草：沒有親近密切的生活姻緣，便沒有美的性質。
〔註65〕

所以進一步來說，繪畫中的題材表現了人類生活的因緣，繪畫中的神明表現了創作者的精神，因而所有美的性質都來自於美的生活因緣。六朝人在江南山光水色中，培養出前所未有的審美意識，這種對美的要求擺脫了實用功利，爲要忠於內心的要求，每在繪畫時超出日常實景。例如《晉書・文苑》記顧愷之圖裴楷象，頰上加三毛，「觀者覺神明殊勝」，顧愷之云「傳神寫照，正在阿堵中」，〔註66〕其實三毛豈等同神明本質？然而創作者神思飛揚，人物畫中的外飾只寥寥數筆即有傳神之效。陳傳席《六朝畫論研究・論中國畫之韻》云：

> 魏晉時代借玄學之功，卻發現了藝術的本質……繪畫自覺地擺脫其附庸地位，畫的意義價值不只在畫自身之外，而是通過形以表現被畫的人物之神來決定其意義價值，畫的基本價值在本身的藝術性，藝術品的使用價值首先在於欣賞，藝術的社會功能必須在審美中得以完成。〔註67〕

人物畫如此，山水畫亦然。宗炳要通過遊覽或「臥遊」山水來品味聖人之道，那麼畫作傳神與否更成爲價值評鑑的關鍵。近世外國嘗謂中國山水在欣賞之下，予人以「一種夢的境界」。〔註68〕這種夢的境界，正是創作者內心與自然天地的呼應，透過山水之景而呈現，那就是顧愷之畫論中所謂的「神」。

（二）澄懷味象──宗炳

六朝玄風雜糅著儒釋道三家的思想，在玄學的影響下，本來重在道德才能的人物品評，轉化爲講求神識風采的人物鑑賞。而對自然風神美感的把握，亦納入了「澄懷味象」的玄學認識中。

「澄懷味象」是宗炳提出的繪畫理論，其〈畫山水序〉云「聖人含道映物，賢者澄懷味像」，〔註69〕聖人是引導認識自然、體悟道的智慧人物，是自

〔註65〕李澤厚〈山水花鳥的美〉載伍蠡甫編《山水與美學》台北：丹青圖書公司 1987年 1 月，頁 12。

〔註66〕《二十五史精華・亨・晉書・文苑傳》台北：讀者書店 1978 年 1 月，頁 154。

〔註67〕陳傳席《六朝畫論研究・論中國畫之韻》台北：台灣學生書局 1999 年 9 月一版二刷，頁 338。

〔註68〕曉雲法師《中國畫話・中國之山水畫》台北：原泉出版社 1988 年 5 月，頁 72。

〔註69〕宗炳〈畫山水序〉載潘運告編《漢魏六朝書畫論》湖南美術出版社 1997 年 4月一版，頁 288。

然的化身，也是道的化身；而賢者是指幽隱絕俗、勤於修持之人，要領悟道，則必須澄清胸懷、摒除雜念。山水雖然是實在的物質，但它含有虛靈的情趣，所謂「質有而趣靈」，與聖賢的心靈情懷息息相通。陳傳席《六朝畫論研究・宗炳〈畫山水序〉研究》云：

> 宗炳信道又崇釋，是形神分殊的堅信者和推行者，他認為聖人、賢人、普通人、萬物皆有神。神不可見，寄託於形體之中，但主持驅動形體。神和道的關係極密，「道」靠聖人之神發現、總結、「道」就在聖人的神中，道和神為二而居於一體，〈明佛論〉有云：「自道而降，便入精神。」其實，所謂「道」，就是一些有知識、有修養的人總結出來的，當然是靠其聰明才智（神），而不是靠肉體了。〔註70〕

宗炳認為自然之道應該映現於天地萬物之上，而聖人在其精神之中已含此道，賢者則通過澄懷味象，超越物欲和雜念，接納映現於天地萬物之上的自然之道。聖人以其內在的神明去效法自然之道，賢者則通過澄懷味象在精神上與自然相通。宗炳以賢者自居，所以「眷戀廬衡，契闊荊巫，不知老之將至」，〔註71〕享受逍遙山水的樂趣，又因老而不能遊，於是「畫象布色，構茲雲嶺」。在〈畫山水序〉中自敘：

> 閒居理氣，拂觴鳴琴，披圖幽對，坐究四荒，不違天勵之叢，獨應無人之野。峰岫嶢嶷，雲林森眇。〔註72〕

在披圖幽對中，坐享「峰岫嶢嶷，雲林森眇」之景，獨處「天勵之叢」、「無人之野」，讓「嵩、華之秀，玄、牝之靈」自然的形象、自然的道範於一圖中畢見，天與人的境界同時呈現，聖賢的情懷與自然之道的精神完全相通。

鍾仕倫《魏晉南北朝美育思想研究・山水繪畫美育思想》云：

> 所以他們能以道為法，順道而行。可以說「澄懷觀道」乃是「自然觀」山水畫中的集中體現，是中國美學「天人合一」的自然審美觀的集中體現。〔註73〕

〔註70〕 陳傳席《六朝畫論研究・宗炳〈畫山水序〉研究》台北：台灣學生書局 1999 年 9 月一版二刷，頁 107。

〔註71〕 宗炳〈畫山水序〉載潘運告編《漢魏六朝書畫論》湖南美術出版社 1997 年 4 月一版，頁 288。

〔註72〕 宗炳〈畫山水序〉載潘運告編《漢魏六朝書畫論》湖南美術出版社 1997 年 4 月一版，頁 288。

〔註73〕 鍾仕倫《魏晉南北朝美育思想研究・山水繪畫美育思想》北京：中國社會科學出版社 2006 年 11 月一版一刷，頁 288。

「澄懷」，即莊子的虛靜之心，以虛靜之心觀照萬物，使萬物擺脫實用與知識的功能，而產生美的觀照。所賞玩或繪畫的山水對象進入於美的觀照之中，而自己的精神亦融入於美的對象中，山水得到美的讚禮，而自己得到自由與解放。這就是整個「澄懷味象」的過程。徐復觀《中國藝術精神‧魏晉玄學與山水畫的興起》云：

> 莊子的逍遙遊，只能寄托之於可望不可即的「藐姑射之山」；而宗炳則當下寄托於現世的名山勝水，並把它消納於自己繪畫之中；所以……山水畫的出現，乃莊學在人生中，在藝術上的落實。〔註74〕

六朝的藝術觀比先秦各家更接近莊子，但與莊子不同處在於畢竟藝術有一載體媒介，有墨彩、線條、結構等的具象條理可作依附，在情感的表達上，可給予人更確定的意義，而人對自然物的觀照上，可以賦以更多的「觀念形態的意義」。李澤厚〈山水花鳥的美〉云：

> 給自然以藝術的比擬和象徵，賦予它以「觀念形態的意義」，給它以意識即情感、想像上的「人化」，並不能創造自然美，但卻能使人們對自然美的欣賞形成一種富有確定更具體的社會內容和意義的審美態度，能增強和引導人們欣賞的態度和方向。〔註75〕

例如我們觀松柏時可感受其剛毅長壽，見竹菊時想其正直高廉，望層巒疊嶂時可寄託幽邈的情懷，賞曲水蜿延時可綿延一己神思，通過豐富的情感和想像，集中對象的美來薰陶感染人的意識，使審美態度和欣賞趣味變得愈來愈飽滿豐富，對美醜的評賞品鑑更能敏銳而精準地把握，這是完全在一種虛靈燭照、放意空懷的狀態下方能達到的理想境界。宗白華〈中國藝術意境之誕生增訂稿〉云：

> 六朝以來，藝術底理想境界卻是「澄懷觀道」，在拈花微笑裡領悟色相中微妙至深的禪境。〔註76〕

雖然六朝的佛學、玄學尚無禪境之說，但天人合一的繪畫理想已在「澄懷味象」之說的啟引下，悄悄鋪開這一路的軌道。澄懷味象，象是道的載體，自

〔註74〕徐復觀《中國藝術精神‧魏晉玄學與山水畫的興起》台北：台灣學生書局 1998年 5 月初版十二刷，頁 243。

〔註75〕李澤厚〈山水花鳥的美〉載伍蠡甫編《山水與美學》台北：丹青圖書公司 1987年 1 月，頁 15。

〔註76〕宗白華〈中國藝術意境之誕生〉載《宗白華全集‧卷二》安徽教育出版社 1996年 9 月一版二刷，頁 363。

然物象能開闊人們視野作用，並引發人們的審美意識，故味象的同時就是觀道，道與象同體畢現，天與人自然交感，這是六朝繪畫理論中最具哲學深度的美學命題。

（三）易象同體——王微

繼宗炳提出聖賢含道暎物與澄懷味象的畫論命題後，王微於〈敘畫〉中又提出「圖畫非止藝行，成當與易象同體」，〔註77〕認為繪畫不止於求形似，更要和《易》一般，能以形載道，把繪畫的地位提高至與聖人所作的《易》相當，等同於儒家經典，這是對繪畫社會功能的肯定。唐張彥遠「畫者……與六籍同功」之說，〔註78〕實本於王微。

張彥遠《歷代名畫記‧卷一‧敘畫之源流》云：

> 顏光祿云：「圖載之意有三：一曰圖理，卦象是也；二曰圖識，字學是也；三曰圖形，繪畫是也。」又周官教國子以六書，其三曰象形，則畫之意也。是故知書畫異名而同體也。〔註79〕

張彥遠從顏光祿圖載之意的二三項推知書畫同體異名，若從其一三項來推，則易象與繪畫同體。王微〈敘畫〉有更深入的詮解。

《易》是儒家經典中探究天道的哲理書。《周易正義序》云：「夫易者象也，爻者效也，人有以仰觀俯察，象天地而育群品，雲行雨施，效四時以生萬物。」〔註80〕易象正是人們觀察天地，模仿自然現象創造出的，從自然之象而得自然之理，進而得化生萬物之理，而後能「動必則天地之道，不使一物失其性；行必協陰陽之宜，不使一物受其害，故能彌綸宇宙，酬酢神明宗社」，〔註81〕其源頭來自於自然之象，故象是人類體察萬物自然最直接的媒介。

《易》是來自自然的象歸納而成，而繪畫更是直接肖貌天地，所謂存形莫善於繪畫。王微卻以為繪畫不止存形留象而已！〈敘畫〉云繪畫是「以一管之筆擬太虛之體」，不論繪鳥獸蟲魚或雲岩林澗，都存了太虛自然的風貌，

〔註77〕王微〈敘畫〉為回顏延之的信，載潘運告編《漢魏六朝書畫論》湖南美術出版社1997年4月一版，頁295。

〔註78〕張彥遠云：「夫畫者，成教化，助人倫，窮神變，測幽微，與六籍同功。」《歷代名畫記‧卷一‧敘畫之源流》江蘇美術出版社2007年8月一版一刷，頁1。

〔註79〕唐‧張彥遠撰，俞劍華注釋《歷代名畫記》江蘇美術出版社2007年8月一版一刷，頁1。

〔註80〕《十三經注疏‧周易》台北：藝文印書館1993年9月十二刷，頁2。

〔註81〕《十三經注疏‧周易》台北：藝文印書館1993年9月十二刷，頁2。

王微之所以以「太虛」構詞，示現其虛中有理，故繪畫不僅存了大自然之貌，也存了大自然之理。此理乃山水構成之理，乃萬物化生之理，與創作者的情志同形同構，甚至同體同構，藉著描繪大自然山水的風貌，就繪出了創作者的情志，人與天因此相感相協。

繪畫之所以與圖經不同，在於它能融山水之形、自然之靈、主體的心於一畫布上，從畫中觀見山川風物的同時，也觀見了畫家的情志意性，張建軍《中國古代繪畫的觀念視野・中國古代畫論文獻解析》云：

> 「形」、「靈」、，「心」，它們之間的關係，即繪畫中山水之形、山水
> 之靈、主體之心的關係是這樣的：A・山水之形中有山水之靈；B・
> 山水之靈能感動於心，引發出主體的精神與感情的活動。〔註82〕

〈敘畫〉云：「宮觀舟車，器以類聚；犬馬禽魚，物以狀分，此畫之致也。」〔註83〕認為繪畫要通過一定的規矩、方法來達到表現事物的共性（器以類聚）和個性（物以狀分），如此，大自然的風貌充分得以表現，於是畫中的「綠林揚風，白水激澗」就帶給人一種愉悅，這是藝術帶給人的快樂，是自然之象與畫象布色之同體，更是自然之象與人之同構而產生的快樂。

故藝術帶給人的快樂是須透過一種矩度再現的，這種矩度是人所訂定約制，而透過矩度呈現的人的感動能與自然相互呼應，以畫之致而達畫之情，正是人與自然的對應。張建軍云：

> 這種藝術它又決不僅僅是一種藝術，也不僅僅是通過指掌的運動而
> 能完成的，它同時也是一種神明（人的一種超越性存在）的顯現。
> 這就是繪畫的本質。〔註84〕

這種「超越性的存在」，就是以畫之致達到畫之情，即以繪畫創作及審美方法，呈現繪畫主體情感，這是繪畫的根本屬性，審美的本質持徵，也正說明了繪畫之所能與易象同體的內涵。畫之情在創作時已然具備，至於畫之致，須經一代又一代實踐體驗才創制出，在王微的時代尚屬拙稚，但於理論上，藉由肖貌自然山水的畫之致，來達成創作主體的之情，與《易》藉由自然之象傳達人事之理是同樣的體制。

〔註82〕張建軍《中國古代繪畫的觀念視野・中國古代畫論文獻解析》濟南：齊魯書社 2004 年 9 月一版一刷，頁 93。

〔註83〕潘運告編《漢魏六朝書畫論》湖南美術出版社 1997 年 4 月一版，頁 295。

〔註84〕張建軍《中國古代繪畫的觀念視野・中國古代畫論文獻解析》濟南：齊魯書社 2004 年 9 月一版一刷，頁 95。

（四）氣韻生動——謝赫

謝赫是梁朝時的宮廷畫家，當時宮廷生活淫靡奢華，好美女，重神仙，喜奇妝異服，謝赫畫神仙則麗服靚妝，十分精細，「點刷研精，意在切似」，〔註85〕但其著名的畫論卻並不推崇「精微謹細」，而以「氣韻生動」為六法中的第一要義。此說不但成為繪畫要求的最高原則，甚至是文學、美學、藝術的金科玉律、核心觀點。唯，「氣」、「韻」二字說得較為玄虛。此二字本就是六朝玄學風氣下人倫鑒識的用詞，乃借玄學之功而成立發展。

六朝文家對「氣」字說解有下：

曹丕《典論・論文》：文以氣為主，氣之清濁有體

《文心雕龍・聲律》「異音相從謂之和，同聲相應謂之韻。」〔註86〕（文人言「韻」始見於六朝，前此皆言「音」不言「韻」。）

綜言之，氣者生之元也，韻者相和相應之態。陳傳席解說氣韻，以為「氣」字形容一個人因勃勃有力、骨骼強健而形成清且美的形體，和與此種形體相應的性格、精神。「韻」則形容一個人的體態、風儀予人美的感受情調。用於繪畫，則指畫面上的筆墨效果具清剛蓬勃的感染力，與「傳神」二字的關係密不可分。「傳神」原指人物畫，尤指眼神，而後擴及山水畫；「氣韻」則指包含眼睛在內的整個身軀，而後擴及山水畫及所有各類繪畫。故「氣韻」一詞在顧愷之「傳神」論的基礎上更完整具體地發展成理論。且不但指人物畫，隨著山水畫成為中國畫之主流，「氣韻」之說也成為山水畫表現的主流評價標準。

陳傳席《六朝畫論研究・論中國畫之韻》說解「氣韻」謂：「就作品風格而論，一幅畫以氣勝者，乃偏於陽剛之美，一幅畫以韻勝者，乃偏於陰柔之美。」〔註87〕故以氣勝之山水畫，山水骨骼結構渾厚沈重，用筆鋒芒縱橫揮灑，顯得激越昂揚；以韻取勝之山水畫，線條波折躍動，色彩濃淡有致。二者雖然有別，但「不論怎樣的變化，怎樣的創新，必須掌握『以氣取韻』這一原則，否則便會誤入歧途。」〔註88〕陳傳席《六朝畫論研究・論中國畫之

〔註85〕 姚最〈續畫品錄〉評謝赫語。載潘運告編《漢魏六朝書畫論》湖南美術出版社，2006 年 7 月一版七刷，頁 329。

〔註86〕 梁・劉勰《文心雕龍・卷七・聲律》台北：世界書局 1984 年 4 月五版，頁 122。

〔註87〕 陳傳席《六朝畫論研究・論中國畫之韻》台北：台灣學生書局 1999 年 9 月一版二刷，頁 342。

〔註88〕 陳傳席《六朝畫論研究・論中國畫之韻》台北：台灣學生書局 1999 年 9 月一版二刷，頁 355。

韻》對此有詳細的說解，認爲氣中有韻，韻中有氣：

> 大寫意畫須是筆筆寫出，而不是染出或塗出。染出的畫是以韻取韻，
> 則有肉無骨，和以氣取韻，以肉附骨不一樣。〔註89〕

這些技巧要在後代的山水畫實踐之中才得印證，但謝赫的「氣韻生動」一說等於是爲後代的繪畫理論和繪畫技巧鋪了一條坦直軌道，爾後畫人的任務在於求韻而不在寫形，「韻」用於畫乃是中國繪畫在藝術上進一步自覺和理論上大步的跨越。這一重要理論的產生，與六朝玄學中的天人觀大有關聯，陳傳席《六朝畫論研究‧論中國畫之韻》云：

> 《歷代名畫記》：「以形似之外求其畫，此難可與俗人道也。」「形似」
> 便是第一形體，是可以具體指陳的。「形似之外」便是第二形體，是
> 只可感受的，一張畫的優劣就是要從第二形體上追求。……又云：「以
> 氣韻求其畫，則形似在其間也。」……可見「形似之外」即氣韻。
>
> 〔註90〕

「形似之外」所追求者乃一「神」字，而神正是人與天之感應，山水畫中不論是山水骨骼結構或色彩濃淡輕重，都是創作者的神明感受山水神明而寓之於筆墨的表現，氣韻的渾厚或輕靈，都是創作者所見與自然山水間的相與呼應。

李澤厚〈山水花鳥的美〉云：

> 自然之所以成爲美，是由於客觀實際上的「自然的人化」（社會生活
> 所造成），而不是由於藝術或欣賞中的「自然的人化」（意識作用所
> 造成）……離開人的比擬（或離開人的文化，離開自然與意識的主
> 觀關係），自然美仍不失其爲美。〔註91〕

雖然離開了人的主觀意識，自然仍不失其美，但那種美是一種純形式之美，論其「形」，骨骼結構了了可觀，但論氣韻，卻不能只依賴「客觀實際上的『自然的人化』」，而必須要有創作者主觀情志融於其中，甚至要有欣賞者賞鑑意

〔註89〕陳傳席《六朝畫論研究‧論中國畫之韻》台北：台灣學生書局1999年9月一版二刷，頁352。

〔註90〕陳傳席《六朝畫論研究‧論中國畫之韻》台北：台灣學生書局1999年9月一版二刷，頁340。「以形似之外求其畫，此難可與俗人道也。」語出唐‧張彥遠《歷代名畫記‧卷一》藝文印書館原刻影印《百部叢書集成》1966年一編，頁15。

〔註91〕李澤厚〈山水花鳥的美〉載《山水與美學》台北：丹青圖書公司1987年1月，頁14。

識的融入其中，一幅畫的美感作用才得以完成。例如〈畫雲台山記〉中敘述山中的情景：

> 弟子中有二人臨下，到身大怖，流汗失色。作王良穆然坐答問，而
> 超升神爽精詣，俯盼桃樹。〔註92〕

「流汗」、「俯盼」等的描寫，是創作者客觀所見，繪之於圖則形成觀畫者「大怖」、「神爽」的主觀感受，二者交融的結果，繪畫賞鑑美學得以完成。所以即使是寫實的畫家，也必須要能寫意，「寫生造形，乃混合一體。意從於心，心即思想，思想可以決定形，形不能決定思想。思想，就是繪畫之內容，亦即國畫最高的藝術表現──氣韻。」〔註93〕因此寫生必須寫意，必須能觸物動情，能「遷想妙得」，方能達到繪畫最高境界──氣韻。

　　由於謝赫提出「氣韻」一詞後並未有所注解，後人演繹出來便眾意紛紜，各有見地，但「氣韻」始終為繪畫最高原則，從未改異。謝赫「六法」中「骨法用筆」是對線條的限制，「隨類賦彩」是對顏色的限制，「應物象形」談的是寫生造形，均偏重於寫實技術的表現，而「氣韻」則可以涵蓋文學哲學為基礎的整個藝術綱領。

　　山水畫，是中國人透過簡單的花鳥雲山來傳達人的情懷、寄託人的感情，表現的是鳥語花香、山高水濶的自然景象和人文關懷。技巧固然有其重要性，但畫中託寄的情韻才更是畫家、鑑賞家更關注的重心。熊碧梧《論畫・謝赫「繪畫六法」之研究》云：「氣韻可以說是技巧的昇華。」〔註94〕當繪畫已不再是技巧的炫耀、形似的計較時，所追求的就是氣韻。氣韻包含了靈性表現、心性表現、個性表現、人格表現、傳神表現、詩境表現等等，不論是何種表現，山水畫中的氣韻是把一己的靈性、心性、個性與山水自然呼應，而表現出或大氣磅礡，或靈秀飄逸的畫風，當其畫能使作者淋漓呈現個人情懷、能讓觀者感受到美妙的畫風，其時已藝通乎道，與道密合，技巧不復存在，畫，成為創作者觀賞者思想感情交流的媒介，成為得魚忘筌後的未經加工的原始自然形態，以自然作為審美的準則，此謂之技巧的昇華。

〔註92〕顧愷之〈畫雲台山記〉載潘運告編《漢魏六朝書畫論》湖南美術出版社 1997
　　　　年 4 月一版，頁 281。

〔註93〕易蘇民編《國畫的顏色與氣韻・國畫的氣韻》台北：昌言出版社 1971 年 8 月，
　　　　頁 157。

〔註94〕熊碧梧《論畫・謝赫「繪畫六法」之研究》台北：黎明文化事業股份有限公
　　　　司 2000 年 2 月，頁 7。

　　總之，六朝畫論家，不論是顧愷之的傳神寫照、宗炳的澄懷味象、王微的易象同體、謝赫的氣韻生動，都是在追求將聖人從自然中觀照的道，化諸能體現的形象，顧愷之所傳的神是人物畫中最終極要呈現的靈氣，謝赫擴充深入解說成氣韻，就是無生命的圖畫賴以感動人心之處，也是聖人所體之道暎於山水的，至於宗炳的「澄懷味象」更是賢者直接承襲於聖人，努力體悟實踐的。故六朝畫論家所言，始終不離道的探討。可以說中國的畫論從來不是單獨論畫的，它其實就是哲學、美學的探討、道的體悟實踐、天人之際的呈現。陳傳席《中國山水畫史‧山水畫的產生》認為中國的畫論「嚴格地說，它不是畫論，而是玄論……中國古代畫史也從來不是純畫史」，〔註95〕所以中國的畫論史其實就是精神哲學的發展史。繪畫一如哲學、美學，追求天意與人意的契合，山水畫特別能夠達到這樣的境界。在中國古代不論儒家與道家均以自然為最崇高之道，其道德觀念也是以自然為最高準則。孔子曰：「天何言哉？四時行焉，百物生焉。天何言哉？」〔註96〕認為自然是不言而喻的偉大存在；老子則將自然上升到了「事物的基本規律」這一本體論層面的高度；而莊子對三籟的闡釋中可以看出他對自然的無限推崇。因此，自然山水不僅是道的本源，也是倫理道德和審美的本源。畫家繪畫山水，一方面喜歡徜徉山水，以忘俗遣憂，一方面藉山水畫的畫境體察儒家仁智的自然觀、道家與山水自然齊一的自然觀，並藉山水畫的神理技法呼應道家所追求的「天人合一」的逍遙境界。

第二節　以形媚道——以美姿呈現道體

　　繪畫是一形象藝術，必然脫離不了形象表達的問題。顧愷之提出「傳神寫照」，強調繪畫除了形象以外，還有更重要的「傳神」的藝術追求，於是形與神之間的相融相應問題，成為繪畫藝術上很重要的命題，與玄學家、宗教界所探討的人的形神問題，同樣成為六朝所關注的哲學、美學命題，而且密切互通。

　　宗炳《畫山水序》中提出「聖人含道暎物」後，緊接著又提出「山水以形媚道」的觀點。這個「媚」字所呈現的意義頗特別，其解有下列：

〔註95〕陳傳席《中國山水畫史‧山水畫的產生》江蘇美術出版社1998年4月一版四刷，頁18。
〔註96〕《十三經注疏‧論語‧陽貨》台北：藝文印書館1993年9月十二刷，頁157。

一、「媚」作安放解。徐復觀認為「媚道」是觀者之靈、之道將一己的薰陶、涵養，移出於山川之上。山川未受人間污染，而其形象深遠嵯峨，易於引發人和安放人的想像力，所以最適合於由莊學而來的靈、道的移出，於是在山水所發現的趣靈、媚道，遠較之在具體的人的身上所發現的神，具有更大的深度廣度，使人的精神，在此可以得到安息之所。〔註97〕

二、「媚」作傾身希承解，亦作敬重解。陳傳席認為宗炳把山水擬人化了，「聖人含道暎物」道暎於萬物，但山水因為形美，能和萬物「爭寵」，聖人之道更多更集中地反映在上面，所以要遊山水。〔註98〕

三、「媚」有取悅、娛悅、喜悅之意。張俊傑認為山水畫乃是以山水美景，展開生生之天道，開闊心胸，促進精神的喜悅，再以娛悅之心寫山水之精神，而後觀山水畫更能感受畫之美而暢其精神，故媚道之意，目的在於暢神。〔註99〕

四、「媚」由取悅轉衍為符合之意。「以形媚道」朱良志以為其義有二：一是強調山水對道的體現，一是指山水以美形式來體現道，山水本身就是一種美的載體。〔註100〕

宗炳此一「媚」字用得特別，故可開出多重解釋，不論何解，「山水以形媚道」是承接「聖人含道暎物」而引伸。聖人以曠達無我的胸懷感受自然之美就是「含道暎物」，而山水之美一方面呈現了自然界生生之道，一方面以其美姿鼓舞了人的內在精神，並充實了對道的體悟，山水之美、聖人之心二者貫通於「道」。所謂「道」，兼含本體與精神作用兩層意義，張俊傑《山水繪畫思想之發展‧山水畫思想的成熟與山水畫的建立》云：

> 宗炳「以形媚道」係以自然氣象為會合心源之精神作用的重要關鍵。與顧愷之「以形寫神」的理論是會通的。〔註101〕

〔註97〕徐復觀《中國藝術精神‧魏晉玄學與山水畫的興起》台北：台灣學生書局1998年5月初版十二刷，頁239。

〔註98〕陳傳席《六朝畫論研究‧宗炳〈畫山水序〉研究》台北：台灣學生書局1999年9月一版二刷，頁110。

〔註99〕張俊傑《山水繪畫思想之發展‧山水畫思想的成熟與山水畫的建立》台北：國立歷史博物館2005年9月，頁80。

〔註100〕朱良志《中國美學名著導讀‧顧愷之論畫》北京大學出版社2005年5月一版二刷，頁65。

〔註101〕張俊傑《山水繪畫思想之發展‧山水畫思想的成熟與山水畫的建立》台北：

從顧愷之到宗炳，畫論始終緊扣「神」此一核心問題發揮，原因在於六朝受佛教生死觀的影響，有無之論成為玄學家關切的問題，文學中的情采、繪畫中的形神都因而引起注意。此為本小節第一個探討的論題：「以形寫神」與「以形寫形」。

除了佛教以外，道家思想，也對繪畫思想造成深刻影響。道家齊物逍遙的思想使人與自然更為親近，人與自然直接感應，於是眼下所及與內心感通的過程，成為畫論家經常探討的論題。此為本節第二個探討的問題：「應物象形」與「應目會心」。

此外，道家無用之用的思想使繪畫藝術擺脫儒家教化的功能、擺脫繪畫裝飾性的功能，形成自己獨立的地位，在仿古與創新的過程中，畫家體會到神思與靈感在繪畫中極重要的作用。此為本節第三個探討的問題：「傳移模寫」與「明神降之」。

這些問題都牽涉到山水之形與神的關係。

一、以形寫神與以形寫形

中國傳統中有獨特的身心論，認為人體包括了外在感官形軀的「形」，也包括了內在心靈與精神的「神」，而在虛實之間還有一「氣」貫穿其中，不論重神或重形都不外乎一氣運於其中的作用，因此形成了「形－氣－神」的三重結構。陳昌明〈「形－氣－神」中國人獨特的美學思維〉云：

> 由「形——氣——神」的觀念去看文學藝術的表現，會將作品視為一有機的生命，其中即有著無窮豐富的內涵，而文學藝術本即要追求一永恆的形式，無奈「生命」本身卻是一個永無休止的變化，一個過程，故其形式亦是變化的形式。在中國美學思想中，透過「形——氣——神」的三個層次去解讀文學藝術作品，正在於形、氣、神是一種互動的變化關係，這正相應於生命的感覺。中國美學中的「傳神」思想，也正在通過具體可見的形貌，去傳達不可見的內在世界。……技巧是必須要回溯到內在的感覺，唯有回溯到內在的感覺，才能體會到生命的細微差別。〔註102〕

國立歷史博物館 2005 年 9 月，頁 80。

〔註102〕陳昌明〈「形－氣－神」中國人獨特的美學思維〉載《國文天地》九卷九期，1994 年 2 月，頁 19。

兩漢時期對於形神問題有著相當多的思辯，六朝時期還成為很重要的哲學議題。李澤厚《哲學美學文選・漫述莊禪》云：

> 形神問題之所以自這時開始佔據當時哲學（形神之辯）和藝術（以形寫神）的中心，是與此有關係的。在莊子那裡，本已有「神以守形」、養神以全生保身的理論，加上從《人物志》以來用觀察神形以品議人物的社會風尚和政治標準，使得對個體人格（包括形神兩個方面，而以後者為主）的追求和標榜，逐漸成為哲學論議的主題。〔註103〕

六朝是真正把此一思辯涵融至藝術文學的範疇，不論是文學上的「神與物遊」、「神思」、「文氣」，或是士大夫階層品鑑人物的形神之美，或討論人物的神氣、逸氣風神等，抑或是畫論中的「以形寫神」、「傳神寫照」、「氣韻生動」、「以形媚道」，書論中的「骨力」、「形以媚趣」等等，都說明了「形——氣——神」的思維對中國美學的影響至鉅。在繪畫方面幾乎每一個畫論家或多或少都會提出看法，對形神問題談的最直接的應是顧愷之的「傳神寫照」與宗炳的「以形寫形」。顧說先出，而宗說後出。依字面看來，應是先有形而後有神，藝術表現亦應先具象而後抽象，故應先論「以形寫形」而後論「以形寫神」；然而顧說是以摹畫為主，而宗炳的「以形寫形，以色貌色」是以寫生為主。依時序、依作畫層次固當先論「以形寫神」而後論「以形寫形」。

（一）以形寫神

顧愷之重神輕形的畫論呼應了當代玄學家說有無和佛教講空無的論題。有關顧愷之「傳神」之敘述有三處：

1. 《世說新語・巧藝》：顧長康畫人，或數年不點睛。人問其故，顧曰：四體妍蚩，本無關於妙處，傳神寫照，正在阿堵中。〔註104〕
2. 《晉書・文苑・顧愷之列傳》：愷之每畫人成，或數年不點睛。人問其故，答曰：四體妍蚩，本無關少，於妙處傳神寫照，正在阿堵中。〔註105〕
3. 《歷代名畫記》：畫人嘗數年不點目睛，人問其故，答曰：四體妍蚩，本無關於妙處，傳神寫照，正在阿堵中。〔註106〕

〔註103〕李澤厚《哲學美學文選・漫述莊禪》台北：谷風出版社1987年5月，頁98。
〔註104〕《世說新語・巧藝》台北：三民書局，2005年5月初版六刷，頁652。
〔註105〕《二十五史精華・亨・晉書・文苑傳》台北：讀者書店1978年1月，頁153。
〔註106〕唐・張彥遠《歷代名畫記・卷五》台北：藝文印書館原刻影印《百部叢書集

　　《世說》和《歷代名畫記》，認為四體妍蚩無關妙處，關鍵在於眼睛。《晉書》云「四體妍蚩，本無關少」，強調眼睛固為傳神關鍵，而眼睛附著的本體同樣不可忽視，部分和整體的關係相互依存，「妙處」和「四體」都具連帶重要性。「傳神」即是在畫中表現所寫對象的內在精神，「寫照」即是表現作者內心觀照之物象及微妙的體驗，寫照以傳神為極致。所以繪畫的藝術價值在「傳神」，而不在「寫形」，此論具有劃時代的意義，標誌著中國繪畫的徹底覺醒。

　　顧愷之的三篇繪畫理論：〈論畫〉、〈魏晉勝流畫贊〉、〈畫雲台山記〉處處表現著傳神的思想，〈論畫〉更直接點出的「以形寫神」的旨意：

> 以形寫神而空其實對，荃生之用乖，傳神之趨失矣。空其實對則大失，對而不正則小失，不可不察也。一像之明昧，不若悟對之通神也。〔註107〕

陳傳席以「以勾摹出的形寫出原畫作的神」來解「以形寫神」之意，是指習畫時對臨原作而得原作的神，這是陳傳席揣摩原文本義而得之解，若以「以形寫神」孤立作解，則其義可應對於作畫的對象人物，摹其形須得傳其神，否則作畫對象立於前，而其神氣意韻全然無可實對，豈不大失！後來畫論家承其傳神理論而有「神氣」（謝赫評晉明帝）、「神韻」（謝赫評顧駿之）、「參神」（謝赫評張墨、荀勗）等語，皆由此出，亦皆為重神的表現。謝赫六法中有「傳移摹寫」，仍可指對臨原作之神作解，而後世山水畫作以創作為主，則多針對實體作畫對象而言。擺脫了對臨的約束，翻使「以形寫神」的意義深化了。

　　不論此神是指摹畫原作之神抑或指實體作畫對象之神，顧愷之都認為正確處理形神關係須十分小心，若有些微小失，則神氣完全不對應，故寫形實為寫神的基礎。〈魏晉勝流畫贊〉云：

> 若短長、剛軟、深淺、廣狹，與點睛之節，上下、大小、醲薄，有一毫小失，則神氣與之俱變矣。〔註108〕

顧愷之強調作畫必須處處顧到，不可在偏僻處敷衍。後來的山水畫承此觀念，

　　成》1966 年一編，頁 5。

〔註107〕顧愷之〈論畫〉載潘運告編《漢魏六朝書畫論》湖南美術出版社 1997 年 4 月一版，頁 267。

〔註108〕顧愷之〈論畫〉載潘運告編《漢魏六朝書畫論》湖南美術出版社 1997 年 4 月一版，頁 266。

亦強調須以精謹之形細繪山水之神,「作山水者,主峰主樹,稍稍用心,屋木橋樑,則草率不堪。一毫之失,神氣即變」。〔註109〕故顧愷之傳神論雖以人物畫爲主,而山水畫實亦沿此論而發展。

　　顧愷之雖主張以形寫神,但又不必然以作畫對象之形爲全部神韻所寄,神之所寄亦可在於作畫對象與環境的對應、瞬間動態之形的捕捉。例如《世說・巧藝》十二則記顧長康畫謝幼輿在巖石裡,認爲置謝於丘壑中,更能把握謝幼輿之神。〔註110〕此說明了作畫時整體環境氛圍對人物性格氣質的襯托,有相當的重要性。

　　《世說・巧藝》十四則又記:

　　　　顧長康道畫:「『手揮五弦』易,『目送歸鴻』難。」〔註111〕

朱良志《中國美學名著導讀・顧愷之論畫》認爲顧愷之此語已然詮釋了整體和部分、形和神相互依存的道理:

　　　　顧愷之儘管那麼關心人物眼神,但這都是「筌」,都是工具,之所以
　　　　「目送歸鴻難」,最難處不在外表,而在此時的驚鴻一瞥負載了太多
　　　　的內涵……。所以顧愷之重視的不是人物的眼神,而是繪畫的形象
　　　　結構中所傳達的超出形象的精神意涵。〔註112〕

顧愷之「以形寫神」之論,最強調的是要抓住最能表現人物精神境界的瞬間動感,以表達人物心靈氣質、性格特點、超越於形似物質的神韻,甚至表達出對象內在生活力之狀態。此論既出,宗炳、王微的山水傳神畫論亦以之爲本,強調作山水畫須「以形寫神」。

　　人之神易解,而山水之神如何?《宋書・隱逸列傳》記宗炳:

　　　　凡所遊履,皆圖之於室,謂人曰:「撫琴動操,欲令眾山皆響。」〔註113〕

撫琴動操,欲令圖畫中之眾山皆響,一指其琴韻生動,一指山水畫作傳神及山水有情。將山水擬人是表現山水之神,記山水與人情之對應亦是表現山水之神,描繪山水時作畫者以筆墨顯現其氣質性格亦使山水有神,沿此發展而

〔註109〕傅抱石《中國繪畫理論・神韻論》江蘇教育出版社 2005 年一版一刷,頁 40。
〔註110〕劉正浩等注譯《世說新語・巧藝》台北:三民書局,2005 年 5 月初版六刷,頁 652。
〔註111〕劉正浩等注譯《世說新語》台北:三民書局,2005 年 5 月初版六刷,頁 653。
〔註112〕朱良志《中國美學名著導讀・顧愷之論畫》北京大學出版社 2005 年 5 月一版二刷,頁 60。
〔註113〕《二十五史精華・亨・宋書隱逸列傳》台北:讀者書店 1978 年 1 月,頁 68。

有謝赫「氣韻生動」之說，謝赫六法中之骨法用筆、隨類賦彩等技巧表現，是爲畫成山水之形，而最終則追求山水氣韻生動，即山水之神。以形寫神、傳神寫照這一理論和謝赫的「氣韻生動」說相結合，形成了一種重氣韻、重神似的美學潮流，後世多有貶斥形似的觀點也從言一理論中直接轉出，〔註114〕形成畫論主流。

（二）以形寫形

「以形寫神」和「以形寫形」有一字之差，顧愷之的神原指對臨原作之神，而宗炳的的形乃指山水實景中的形；顧指人物之神，宗指山水之形；顧爲臨摩，宗爲寫生。

故「以形寫形」指以筆墨作畫之形寫出山水實景之形，換言之，就是提倡寫生。寫生就要深入生活，宗炳〈畫山水序〉中所說「身所盤桓，目所綢繆」、「眷戀廬、衡，契闊荊、巫」，就是爲了能覽觀山水之貌，「老之將至」時，還不畏艱苦「傷跕石門之流」，爲了能「臥遊」山水，遂「以形寫形，以色貌色」，「畫象布色，構茲雲嶺」，以便能隨處能覽山水之勝。這是道家精神的發揮，在山水中，消極而言能滌除煩憂，積極而言可「含道映物」、「澄懷味像」，所以宗炳非常明確地肯定了山水美景的價值。這一點雖是莊子思想的延伸，但和莊子本意卻不完全相同。《莊子・知北遊》云：

> 山林歟！皋壤歟！使我欣欣然而樂歟！樂未畢之，哀又繼之。哀樂
> 之來，吾不能御，其去弗能止。悲夫，世人直爲物逆旅耳！〔註115〕

美的欣賞，快樂的體驗轉瞬即逝，都不眞實，是虛妄的感受，莊子認爲「聖人處物不傷物。不傷物者，物亦不能傷也。唯無所傷者，爲能與人相將迎。」（《莊子・知北遊》）山水之賞使人哀樂無常，故應以不將不迎的態度看待山林，故未能由對自然欣賞的快樂導出對自然美的肯定，〔註116〕自然不會有繪

〔註114〕元・倪雲林〈答張藻仲書〉云：「僕之所謂畫者，不過逸筆草草，不求形似。」日泉屋博物館藏《花卉雜畫卷》載明・徐渭詩云：「世間無事無三昧，老來戲謔塗花卉。藤長刺闊臂幾枯，三合茅柴不成醉。葫蘆依樣不勝楷，能知造化絕安排。不求形似求生韻，根拔皆吾本指載。」明・李日華《六研齋筆記》云：「凡狀物者，得其形不若得其勢；得其勢不若得其韻；得其韻不若得其性。」均不以形似爲尚。

〔註115〕黃錦鋐《莊子讀本・知北遊》台北：三民書局 2001 年 5 月初版十六刷，頁296。

〔註116〕朱良志《中國美學名著導讀・顧愷之論畫》北京大學出版社 2005 年 5 月一版二刷，頁 66。

山水之形的意圖。但宗炳則是完全肯定山水之美的真實性，賞之不足進而繪之於圖而臥遊，圖繪的山水形貌愈接近真實，臥遊的樂趣就愈高，故如何將自然山水的形貌、神態筆之於圖，成為山水畫重要課題。於是宗炳提出要「以形寫形，以色貌色」，完全是一種現實主義的創作方法。

劉綱紀《中國書畫、美術與美學·關於六法的初步分析》云：

> 我們視覺所見的物象，有著一定的形體、顏色，同時各個物象又共
> 處於一定的空間中，彼此有著一定的聯繫。要在畫面上把所見到的
> 物象描寫出來，畫家就必須具有從形、色上去描寫對象的技巧，和
> 表現出各個物象在空間中所處的位置，並且為了繪畫主題表現的需
> 要，去求得各個物象在空間位置的一種最好的配置。〔註117〕

將視覺所及物象的形體、顏色、位置，用適當的技巧表現畫作，這正是「以形寫形」。宗炳努力追求形似，是為了能把山水搬回家，使身在斗室亦能心納宇宙，雖非真山實水，亦期接近真實，如此則不但欣賞到山水形貌，亦能領會山水之神，基本上是顧愷之論點的再發揮。但亦有不同於顧愷之處，不同有三：

1. 針對山水

顧的畫論針對人物，傳神乃傳人物畫之神，或引申為傳繪畫對象人物之神。宗炳則將神的表達擴大到山水畫，山水質有而趣靈，能呈現的形神之美比人物畫更為廣闊。

2. 畫以載道

顧愷之的畫論在畫以傳神這一點做了很大的貢獻，而宗炳將畫的題材擴及山水，可在有限的平面上表現無限的空間感。如臥遊、圖繪、覽觀山水都得到「暢神」的效果。故功能又再往高處提升，畫以載道。所載之道是道家之道，是自由精神上的展現，與儒家之道雖不同，卻亦有呼應，山水以其形質之美與自然之道相親和，正是仁者智者遊山水得道而樂的原因。

3. 空間認識和表現更加深化

雖然我們不知道宗炳的畫作實踐上是否比顧愷之更成熟，但從畫論上看來，宗炳將迴以數里之景，圍於寸眸之間，已將中國山水畫透視方法上最大

〔註117〕劉綱紀《中國書畫、美術與美學·關於六法的初步分析》武漢大學出版社 2006
年 10 月一版一刷，頁 218。

的特點奠下了基礎，那就是散點透視，不受定點約束，也正是和道家逍遙遊的精神自由相契。

故老莊道家精神浸入中國繪畫領域，在理論上，宗炳發其宗，後人弘其迹。從字面上看，似乎「以形寫形」較之「以形寫神」更形而下，或更倒退，實則「以形寫形」是更精確把握住山水形貌，直接體現山水之神，初步擺脫了只摹寫舊作，或只圖山川地輿位置的觀念。為了精確寫形，故畫作技巧更精細講究，才有後來謝赫的六法出現。傅抱石〈中國山水畫論〉云：

> 從《古畫品錄》這本書可以看出中國畫最初的精神……「格體筆法」
> ——當時已經達到了飽和點。這不僅是理論上顯著的事實。實際上
> 當時社會的意識也有使純「寫形」的製作不能不轉變的原因存在。
> 〔註118〕

「格體」正是為了精確表現山水形貌，「寫形」正是為了傳山水之神。

（三）形神符應

形與神的討論由畫論開啟，形成六朝很重要的美學論題。「傳神」之說究竟是傳山水之神或畫家之神？後世多所討論。

宗炳將山水畫當作是「道」的呈現，理論上提升了山水畫的審美價值和賞悅功能，但在實踐上尚有相當一段探索嘗試的過程要度。人物方面顧愷之以點睛、益三毛、圖人物於岩間來傳達人物畫之神，而山水畫在宗炳的理論下，重視山水形態的寫真，寫真之後要如何傳神，則要待謝赫六法提出才得解決。

謝赫六法謂：一、氣韻生動是也，二、骨法用筆是也，三、應物象形是也，四、隨類賦彩是也，五、經營位置是也，六、傳移模寫是也。其中骨法用筆、隨類賦彩、經營位置等，均指針對繪畫對象之形貌之技法。

骨法用筆強調對勾勒物象的線條要求「骨力」或「骨法」，六朝時繪畫觀念尚受制於如實再現摹擬物象的原貌，繪畫的技法則強調用單一的線條形態去構造人物形象的輪廓。當時已相當成熟的書法筆法滲入繪畫，而使勾勒物象輪廓的線條多了形態的變化。

隨類賦彩一方面是在線條勾勒出形貌後賦以色彩，劉綱紀《中國書畫、

〔註118〕傅抱石〈中國山水畫論〉載何懷碩主編《近代中國美術論集》台北：藝術家
出版社 1991 年 6 月，頁 14。

美術與美學‧關於六法的初步分析》分析六朝繪畫色彩表現云：「色彩的施用，大多在筆墨已完成了基本的造型以後。即使直接用色彩描繪，色彩的變化也只是『一色中之變化』，即固有色在明度上的變化」。〔註119〕所以隨類賦彩能將物象的明暗、精神更細膩地呈現出來。

至於經營位置方面對形貌的表現摹擬極爲重要，經營位置指繪畫的布局，對觀畫者而言，是山水畫之爲山水畫的首要條件，也是創作的首起工夫，其重要性不言可喻。

在布局、用筆、色彩這些「形似」的實踐方法都具現之後，一幅山水畫已具完成的條件，唯，六法中最重要的第一項「氣韻生動」，千古以來被目爲繪畫第一品評標準，山水畫的氣韻在六朝時卻尙未被清楚地意識到。

當宗炳提出山水必須「以形寫形，以色貌色」才具眞實感的理論，幾乎同時期的王微卻不以爲然，他在〈敘畫〉中指出「圖畫非止藝行，成當與易象同體」，認爲山水畫不應「竟求容勢而已」，因爲「本乎形者融靈」，形神本爲一體，所以區區一管繪筆便足以「擬太虛之體」，從而達到「明神降之」的境界，並且，王微〈敘畫〉中將山水擬人化，「眉額頰輔，若晏笑兮；孤岩鬱秀，若吐雲兮」使得畫面的精神就是人的精神，傳山水之神即傳畫家之神。此論與宗炳的追求「形似」大有悖逆相異之處，然而二人的山水畫論都打破了以前只有人物畫能傳神的概念，只剩山水形、神如何交疊成了畫論中必須處理的問題。

至於宗炳但求形似是否就不求神似了呢？這是畫論層次的問題，顧愷之的傳神論傳的是對臨畫作之神、人物之神，是在人物畫已能掌握形似這一關鍵爲前提的情況下而有是說。要轉而傳山水之神，則須先有形似作爲基礎，宗炳爲形神分殊論者，求形似宜其固然。

謝赫把如何「形似」的實踐方法分條清楚列出，「神似」的實踐則由「氣韻生動」承繼。顧愷之的「神」指的是對臨畫作的神，王微〈敘畫〉所論乃針對山水畫而言，其「明神降之」的神固不指對臨畫作，然究指山水之神抑或畫家之神？成爲日後畫家紛紜討論之處。若指山水之神，則繪山水之形所需技巧格外重要；若指畫家之神，則創作者的品格修養直接影響畫作的成績。謝赫的「氣韻」說對此有所涉及，卻也未能形神分殊說得明白。黃聖旻〈山

〔註119〕劉綱紀《中國書畫、美術與美學‧關於六法的初步分析》武漢大學出版社 2006年 10 月一版一刷，頁 221。

水畫的形神理論〉云：

> 神字本來被放在形上層面，一旦轉化爲氣韻，氣在思想體系上有物
> 質性的一面，則氣韻分視。於是氣韻生動一詞究竟應自形上層次來
> 觀想畫家所傳達的意境，或可落實在畫面、畫技上進行具體的討論，
> 成爲問題。故傳神論至氣韻生動，其性質已有轉化。主張神乃傳畫
> 家之神者，不以形爲第一要務，而對氣韻之解也偏向形上觀想一面；
> 主張傳山水之神者，旨在玩味山水造化，對氣韻解釋也有具體化的
> 傾向。〔註 120〕

不論指山水之神或畫家之神，理論上都有交疊之處，因爲畫作要能顯出畫家
的精神，畫便必須合乎常理，不能遺其形；畫作要傳達山水造化的眞趣，也
不能不藉由畫家的學養和閱歷來布局去取。〔註 121〕總言之，神之一字對山水
畫的理論或實踐，已成重要關鍵。本來形與神是很難以內外別之，內在的精
神總是要顯露於外，而外在姿容若無內在的涵養爲底，也只是一具無生命的
軀殼。李建中《魏晉文學與魏晉人格・風姿特秀》談到六朝人品題人物的現
象是「以『形』開始，以形寫神，以臻形神兼備。」，〔註 122〕品者以言語描摩
出品評對象的外形，再及於其風神，最後呈現出的言語描繪被品評的人物是
形神兼備，依此線索，山水畫論中所談的「神」應指所繪畫對象的神，即山
水之神，而山水之神須賴形的基礎方得以呈現。故形神二者有了交疊，山水
畫既不能遺形而得神，亦不可只有形而無神。

至若王微〈敘畫〉「望秋雲，神飛揚，臨春風，思浩蕩」〔註 123〕則是指
畫家的神，在面對自然景物時，不由飛揚浩蕩而隨物宛轉，又云自然之景「豈
獨運諸指掌，亦以明神降之」，亦指畫家的神。如此，形神的交疊解意應指創
作者的神與山水之形相應而成藝術作品，亦即文論中所言「擬容取心」、「神
與物遊」之意。

丁成泉《中國山水詩史・緒論》中認爲盛唐以前的山水詩，均處於追求

〔註 120〕黃聖旻〈山水畫的形神理論〉載成功大學《雲漢學刊》第七期，2000 年 6 月，
頁 172。

〔註 121〕黃聖旻〈山水畫的形神理論〉載成功大學《雲漢學刊》第七期，2000 年 6 月，
頁 184。

〔註 122〕李建中《魏晉文學與魏晉人格・風姿特秀》湖北教育出版社 1998 年 9 月一版
一刷，頁 145。

〔註 123〕王微〈敘畫〉載潘運告編《漢魏六朝書畫論》湖南美術出版社 1997 年 4 月一
版，頁 295。

景物的外部形貌的畢肖形似階段。〔註124〕可以說，山水畫的形神兼備是六朝畫論家的理想，但是在實踐上仍在初期探索階段，而「形神」理論的完成予後代的繪畫實踐相當明確的理想標準。

至於山水畫的形似和神似如何取得融合，同時兼備的技巧在於謝赫六法中的「經營位置」。黃聖旻〈山水畫的形神理論〉云：

> 「氣韻生動」雖然是傳神論的延伸，非唯不能解決立論的岐異，反而因爲用字的模糊更割裂了理論的對峙，然而在山水畫論的演進中，形似與神似的分岐在創作和審美方面找到了共同而明確的切入點——那就是「勢」，也就是六法中的「經營位置」，勢在創作或審美上都有其重要的價值，而且以創作的過程來討論，「經營位置」更應該是創作的首起工夫。〔註125〕

該文將「經營位置」解爲「勢」，與布局的觀念雖略有出入，但在追求形似與神似的岐異間多找到了一個共同切入點。「經營位置」可解在布局方面呈現出山水錯置的形，與眞山實水的形可呼應；另一方面，也可以解作在布局山水形制時顯現的形似之外的感覺，可以是磅礴、婉曲、流動或靜寂等，這又可以和畫家的氣質相與呼應。一張畫的優劣往往要從這形似之外的另一形體上追求。《歷代名畫記》云：「以氣韻求其畫，則形似在其間也。」〔註126〕可見「形似之外」即氣韻。山水畫的「神」是附於形，又須在形外追求的。

總之，山水畫既要以形寫神，也要以形寫形，而要寫山水之神，又須從形入手。宗炳所說的山水之神，其實是他發現了山水的美，可以陶冶人的性情，涵養人的心胸，但他無法解釋其中道理，便以佛道合流的意識去解釋它，對後世繪畫產生了積極的影響。〔註127〕王微所稱的山水之神，是人的情態的寄託，是傳畫家的精神，傳畫家之道，亦是「以形媚道」，唯媚的是畫家之道。兩種神之解釋都有其積極的影響力，可具體指陳的山水氣韻，和可形外意會的畫家的情志，都滙歸於「氣韻生動」這一命題之下。

〔註124〕丁成泉《中國山水詩史・緒論》台北：文津出版社 1995 年 8 月初版，頁 11。
〔註125〕黃聖旻〈山水畫的形神理論〉載成功大學《雲漢學刊》第七期，2000 年 6 月，頁 187。
〔註126〕唐・張彥遠《歷代名畫記・卷一》藝文印書館原刻影印《百部叢書集成》1966 年一編，頁 15。
〔註127〕陳傳席《中國山水畫史・山水畫的產生》江蘇美術出版社 1998 年 4 月一版四刷，頁 20。

二、應物象形與應目會心

應物象形是謝赫六法中之第三。意指山水畫面所畫的形要和實際景物相對應，也就是宗炳所說的「以形寫形」。畫中山水與實際山水愈接近，則好山水者臥遊才能與實遊一樣暢神。但繪畫中的山水畢竟不是眞實山水，欣賞一幅山水畫仍須透過觀賞的藝術心靈、評鑑眼光，方得畫中情趣，甚至透過畫中山水的神情領會得創作者的神情，而使得藉著繪畫感通連縮創作者和觀賞者的心靈。

是故即便能應物象形，畫家觀山水入畫時是否能應目會心，觀賞者賞畫時是否能應目會心，就形成了山水、繪畫、畫家之間精神對應的關係。

（一）山水畫與山水景象之對應

山水畫是藝術品，不是「案城域、辯方州、標鎭阜、劃浸流」的興圖，王微在〈敘畫〉中反對山水畫僅作爲地形指示的實用功能，認爲繪畫與作爲地形之圖必須有所區分，否則披圖按牒之際，與閱覽《山海經》之圖經何異！

故山水畫在對應山水實景時，不是一一對應。王微〈敘畫〉把山水畫和地形圖確切分開，是畫論史上的一大貢獻，後來傳爲梁元帝蕭繹作的〈山水松石格〉指出：「遠山大忌學圖經。」〔註128〕都是王微這一思路的延伸。

消極來說，山水畫不是地興圖，不必與眞山實水一一實對；積極來說，山水畫與眞山實水之間，有一美的規律的連縮關係，畫家面對山水時，根據美的規律進行了再創造。故畫與景之間的差異在於：山水以美姿載天地靈秀之氣，山水畫以筆墨載畫家之情意。一出乎天然，一本於人情。人情筆下的山水，自有天然山水所不具備的人情擬態的想像，王微〈敘畫〉云：

> 以判軀之狀，畫寸眸之明。曲以爲嵩高，趣以爲方丈。以㊣之畫，
> 齊乎太華。枉之點，表夫隆準。〔註129〕

人情想像的山水往往比目見的山水更爲豐富，反映至畫中，則較之自然的山水有所增減，於是乎山水畫與山水景象的對應就有所不同，山水景致是第一自然形體，而山水畫已是第二自然形體了。宗炳〈畫山水序〉所云「不以制小而累其似，此自然之勢」即指的第二自然，是畫家目見心想呈現於畫中的

〔註128〕蕭繹〈山水松石格〉載潘運告編《漢魏六朝書畫論》湖南美術出版社 1997
　　　　年 4 月一版，頁 316。

〔註129〕王微〈敘畫〉載潘運告編《漢魏六朝書畫論》湖南美術出版社 1997 年 4 月一
　　　　版，頁 295。

自然。例如文學上的關羽與第一形體的關羽相差甚大，然而顯化於人民心中神力無限的關羽形象卻是第二形體，可見藝術化後的形象感人力量之深。山水畫藝術其實就是以第一自然形體爲據寫第二自然形體，而第二自然形體才是藝術實質，才是目的，第一自然形體只是實現第二自然形體的手段，得魚可以忘筌。

第二自然必以第一自然爲據，山水畫即使多所創意，亦不脫離眞實景象所可能呈現的範式，姚最〈續畫品〉云：「豈可曾未涉川，遽云越海；俄覩魚鼈，謂察蛟龍。」〔註130〕強調畫之成形前必經一番「味象」的過程，而這「味」的過程正是眞實山水轉化爲畫中山水的過程。James Cahill《中國繪畫史・早期山水》云：

> 宗炳認爲自然的形式不但包涵了外在世界的實質，也包含了「趣靈」。使仁、智、賢者感動的，正是後面這種品質，而非其外在形象。當藝術家感動得想把他的感覺轉形成繪畫時——如果以宗炳所說的「旨微於言象之外者，可以取於書策之內」爲指導原則——那麼眾眼就能和他共賞，眾心就能和他共鳴。這是早期山水畫的根本觀念。宋代作者讚美山水能夠使人感到「身如其境」，就是這個觀念在後代的迴響。〔註131〕

當觀畫者感覺到「身如其境」時，已非原始的山水之境，而是經由畫家美化過了的山水之境了。

（二）作畫者與山水景象之對應

藝術家與山水在每個時代有不同的對應，《詩經》時代詩人從自然山水引發深度情感，《楚辭》時代詩人將山水素材融爲美境。而在六朝，文人從自然界中得到許多抽象的藝術比擬。書法的線條可擬爲自然景物，藝術家在具象與抽象的藝術思考中將二者融爲一體。王羲之〈題衛夫人『筆陣圖』後〉云：

> 每作一橫，如列陣之排雲；……每作一點，如高峰墜石；……每作一牽，如萬歲枯藤。……章草及章程行狎等……但用擊石波而已。

〔註130〕姚最〈續畫品〉載潘運告編《漢魏六朝書畫論》湖南美術出版社 1997 年 4 月一版，頁 322。

〔註131〕James Cahill 原著・李渝譯《中國繪畫史・早期山水》台北：雄獅圖書公司 1999 年 7 月五版七刷，頁 27。

其擊石波者，缺波也。又，八分更有一波謂之隼尾波……〔註132〕

所謂波，乃指書法線條中的捺，其形如波乃命之爲波，爲以具象擬其形；而
「列陣之排雲」、「高峰墜石」、「萬歲枯藤」等，均爲行草筆意，並非具象擬
形，而是以具象擬意態，意態爲可意會不可指稱的抽象感受，六朝書家乃以
自然物事擬之。中國文字從取法天地自然而產生，形成書法後又以自然物象
擬字形，而後又擬行筆之意態，這樣的發展正是中國藝術發展的一條主軸。
六朝畫家正處在模擬行筆意態的最後階段，書法抽象藝術的完成，正是繪畫
藝術理念發始之端，繪畫從書法中擷取相當的滋養，形成以線爲主的繪畫內
涵。傅抱石〈中國山水畫論〉云：

> 「線」的高度發展，無論在建築雕刻或工藝文樣，幾乎有使人難於
> 相信的偉大美麗，另一面伴著「線」的發展而起的「格體筆法」也
> 同樣造成了獨特的民族形式。我們試看現存於大英博物館的顧愷之
> 「女史箴圖」，誠如距製作時代不遠中國最初的畫評家謝赫所云：「格
> 體精微；筆無妄下！」不特張華作的意義，發揮無餘，只就每一段，
> 或每一個人物的構圖和表情加以研究，那一種靜穆而弓靈的美，眞
> 是瑩然縑素之上的。〔註133〕

線的發展的高度是隨書法的成熟度而形成。所謂的「以形寫形」，並非單純地
再現現實，而是透過畫家重新詮釋的山水。鍾仕倫《魏晉南北朝美育思想研
究・山水繪畫美育思想》云：「他（宗炳）用這一『寫』字，表明了他對中國
畫筆墨技法與書法筆墨的內在聯繫的一定認識，並且與西畫的摹仿概念相區
別開來了。」〔註134〕這是書法家得之於自然界最直接的藝術表現形式。繪畫
各種按捺頓挫的線條技法乃取之於書法，雖非直接取之自然，間接仍由自然。
此其畫家與自然的間接對應。

　　至於畫家與自然的直接對應，是一種傳統詩學中的「興」。顏崑陽〈從「言
意位差」論先秦至六朝「興」義的演變〉云：

> 「興」義發展到六朝，其發言的基本位置雖然還是在作者與作品語

〔註132〕《歷代書法論文選・題衛夫人『筆陣圖』後》台北：華正書局 1997 年 4 月，
　　　　頁 25。

〔註133〕傅抱石〈中國山水畫論〉載何懷碩主編《近代中國美術論集》台北：藝術家
　　　　出版社 1991 年 6 月，頁 14。

〔註134〕鍾仕倫《魏晉南北朝美育思想研究・山水繪畫美育思想》北京：中國社會科
　　　　學出版社 2006 年 11 月一版一刷，頁 334。

言，但二者必然的關係卻被解開。而「作者」位置的「興」義，也由「作者」到「讀者」之間的「創作意圖」義，轉變爲「作者」到「宇宙（自然景象）」之間的「觸物起情」義。〔註135〕

畫家一如文人，直接從自然山水中得到美的感受，這種美是「質有而趣靈」，使畫家亦能「觸物起情」。朱良志《中國美學名著導讀·顧愷之論畫》云：

> 所謂「質有而趣靈」意思近爲「山水既有且空」。正因其「有」，所以古往今來賢聖居焉游焉；正因其「空」賢聖在此有所寄託有所樂，有所應有所法。……一位空幻的世界如何能成爲他筆下之物、心中所想呢？……他的回答是山水乃至萬法既空且有。〔註136〕

奠定山水畫論基礎的宗炳不但把道家那種「凝氣怡身」、「暢神」的境界全然發揮在山水畫作中，而且佛家的觀空思想在宗炳的畫論中也有相當的呈現。宗炳的「質有而趣靈」是把形神分爲二體，故能視山水既空且有；形爲「有」而神爲「空」。與宗炳同時期的王微則以爲「本乎形者融靈」、「止靈亡見，故所托不動」，形神一體，不可分割。二人所論相反，但對繪畫本質的要求卻一致，那就是要寫山水之神。

畫家面對山水實景，必定要尋山水之神，此在六朝畫論中已定出此一軌道，影響了後世所有的山水畫及山水畫論的方向。雖然此說由人物畫發端，然而要在畫中充滿靈趣，人物畫的表達是不夠的。徐復觀《中國藝術精神·魏晉玄學與山水畫的興起》云：

> 藝術要求變化，要求能擴展作者的胸懷；這在人物畫上都不容盡量發揮的；則其所能涵融作者的精神意境便受到限制；……由魏晉時代開始的人物畫的傳神——亦即氣韻生動——的自覺，雖是受了莊學的影響；但莊的藝術精神，決不能以人物作對象的繪畫爲滿足；自然，尤其是自然的山水，才是莊學精神所不期然而然地歸結之地。魏晉時代所開始的對自然——山水在藝術上的自覺，較之在人自身上所引起的藝術上的自覺，對莊子的藝術精神而言，實更爲當行本色。〔註137〕

〔註135〕顏崑陽〈從「言意位差」論先秦至六朝「興」義的演變〉載《清華學報》新二十八卷第二期，1998 年 6 月，頁 168。

〔註136〕朱良志《中國美學名著導讀·顧愷之論畫》北京大學出版社 2005 年 5 月一版二刷，頁 66。

〔註137〕徐復觀《中國藝術精神·魏晉玄學與山水畫的興起》台北：台灣學生書局 1998 年 5 月初版十二刷，頁 228。

老莊思想在六朝大行其道，文士們受其影響，一方面喜好遊山玩水，在山水中得以化遣煩慮逃避紛擾，一方面從山水中得神氣靈感以為創作滋養。

　　總之，六朝畫家與山水的對應有三，一是賞玩山水尋找心靈樂土，二是暎之於畫，得山水之質和趣，三是由自然中得繪畫筆法和筆趣。要之，創作之源取決於思想之開塞、起滅、來去，而存在於情志、物象、墨彩線條三者之間的「應感之會」。

（三）山水畫與山水神理之對應

　　在宗炳看來，山水是得「神理」的有效途徑，「理絕於中古之上者，可意求於千載之下。旨微於言象之外者，可心取於書策之內。」〔註138〕繪畫及其他藝術載體如書法、詞章，所載不僅是具象之造形或抽象之線型，也載了畫外、字外、文外的神理。如果具象造型稱作「畫境」，那麼畫外、文外所載的抽象神理當為一種「悟境」。如果具象造型來自於「應物象形」的寫形繪形過程，那麼抽象神理應來自「應目會心」的思考領悟過程。陳傳席《六朝畫論研究・宗炳〈畫山水序〉》云：

> 山水的景致，應於目、會於心而上升為「理」，如果畫得巧妙，則觀畫者在畫面上看到的和理解到的，亦和作畫者相同。「應目」、「會心」都感通於由山水所托之神，作畫者和觀畫者的精神都可超脫於塵濁之外，「理」也便隨之而得了。〔註139〕

應目是通過眼睛去觀察山水的形象，會心乃攝取山水的神靈，心中有所會悟而形成理。山水之神本來是無具體形狀難以把握的，但寄託於形而感通於繪畫，理就隨之進入山水畫作之中了。畫家能巧妙地畫出來，就能窮盡山水之神靈以及和神靈相通的道。故藝術成就愈高的畫作，能承載之道就愈是深刻高明，換言之，載道愈深刻的畫作，其藝術成就亦愈高。故觀山水、畫山水與觀山水畫，都可以感通畫上的山水之神，也都能起「觀道」的作用。

　　中國山水畫循此一理論，與哲學起了當深度的連結。曉雲法師《中國畫話・中國畫藝概說》云：

> 若要說中國畫的問題，那便等於談及中國全部文化與中國民族思想

〔註138〕宗炳〈畫山水序〉載潘運告編《漢魏六朝書畫論》湖南美術出版社 1997 年 4 月一版，頁 288。

〔註139〕陳傳席《六朝畫論研究・宗炳〈畫山水序〉研究》台北：台灣學生書局 1999 年 9 月一版二刷，頁 113。

的問題。因爲談論中國畫，不只是論畫之本身，而且論到詩、書法
等相關的學問，尤其有關中國哲學的問題。〔註140〕

所以山水畫是以對自然無窮無盡、生生不息的生機的體驗，而創造的美，是
人類心源中的生命與宇宙整體生命感通契合而成的。換言之，山水畫藝術是
以「生命」爲中心，以「道」爲內涵。

朱良志《中國美學名著導讀》云：

藝術家激動的對象，不僅是作爲形而上的「道」，還在於「萬趣」之
中。這個「萬趣」，不僅是一個「道」的世界，形的世界，而是藝術
家深心感悟的大全世界。〔註141〕

宗炳「應目會心」觀點的提出，正是要用心靈之眼去觀察、感受自然山水的
形質特徵。何師淑貞《嘯傲東軒・詩畫本一律──談中國山水詩與山水畫的
異形同神》認爲：本來魏晉人崇尙自然，走向山林川澤，其目的只爲「體道」，
體悟道的自然眞趣，而實際的效果卻是審美感受，將世俗的人生導向理想的
藝術人生。就是這個潮流，直接促進山水詩的興起。〔註142〕山水畫家觀察自
然，獲取感性印象後圖之於畫，並進而用心靈領會蘊於山水之中的自然之道
而融之於畫。此即繪畫之所以能載道、畫論之所以能成爲美學、哲學、生命
之學的重要關鍵。然而所謂「載道」，並非將繪畫作爲比德的工具，而是關乎
性靈眞趣的形式，繪畫不僅能繪人對道體認知的滿足，又能安頓人的靈魂。

總之，山水景致、山水畫家、山水畫，此三者相互連結的關係中，有出
入之處，又有相依附之處，山水透過畫家之眼，有造型之美和神靈之趣，而
山水畫表現出的山水之趣又與眞山實水不盡相同，不同之處就在於畫家個人
的才性、心神的不同。此三者的關係顯示出的正是藝術家「應物象形」與「應
目會心」的創作秘境。

三、傳移模寫與明神降之

「傳移模寫」是謝赫六法之一。「六法」中「骨法用筆」、「應物象形」、「隨

〔註140〕曉雲法師《中國畫話・中國畫藝概說》台北：原泉出版社 1988 年 5 月，頁
181。

〔註141〕朱良志《中國美學名著導讀・顧愷之論畫》北京大學出版社 2005 年 5 月一版
二刷，頁 66。

〔註142〕何淑貞《嘯傲東軒・詩畫本一律──談中國山水詩與山水畫的異形同神》台
北：國立歷史博物館 2004 年 4 月，頁 76。

類賦彩」、「經營位置」等四法概括了繪畫藝術表現的基本技巧，「氣韻生動」由原來完全針對人物畫，轉而發展成繪畫創作與批評的一般理論、美學準則。其實繪畫一如書法、文學，其基礎的工夫都離不開臨摹，故「傳移模寫」這種複製名作的特殊技能，具有向傳統學習的意思，如此，「六法」就構成了繪畫理論完備的綱領、體系。繪畫與書法的創作過程均由模寫奠基，待得線條敷色結構穩定，再移入創作者的感情，最後達到融靈於形、明神降之的境地。六朝的山水畫在創作實踐上雖未能有清楚的這個過程，但畫論則清晰可見。

（一）寫生留迹

　　謝赫在〈古畫品錄〉中評王微、史道碩時，讚美史道碩「傳其眞」，而不滿王微「得其細」。故謝赫對「傳移模寫」之解未必是要謹細地翻寫，而是正確地學習古人精神，吸收古人經驗，來提高畫家寫生傳神的本領。郭因《先秦至宋繪畫美學‧南北朝的繪畫美學》云：如果目的僅在於留其眞迹，那麼，就是「述而不作，非畫所先」（謝赫評劉紹祖語）了。〔註143〕故「傳移模寫」實爲寫生的訓練，傳神的入門基本功夫。所傳所移指古人畫作的形迹，擴大來說，也可以指山水形迹。

　　中國繪畫自有生以來以至於五代，全屬寫生時代，從最初古拙不能肖物，至於純熟漸似，最終則神妙逼肖實物，實乃「傳移模寫」所下的功夫。俞劍華〈中國繪畫之起源與動向〉云：

> 唐以前畫家，畫江而聞水聲（李思訓），畫馬而索水草（韓幹），畫佛而光滿一室（顧愷之），畫僧而爲人崇（張僧繇）此種神話甚多，雖不足信，但由此可知其寫生技能已臻極端矣。純熟之極，遂生變化。寫生之極，對於各種物象已熟爛於胸中，故能以簡單筆法表現複雜之物象。胸有成竹，目無全牛，如兔起鶻落，風雨驟至，於不知不覺中，已撮取物象之全神，於簡單筆法之中，較之描頭畫足，兢兢自守者，反能形神飽滿，運用自如，毫無刻畫之跡。故寫生之後，必有寫意，寫意爲寫生之更進步方法也。〔註144〕

故知，寫意必以寫生爲基礎。在山水畫還未充分發展以前，繪畫的造型技巧

〔註143〕郭因《先秦至宋繪畫美學‧南北朝的繪畫美學》台北：金楓出版有限公司1987年7月初版，頁52。

〔註144〕俞劍華〈中國繪畫之起源與動向〉載何懷碩主編《近代中國美術論集》台北：藝術家出版社，1991年6月，頁51。

以「骨法用筆」為主,即先用線塑出形體,然後再行「隨類賦彩」。但,山水畫如僅用線去構形,即使技巧很好也是不足的。樹木山石的體積感、質量感,陰陽明晦、遠近疏密、朝暮陰晴等等,在「用筆」之外又需「用墨」,凡此種種發展都是在六朝「傳移模寫」的基本理論下,要求工、要求似而產生的。

姚最認為繪畫的社會職能,在於「九樓之上,備表仙靈;四門之牖,廣圖賢聖。雲閣興拜伏之感,掖庭致聘遠之別。」〔註145〕為達到這個目的,繪畫形神兼備,反映現實,既要「目想毫髮,皆無遺失」,又要「氣運精靈」,「窮生動之致」。但在求生動之際,「志存精謹」是必要的,若「輕重微異」就將「妍蚩革形」,「絲髮不從」就將「歡慘殊觀」。故在「傳移模寫」下工夫,就是要求對繪畫對象的精確觀察,工筆畫要用筆細緻工整,結構嚴謹,刻劃細膩,具體入微;而寫意畫要能高度概括,表現客體物象的形貌神采,都要傳繪畫對象之形神。

(二)移情山水

「傳移模寫」的理論要求下,繪畫雖然要一絲不苟地、精確地描寫出對象的細節構造,但並不是自然主義、照像似地紀錄對象,細節的真實雖然重要,但對象內在本質、內在精神的表現更為畫家所注重。鑒戒賢愚的功能固然重要,寄寓性情的繪畫本質更被重視。

劉綱紀《中國書畫、美術與美學‧關於六法的初步分析》云:

> 謝赫活動期,在我國文學藝術史上可說是一個自覺地提出和討論文藝的理論和批評問題的時期。魏晉以來,文藝不再像從前那樣,主要是「鑒戒賢愚」的工具,而更多地被用來「吟詠性情」了。文藝的題材擴大了,與在現實社會中生活著的人的思想感情有了更加密切的聯繫。〔註146〕

張彥遠論說王微謂:「圖畫者,所以鑒戒賢愚,怡悅情性,若非窮玄妙於意表,安能合神變乎天機。」〔註147〕「鑒戒賢愚」就是指王微所論山水畫的社會功能論,「怡悅情性」,則可包括王微所說作畫情趣,也包括畫中山水的擬人之

〔註145〕姚最〈續畫品〉載潘運告編《漢魏六朝書畫論》湖南美術出版社 1997 年 4 月一版,頁322。

〔註146〕劉綱紀《中國書畫、美術與美學‧關於六法的初步分析》武漢大學出版社 2006 年 10 月一版一刷,頁213。

〔註147〕唐‧張彥遠《歷代名畫記‧卷六》藝文印書館原刻影印《百部叢書集成》1966 年一編,頁5。

美，所謂「以一管之筆擬太虛之體」，「以反之畫，齊乎太華。枉之點，表夫隆準。眉額頰輔，若宴笑兮」，〔註148〕將山水擬人之際，人的情感便移入山水，「望秋雲，神飛揚，臨春風，思浩蕩」，自然擬人化的思想在爾後不斷出現。張安治〈中國繪畫的審美特點〉載《中國古代美學藝術論》云：

> 謝赫，以「氣韻生動」列為繪畫「六法」的第一位，都說明中國畫家在很早就明確認識繪畫藝術的主要訴求不在於模仿自然，而應著重表現對象的「神」，這在人物就是指其精神、個性，在動物、花樹等是指其形態的特點和動人的意趣，在山水風景就是一種美的境界和季節氣候的變化特徵。〔註149〕

動物花樹、山水風景的意趣美境，必然有人的移情作用，才得以呈現，山水如無人的賞玩，其實是寂寞的，有了人的賞玩，美方得以傳其實質的意義。

James Cahill《中國繪畫史・早期山水》云：

> 在現代觀眾的眼中，畫家的技巧和摹想力都不足以表現宗炳文中所描寫的萬物有靈世界——在那樣的世界裡，所有的江河、山石都秉賦著精神實質，使人類心往神迷。〔註150〕

畫家要能召引出道家那種能夠把宇宙融為一體的韻律感，要能將情志意念灌注畫中山水，使畫作與道體與人格融為一爐，在六朝的畫作雖不能見，畫論卻已道出如此的一種理想。至少「身所盤桓、目所綢繆」的東西，也就是我們視覺、觸覺可以感觸到的東西，是可以「以形寫神」的。

（三）融靈於畫

「明神降之」是王微〈敘畫〉所提出：

> 望秋雲，神飛揚；臨春風，思浩蕩。雖有金石之樂，珪璋之琛，豈能髣髴之哉。披圖按牒，效異山海。綠林揚風，白水激澗。嗚呼，豈獨運諸指掌，亦以明神降之。此畫之情也。〔註151〕

〔註148〕陳傳席以為此處「反」字或疑為「髮」字。見《六朝畫論研究》台灣學生書局1999年9月一版二刷，頁172。筆者按：如解為「以一髮之畫，齊乎太華」，則與上下文或可貫通。

〔註149〕張安治〈中國繪畫的審美特點〉載《中國古代美學藝術論》台北：木鐸出版社1985年9月初版，頁39。

〔註150〕James Cahill 原著・李渝譯《中國繪畫史・早期山水》台北：雄獅圖書公司1999年7月五版七刷，頁28。

〔註151〕王微〈敘畫〉載潘運告編《漢魏六朝書畫論》湖南美術出版社1997年4月一

山水畫中的秋雲、春風、綠林、白水，都可以經由畫筆運諸指掌，但若無畫家的精神、感情、想像、智慧爲內涵，則自然風物與人的情感無涉，與美無涉。傳爲梁元帝蕭繹所作之〈山水松石格〉云：「夫天地之名，造化爲靈，設奇巧之體勢，寫山水之縱橫，或格高而思逸，信筆妙而墨精。」〔註152〕造化之靈需藉畫家奇巧之構思、精妙之筆墨，方能體現道體靈氣，展現山水形象之美。

　　然而道體靈氣、感性形象必由畫家本身之妙悟，方能融合心物，完成藝術創作。無此，則山水畫只能「案城域，辨方州，標鎮阜，劃浸流」，增進方位認識和空間觀念而已，與輿地之圖何異！何師淑貞《嘯傲東軒・詩畫本一律──談中國山水詩與山水畫的異形同神》云：

> 王微所作〈敘畫〉，……主張山水畫與實用的圖經不同，必須傳達景物內在與道通、與人感應的神韻，才能「動者變心」。他跟宗炳一樣，認爲山水畫審美最高追求是「暢神」──給人精神上無限自由的審美愉悅。〔註153〕

當山水靈氣與人之靈氣相交感應而形諸繪畫，那就是王微所說的「明神降之」、宗炳所謂「暢神」的境界。張俊傑《山水繪畫思想之發展・山水畫思想的成熟與山水畫的建立》云：

> 純藝術性的山水畫，則在於「求容勢」，「本乎形者融」，因爲「靈而動變者心也」，〔註154〕人心感於自然之精神，產生移情作用，故天地之靈氣與吾心之靈氣相感而動，其動者皆著乎形，以融合心物，表現於構圖，以彰其氣韻，完成藝術的創作，歸結仍在畫面的韻味和氣勢。〔註155〕

版，頁 295。

〔註152〕蕭繹〈山水松石格〉載潘運告編《漢魏六朝書畫論》湖南美術出版社 1997 年 4 月一版，頁 316。

〔註153〕何淑貞《嘯傲東軒・詩畫本一律──談中國山水詩與山水畫的異形同神》台北：國立歷史博物館 2004 年 4 月，頁 81。

〔註154〕張俊傑斷句方式與河洛圖書公司所編《中國畫論類稿》同：「本乎形者融，靈而變動者心也。」潘運告編《漢魏六朝書畫論》斷句則爲「本乎形者融靈，而變動者心也」，陳傳席《六朝畫論研究》依此。

〔註155〕張俊傑《山水繪畫思想之發展・山水畫思想的成熟與山水畫的建立》台北：國立歷史博物館 2005 年 9 月，頁 83。其中「本乎形者融，靈而動變者心也」斷句方式與陳傳席「本形者融靈，而變動者心也」不同。

「融合心物」似乎有神秘主義的現象，主要也因王微主張繪畫與《易》象同體，認爲繪畫的標準應合於《易》象，《易》之象爲八卦，是宇宙運行的象徵符號，故王微認爲山水畫應是象徵性的語言。象徵什麼呢？Michael Sullivan《中國藝術史・三國與六朝藝術》云：

> 畫家所表現的並非某時某地或一個確定性的自然現象，而是無時間
> 限制的一般性眞理。雖然王微也驚訝畫家在繪畫上神秘的表現，他
> 們能把自然的精髓加以濃縮；然而他強調繪畫並不只是一種藝術的
> 表現，繪畫的精髓應該由精神力量來駕馭——「亦以明神降之，此
> 畫之精也」。〔註156〕

在山水畫形成的關鍵時期，畫論家提出了以精神力駕馭繪畫的論點：山水畫是精神力的象徵，人的靈氣可融於山水畫的形迹彩墨中。

六朝山水畫論的發展，可以理出由「傳移模寫」的「寫實」，到「傳神」到「妙悟」之境，「透過源濛之理，堪留百代之奇」。〔註157〕六朝的畫論家論及山水畫部分的理論如依時代先後，則可歸結出以下發展：

一、晉顧愷之〈畫雲台山記〉爲構思山水畫之文稿，是山水畫之萌芽，「傳神」當時是針對人物畫而言，應用於山水畫乃是後事。

二、宋宗炳〈畫山水序〉，是中國畫特質的決定和理性的起點，強調形似，認爲畫家主觀情思的表現，限制在獲得形貌的條件之下。

三、王微〈敘畫〉略有浪漫主義傾向：不強調形似，認爲畫家主觀情思得進一步安排組織創造，集中、概括、典型化、理想化，而後可揮灑。

四、梁蕭繹〈山水松石格〉，主張形神情理兼備，認爲主觀情思是蘊藏在客觀景物形象中，作品反映畫家的「格高思逸」。

五、謝赫〈畫品〉理出六法作爲繪畫法則，結合了現實主義與浪漫主義，兼顧了繪畫的技術層面和精神層面，而以氣韻說強調傳神，略於形色。

六、陳姚最〔註158〕〈續畫品〉，主張形神兼備，不可或缺。

〔註156〕Michael Sullivan 著，曾堉、王寶連譯《中國藝術史・三國與六朝藝術》台北：南天書局 1992 年 3 月初版二刷，頁 98。

〔註157〕宗白華〈中國藝術意境之誕生〉載《中國古代美學藝術論》台北：木鐸出版社 1985 年 9 月初版，頁 27。

〔註158〕張彥遠將姚最列爲陳朝人，而陳傳席《中國繪畫理論史・六朝畫論》作姚最

此一系列的畫論包前孕後，中國繪畫在這些理論指導的基礎上，迅速前進，技巧變略爲精之後，又在「運思精深，筆跡周密」一體之外，創造了「筆不周而意周」一體。〔註159〕如張光福《中國美術史·魏晉南北朝時期的美術》所云：「中國山水畫家沒有以自然主義的態度對待山水畫，他們強調渲染自己的感情，因此重視誇張突出某一細節，這種誇張的程度，甚至失去景物應有的比例、以及合理的透視空間等關係。」〔註160〕此爲中國山水畫「筆不周」的現象。筆不周則形不謹細，但意周則神思貫通，具感染力，形成了山水畫以神爲主的理論軸心。山水之神與作者之神的融合，才是山水畫作藝術表現的究竟。

第三節　心師造化——以主體融通山水

中國近二千年的繪畫歷史中，山水畫名家無數。若從繪畫題材來分析，大體可歸納成兩類：一類是專門擬寫古人筆意，認爲作畫若無古意，雖工無益；另一類畫家是以師法自然爲主，崇尚以自然爲師，走寫生的道路，提出「心師造化，中得心源」之論。顧愷之「傳神論」乃傳對臨畫作之神，謝赫「傳移模寫」乃向傳統模擬學習，二者均屬第一類。至於第二類以自然爲師之論則出自於姚最之「心師造化」。

姚最畫論的出現，正好是六朝玄理畫論的補充，因爲經過顧愷之傳神痴絕，宗炳終生逍遙於山水之間，王微與蛙蝦爲伍等理論或作爲，姚最所主張「心師造化」、「立萬象於胸懷，傳千祀於毫翰」，都形成實實在在的內容理論。

「心師造化」的美學基礎是創作主體與對象間的呼應互動，有時是創作者將客觀山水加以擬人化，有時是主體融入山水間與自然同化，主體與客體間有不同的對應關係，此爲本節第一討論重點。至於心師造化的方法技巧，姚最之「立萬象於胸懷，傳千祀於毫翰」概可得之，此爲第二討論主題。以造化爲師的結果則是畫者凝氣怡神，觀者即便無「某筆出自何人」的認識，

爲 555～603 人（頁 37），《六朝畫論研究·姚最和續畫品錄的幾個問題》考證姚最早的可能性是生於梁武帝大同三年，即 537 年，梁亡之前已入西魏，終身未入陳。（頁 240）。

〔註159〕薛永年《中國美術全集（一）·三國兩晉南北朝的繪畫藝術》台北：錦繡出版有限公司 1993 年 11 月，頁 33。

〔註160〕張光福《中國美術史·魏晉南北朝時期的美術》台北：華正書局有限公司 1986年 5 月初版，頁 259。

亦可直接由自然造化中體認或磅礴或秀逸的山水靈氣。「凝氣怡神」爲本節探討的第三主題。

一、主客交融

山水繪畫是人類藝術精神與生活情趣表現於外的一種形式。藉此，文人身在魏闕而心懷山林的心靈寄託得以滿足，山水遊賞者身老疲困而不能忘情跋涉的慾望得以滿足。故繪畫中山水外在形式的內部，必有一個主導者，那便是心靈。心靈與外交接，是主體決定了客體的面貌神色，抑或山水決定了畫家的表現形式？其實主客體之間是交互相融的。

（一）意趣兼具的客體

從魏晉以前的文學作品中可知，人們與自然的關係是詩六義中比與興的關係。以自己的境遇，有意地與自然景物相比擬、相觸發，魏晉及其以後的時代，雖然繼續存在著這種通過比興而與自然相接觸的情形，但這種人我相遇的比興是片斷、偶然的觸發關係。這種關係中，人的主體性佔有很明顯的地位，所以徐復觀《中國藝術精神·魏晉玄學與山水畫的興起》認爲在這種物我的關係中，「只賦與自然以人格化，很少將自己加以自然化。」徐復觀云：

> 在魏晉以前，山水與人的情緒相融，不一定是出於以山水爲美地
> 對象，也不一定是爲了滿足美地要求。但到魏晉時代，則主要是
> 以山水爲美地對象；追尋山水，主要是爲了滿足追尋者的美地要
> 求。〔註161〕

所以六朝文藝中的山水，在創作者刻意追尋的情形下，前所未有地展現了它的美：

其一：山水畫中的山水開始有了透視、比例、明暗、與人物動物相間的趣味。有了「披圖幽對，坐究四荒」（宗炳〈畫山水序〉）客觀性呈現。

其二：山水經過畫家的想像，有了不必同於眞山實水依樣實境的呈現，田川流、劉家亮《藝術學導論·藝術創造的心理要素與藝術思維》所云：「在無數次感知、大量的觀察、豐富的經驗等基礎上進行的，

〔註161〕徐復觀《中國藝術精神·魏晉玄學與山水畫的興起》台北：台灣學生書局 1998年 5 月初版十二刷，頁 231。

並且要通過表現的分析、綜合、抽象和概括的心理過程來實現」〔註162〕的創造性想像。

不論是真山實水的模寫，或是創造性想像中的山水，六朝畫論中的自然景物已大大不同於以往只能像《詩經》做比興或《楚辭》做懷望對象之物，六朝山水已經有自身的美感，畫家不為人格的比擬，也不為情緒的興寄，而純為山水本身的美作畫。故山水可以人格化，人也可以自然化。王微〈敘畫〉「孤岩鬱秀，若吐雲兮」將山水擬於人；而宗炳〈畫山水序〉「披圖幽對，坐究四荒」、王微〈敘畫〉「望秋雲，神飛揚，臨春風，思浩蕩」將自我融入自然的情境。故六朝畫論中的山水兼具自然山水本身的美趣，和畫家得自山水的聯想情趣，此聯想情趣繪入圖中，山水畫即使不寫形，寫意寫神都可以創造藝術價值。

（二）學窮性表的主體

中國畫，不太直接去描寫自然本來的形象，我們所看到的山水畫作，往往是畫家在欣賞過的自然中又加上了人格特徵後表達出來的東西，是經過自己感情的融會，寫的是心靈的眼光所見到的東西，寫的是宇宙生機常新之對象。〔註163〕藝術的誕生是創作者以心寫象的結果，因此，創作者本身的學養、性情、人生觀在在都影響著畫作的品質。曉雲法師《中國畫話‧中國畫藝概說》云：

> （西洋畫）沒有如中國對一切自然界加以人格化、抽象化的作品。……中國藝術之創作，源於心靈的啟示，是以中國畫家多不願發表創作的理論。……中國人，只有其「人生觀」那是學問之修養，亦可說是「人生哲學」或「藝術」。〔註164〕

中國既無自身獨立之宗教以為藝術之附麗，傳統中亦無專業旗幟鮮明之藝術理論以為繪畫之根據，是以畫論就是人生哲學，藝術觀點就是人生觀點。六朝畫論家之理論個個都作哲學性的思辨闡發。宗炳〈畫山水序〉「以應目會心為理者，類之成巧，則目亦同應，心亦俱會」，寫出了繪畫與神思的關係；王

〔註162〕田川流、劉家亮《藝術學導論‧藝術創造的心理要素與藝術思維》濟南：齊魯書社 2004 年 10 月一版一刷，頁 221。

〔註163〕參曉雲法師《中國畫話‧中國畫藝概說》台北：原泉出版社 1988 年 5 月，頁 182。

〔註164〕曉雲法師《中國畫話‧中國畫藝概說》台北：原泉出版社 1988 年 5 月，頁 177。

微〈敘畫〉「以圖畫非止藝行，成當與《易》象同體」，認為山水如同八卦，是自然象徵符號；姚最〈續畫品〉以儒家觀點認為繪畫有「雲閣興拜伏之感，披庭致聘遠之別」功能。故中國的畫論家就是美學家、思想家，其畫論道出人生哲理、藝術主張，藝術即人生。故凡能精論繪畫者，必當「學窮性表」。

　　所謂「學窮性表」即治學能窮究現象和本質，是姚最〈續畫品・評湘東殿下〉之語：「天挺命世，幼稟生知，學窮性表，心師造化，非復景行所希涉。」〔註165〕唯能學窮性表，心師造化，故繪人能「特盡神妙，心敏手運，不加點治」，畫山水之意亦同。

　　繪畫山水原是極盡瀟灑逍遙之事，運筆能與寫草書行書不拘攣之工相同，方得趣致。繪畫的誕生是畫家全部學養在作畫瞬間所噴發而出，因為「畫境表現意境，意境表現心境。因此意境是心物交融所生意象之情境。」〔註166〕畫家平日「積學以儲寶，窮理以富才」（《文心雕龍・神思》），對自然界現象所呈現的節奏、韻律、均衡、對稱等形式已了然感知，對藝術作品中的深層內涵已涵融至其性情當中，才能在作畫時一揮而就。故畫家應該是自然的追隨者，也是自我生命的主宰者。

（三）主客交融的經驗

　　中國哲學可以用「天人之際」貫通所有的主張，畫論是美學，是以哲學思想為背景，故中國山水畫史中，表現「天人合一」的藝術心靈者頗多。如宗炳將情感滲透於山水中，使山水融入內心，使一己的精神與山水之美合而為一，如此意境自生。李明宗《六朝美學點描・藝術本體論的審美觀》云：

> 宗炳認為心與物，或精神與天地之間是不對等的，〈明佛論〉所標舉的「精神我」概念，認為人是精神物的思想，在其山水畫美學中體現無遺。〔註167〕

當心與景融合為一，自然就達「應會感神」之境，亦即所謂「目亦同應，心亦俱會」，故「畫象佈色」能達「神超理得」境界。這就是心物交融，也就是天人合一。文學家寫景須如此，畫家更須如此。曉雲法師《中國畫話・中國

〔註165〕姚最〈續畫品〉載潘運告編《漢魏六朝書畫論》湖南美術出版社 1997 年 4 月一版，頁 328。

〔註166〕張俊傑《山水繪畫思想之發展・中國山水繪畫藝術思想之根源》台北：國立歷史博物館 2005 年 9 月，頁 41。

〔註167〕李明宗《六朝美學點描・藝術審美論的本體觀》台北：亞太圖書出版社 2001 年 12 月初版一刷，頁 274。

畫藝概說》云：

> 畫家以自然爲師，以自然爲法，而亦以自我爲師，自我爲法。以自
> 我師法，純乎神行，方寸中神物使然，有時只知其然而不知其所以
> 然者。常神行氣使之際，似乎所寫之對象在呼喚他，吸引著他，於
> 是與它們──同生活──生長；當生活的，便是藝術創作正在要誕
> 生的時候。〔註168〕

以自然爲法即心師造化，以自我爲法即造化入我之主體，二者交融之際，藝
術從而誕生。然而創作主體和山水客體如何交融疊合，作品如何呈現此交融
疊合的深度，鍾仕倫《魏晉南北朝美育思想研究·山水繪畫美育思想》認爲
「宗炳在《畫山水序》中提出的以『勢』寫神的理論，觸及了審美創造活動
中主客交融的問題」。〔註169〕宗炳「崑崙之大，瞳子之小，迫目以寸，則其形
莫覩，迥以數里，則可圍於寸眸」，在一個有限的平面上，如何能夠把比畫面
大許多倍的東西納入？宗炳從實際的創作實踐中意識到了透視的原理：只要
眼睛和畫作對象的山水景物拉足了距離，「豎劃三寸」就可以「當千仞之高」，
「橫墨數尺」就可以「體百里之遙」，這就是一種「自然之勢」。劉綱紀《中
國書畫、美術與美學·關於六法的初步分析》云：「宗炳的這種探求精神，很
好地說明了我國畫家向來就十分留意於繪畫表現技巧所依據的客觀規律的探
求。」〔註170〕這「勢」的形成是客觀的規律加主體涵融方能形成。

　　藝術活動具有內在的規律。凡能主客交融的藝術作品，必然要以極端虛
靜之心，去觀照萬物又冥入萬物、參透萬物，而達「主客合一」之境。然後
再藉畫技、筆墨、色彩表現成畫，故一畫之成實際已經以主體精神心靈參透
自然山水之中，使「吾人活潑之感受力、想像力順著愛美的天性，而與山川
之美的性質冥合」。〔註171〕此即宗炳〈畫山水序〉所說：「神本亡端，棲形感
類，理入影迹。」「棲形感類」是觀照、參透的過程，「理入影迹」是物我交
融的結果。「理」是主體學窮性表累積的學養，「影」即客體意趣兼具的形象，

〔註168〕曉雲法師《中國畫話·中國畫藝概說》台北：原泉出版社 1988 年 5 月，頁
　　　　182。

〔註169〕鍾仕倫《魏晉南北朝美育思想研究·山水繪畫美育思想》北京：中國社會科
　　　　學出版社 2006 年 11 月一版一刷，頁 333。

〔註170〕劉綱紀《中國書畫、美術與美學·關於六法的初步分析》武漢大學出版社 2006
　　　　年 10 月一版一刷，頁 220。

〔註171〕張俊傑《山水繪畫思想之發展·中國山水繪畫藝術思想之根源》台北：國立
　　　　歷史博物館 2005 年 9 月，頁 32。

二者交融的結果，就是藝術的誕生。張俊傑《山水繪畫思想之發展・中國山水繪畫藝術思想之根源》有細膩的描述：

> 心物之間必賴手之技巧來完成，故其層次乃由心物之相融，有所感而呈現美的意象於心中，然後心手相渾相融而相忘。不但使手腕、筆墨不覺存在，似如心之直接表達，並且此時亦不覺自身及心的存在，只有一片明誠，充分表達美感之意象而成畫。〔註172〕

除了藝術創造外，在藝術欣賞中亦有心物交融的過程：

> 美感作用是在我們虛、靜、靈、明、愛、生之天心源基礎性質之上，聚精會神經由心齋、坐忘之境界，以純然知覺之直觀活動，觀照外物之美的性質，並隨著觀照的深度，使心物之美的精神作用往復增強，至達相渾相忘的合一之境。〔註173〕

欣賞須由心齋、坐忘的境界去直觀畫作，創作須由虛靜澄懷的工夫去觀照自然，不論創作或欣賞，山水畫是山水性情與我之性情相契相合的結果，是人與大自然相互呼應最美的結晶，可謂是道家思想在藝術中的實踐。

二、立象於胸

六朝畫論由顧愷之「傳神論」、宗炳「以形寫形」以來，都是以作畫對象為準的，至王微「擬太虛之體」和「明神降之」始以畫家主觀意識為最重要的繪畫核心。姚最提出「心師造化」以畫家心靈作用為作畫準的，「立萬象於胸懷」正與心師造化論相統一。陳傳席《中國繪畫理論史・心師造化——姚最的〈續畫品〉》認為姚最在〈續畫品〉提出「立萬象於胸懷」代表中國畫論的大進步：

> 將萬象立於胸中・也就是胸有丘壑。心胸得到充實，作畫時所寫的不是客觀之物象，而是胸懷。但「胸懷」中必須立有萬象，這就是主客觀的結合。開後世繪畫寫心之法門。〔註174〕

故作畫時以主觀的心情、意念，將客觀的景物熔鑄於胸中，發揮主觀情思對

〔註172〕張俊傑《山水繪畫思想之發展・中國山水繪畫藝術思想之根源》台北：國立歷史博物館 2005 年 9 月，頁 35。

〔註173〕張俊傑《山水繪畫思想之發展・中國山水繪畫藝術思想之根源》台北：國立歷史博物館 2005 年 9 月，頁 34。

〔註174〕陳傳席《中國繪畫理論史・心師造化——姚最的〈續畫品〉》台北：台灣學生書局 1999 年 9 月一版二刷，頁 39。

於繪畫對象的感受、理解與熔鑄的作用，這才是藝術產生的奧秘。郭因《先秦至宋繪畫美學‧南北朝的繪畫美學》云：

> 他（姚最）說，畫家必須「立萬象於胸懷」（序），他讚美湘東王的「心師造化」。不是讚美目師造化、手師造化，而是讚美「心師造化」；不是主張直接寫萬象於筆下，而是主張「萬象」在反映到絹素上之前，必須先「立」於畫家的「胸懷」，這正是在強調以情融景，而致情景交融，對於創造藝術形象的重大意義。〔註175〕

故畫作成形之前，必然先已經過了象立於心、景融於情、丘壑內營的過程，而且是目識心記、意在筆先。

（一）以情融景之寫真方式

中國山水畫不同於西方的定點寫生，而是在景觀前目識心記後，回到案前揮毫，畫出胸中所記，既無粉本，亦無固定的透視點，採散點透視的結果，與真實的山水已有出入，其中的差距就是主觀的情，眼之所見，到心之所感，再到手之所繪，已然形成了「第二自然」。李澤厚《哲學美學文選‧關於中國美學史的幾個問題》云：

> 現代的藝術是希望超脫那種比較狹窄的有限的東西，更加自由地去表現廣闊無垠的人生、情感、理想和哲理。中國的藝術就有這樣的特點。一方面，它的形式有很大的寬容性，有很大的容納性能；另一方面，它的形式又有非常嚴格的講究。……它不要求表現那種非常嚴格的狹窄的現實，而要求表現廣闊的人與自然、人與社會的關係。〔註176〕

這種寬容性是指主觀的情感意欲突破現實狹窄的有限物象，除了「含毫命素，動必依真」，〔註177〕須依據現實形象去寫真以外，現實表現中也有相當多依創作者的性情去詮釋的部分，與現實中的自然山水有所出入，那一部分就是來自創作者的審美經驗，藝術家不只模擬舊作，也不只模擬真山實水，而是把自然形象和生活情味結合起來而形成的藝術形式表達。李澤厚《哲學美學文

〔註175〕郭因《先秦至宋繪畫美學‧南北朝的繪畫美學》台北：金楓出版有限公司 1987 年 7 月初版，頁 56。

〔註176〕李澤厚《哲學美學文選‧關於中國美學史的幾個問題》台北：谷風出版社 1987 年 5 月，頁 487。

〔註177〕姚最〈續畫品〉評蕭賁語，載潘運告編《漢魏六朝書畫論》湖南美術出版社 1997 年 4 月一版，頁 329。

選·關於中國美學史的幾個問題》認爲這種藝術形式「能非常廣闊地表現現實，而不只是狹窄的模擬」。〔註178〕六朝形成的行草書法就比繪畫先一步突出地體現這種藝術形式，線條或輕或重，字型或大或小，結構或正或欹，隨書寫者性情的自然流露而有不同的詮釋，這是創造性的想像，田川流、劉家亮《藝術學導論·藝術創造的心理要素與藝術思維》云：

> 創造性想像可以在脫離眼前的知覺對象的情況下，通過對感知記憶中的客觀事物的表象，進行徹底的改造，並創造出新的形象。創造性想像是在無數次感知、大量的觀察、豐富的經驗等基礎上進行的，並且要通過對表現的分析、綜合、抽象和概括的心理過程來實現。〔註179〕

眞正的藝術創造活動主要是依靠創造性想像，把自然界中的節奏、韻律、均衡、對稱等形式上的東西表現到藝術作品中，表現出了自然界的規律，其實正也表現出了人的情感規律，在藝術表現中其實自然和人是同形同構，而表現的關鍵是人的情，驅動了物的象，而使得意象結合。這也正符合了宗炳所說「聖人含道暎物，賢者澄懷味像」的意思。

（二）意在筆先之寫心法門

中國山水畫的處理方式不同於西方之處，除了前所述定點透視之外，尙有創作者的內在丘壑。鄧以蟄〈中國繪畫之派別及其變遷〉云：西洋風景畫畫師在臨畫之先胸中一無所有，種種印象，都取自自然。顏色、距離、積量，都當作繪畫的要素，無此創作就失了憑藉，因爲畫師本人沒有什麼內在的東西可以表現的。〔註180〕

中國畫家則相反，畫家若無內在丘壑，則繪畫就失了美的核心準的，而這個內在丘壑是需要「悟」的。《傅抱石畫論·談山水畫寫生》云：

> 悟，就是要深入思考分析、概括提煉。使客觀景物醞釀成意境。這才叫「胸中丘壑」。〔註181〕

〔註178〕李澤厚《哲學美學文選·關於中國美學史的幾個問題》台北：谷風出版社 1987 年 5 月，頁 487。

〔註179〕田川流、劉家亮《藝術學導論·藝術創造的心理要素與藝術思維》濟南：齊魯書社 2004 年 10 月一版一刷，頁 221。

〔註180〕鄧以蟄〈中國繪畫之派別及其變遷〉載何懷碩主編《近代中國美術論集》台北：藝術家出版社 1991 年 6 月，頁 89。

〔註181〕傅抱石《傅抱石畫論·談山水畫寫生》台北：藝術家出版社 1991 年 10 月，頁 51。

又云：

> 「悟」是客觀景物反映到主觀意念上，重新組織成藝術形象的重要
> 過程。經過藝術加工的景物，應該比原來的景物更集中，更美。

畫家對自然景物不能只停留在感性的認識上，還須進一步思考、分析、掌握
表現對象的特徵，而後去蕪存真地去構思立意，再完成畫作，「意在筆先」就
是這個意思。這其中有感性的認知，也有理性的整理。

在宗炳的〈畫山水序〉中即充滿了理性的思考，「瞳子之小，迫目以寸，
則其形莫覩，迥以數里，則可圍於寸眸」，又曰「觀畫圖者，徒患類之不巧，
不以制小而累其似」等等，都是先胸有成竹，繪畫之道，包含其內涵境界和
創作技法都先了然於心，而後揮筆寫形寫心寫意的創作。

謝赫的六法中的「經營位置」也是理性的規律，因為只有在「丘壑」的
「位置」得當時，山水方合於人情，這是須經一番理性規劃的。王振德《中
國畫論通要‧引言》云：

> 創作一幅作品猶如行軍佈陣，只有理法森嚴、運籌帷幄，行筆運腕
> 時才能靈氣混漾，出神入化，傳達出生命的活躍和深切的審美感受。
> 可知中國畫論理法兼備，法其外而理其中，是一而二、二而一的東
> 西，千變萬化如神龍在天，迎之不見其首，隨之不見其後，在上不
> 皦，在下不昧，靈妙無窮，雖放意力取亦難盡至。〔註182〕

此所謂「理法兼備」就是繪畫之道，道是指繪畫的理論，也指繪畫的方法技
巧，而道一定先行於心中，才能「靈妙無窮」。謝赫的經營位置正須先在胸中
經營位置，呈現紙陣上的雖不一定合於真實山水，卻能合於創作者的胸中丘
壑，落筆之後，萬象顯露，其山或大或小，其水或遠或近，先筆導後筆，後
景配前景，漸次生發，其實都發自心源。此心源，實為中國山水繪畫藝術之
根源，山水畫實則為寫心之藝術。心就是意，意有所生，就能驅使筆墨，筆
墨屬作畫的功力，畫家能「得心應手」，就表示藝術手腕達到成熟的境地。

三、凝氣怡神

凝氣怡身是指道家仙家調養氣息以求健康長壽的方法。當畫家把萬象納
於一心，窮通造化之妙時，其主觀的體驗就能達到凝氣怡神的境界。當藝術
作品能充分讓創作者心手相應，所思所感能淋漓盡致發揮時，就有一種「暢

〔註182〕王振德《中國畫論通要‧引言》天津人民美術出版社 1992 年 5 月一版，頁 2。

神」之感。凝氣怡神就是舒和暢神的感受。提出暢神說的宗炳，將山水當作愉悅精神的對象欣賞，較之孔子的比德說更貼近美的本質，對山水的詮釋感動也更直接。

山水之所以能暢神，在於它的美，而其美的存在一方面是山水的美姿令人怡然，遊山玩水可以祛塵污、忘得失、寄性靈；另一方面，山水之美存在於畫家藉其美姿所創造的第二自然，作山水畫可以擬太虛、逞筆墨、通神明，是創造過程的暢神。一樣亙古存在的山水，六朝文人藝術家從遊賞到創作，首度把山水的美納進了心靈，納進了創作中。

（一）逍遙暢神的臥遊賞會

最早有意識地體會到山水可以圖繪之以為觀賞者為宗炳。〈畫山水序〉云：「余眷戀廬、衡，契闊荊、巫，不知老之將至。愧不能凝氣怡身，傷跕石門之流，於是畫象布色，構茲雲嶺。」〔註183〕畫山水最初的目的，在宗炳只是為彌補不能親遊衡巫、凝氣怡身的遺憾而已。山水是「以形媚道」，供「仁者樂」的東西，而山水畫是代替真山真水，給「披圖幽對」的人「暢神」的東西，觀畫、繪畫都只是「臥遊」的途徑。但山水畫有其嚴肅的意義。徐復觀《中國藝術精神‧魏晉玄學與山水畫的興起》云：

> 「且夫崑崙之大，瞳子之小；迫之以寸，則其形莫睹；……」說明山水在創作時所以能入畫的原因。在畫人物時，沒有對象何以能為畫者之眼光所收而加以表現的問題。僅以山水作人物畫之背景時，不必要求山水之真實性，故亦無此問題。現宗炳所要求者，乃將他所喜愛的真山實水，表現於畫面之上，故不能不使宗炳發生如上之反省。此說明山水畫至宗炳而其嚴肅性；在此嚴肅性下，始能奠定其基礎。〔註184〕

畫家的目光開始從人物的神態轉移至山水，而山水的形是否足以攝入畫者的眼光？所納入紙上的山水圖景是否足令臥遊者暢神？這些問題開始反省的時候，山水畫的獨立性始成立。宗炳所要把握的真山實水「質有而趣靈」，因此，畫布上的山水要能現出山水的靈氣才得臥遊之趣，換言之，要以山水之形融

〔註183〕宗炳〈畫山水序〉載潘運告編《漢魏六朝書畫論》湖南美術出版社 1997 年 4 月一版，頁 288。

〔註184〕徐復觀《中國藝術精神‧魏晉玄學與山水畫的興起》台北：台灣學生書局 1998 年 5 月初版十二刷，頁 240。

入內在的靈，以有限的形顯出無限的道，才算是達到「以形寫形」和「以形寫神」的標準。「心師造化」正要隨處與造化自然相應，能遊賞時見天地之氣，不能遊賞時觀畫臥遊以冥合天地之精。這種感而遂通的誠明之教幾乎可以擬之為宗教情懷。六朝山水畫中呈現了欲存其形以感其神的想法。曉雲法師《中國畫話‧中國畫藝概說》云：

> 誠者明，明者通，而與物無間，契會至理，發之藝事「明通」是重要的。其實無論哲學、藝術、宗教等等學說理論之繁衍，不過是思想把人與神，或人與物等，減少了距離；使人神與物我無間之作用——偉大生命之洪流中——沙礫——草芥皆含有同樣之生命力，能處於無限之生命中，則我之生命便無限無盡。〔註185〕

對於善於想像的畫家來說，每一處的風景都是一幅圖畫，都是可以展現無現生命力的藝術媒介。六朝文人藝術家以一種超然物外的玩世人生觀的態度，把繪畫當作天人合一、心物調和的藝術活動，使得繪畫命題嚴肅了起來，這是中國傳統藝術精神極重要的開發。尤其是宗炳所提出「山水質有而趣靈」「山水以形媚道」山水形質之美的理論，以及「應目會心」人與自然相親相和的精神現象的理論，把人與自然造化的聯繫很深刻地作了提示，並且把審美過程中的外在直觀感受，上升到內在精神本質領會的高度。

張俊傑《山水繪畫思想之發展‧山水畫思想的成熟與山水畫的建立》云：

> 他（宗炳）的山水畫思想，一面從自然中體驗，一面從涵養中充實，使理論與實際互為表裡；他所謂的「神」、「形」、「理」，都滲入了道家的思想，他所謂「道」，就是莊子所說的「道」，實即是藝術精神，與道相通，精神上得到自由解放。唯在自然山川形質上，易看出其「趣靈」，看出自有限通往無限的性質，可見他的精神與自然融合境界之高。這是在他之前任何畫家都無法與之比擬的。他把繪畫的藝術性質提高了——提高成為純粹表現精神的藝術境界。〔註186〕

在創作的過程中，精神得到自由解放，作品能無礙地呈現萬有之趣靈，這就達到了莊子「逍遙遊」的境界。莊子開了中國古代心游、神游的先河，人的

〔註185〕曉雲法師《中國畫話‧中國畫藝概說》台北：原泉出版社 1988 年 5 月，頁183。

〔註186〕張俊傑《山水繪畫思想之發展‧山水畫思想的成熟與山水畫的建立》台北：國立歷史博物館 2005 年 9 月，頁 81。

精神可以不受物質條件限制而獨立往來於天地之間。宗炳的「臥遊」正也是不受客觀地理環境的限制，能透過畫象而意求千里之外，與自然相通共契以「玄覽」畫外之旨，即山水以其形象所表現的「道」，亦即「聖人」和「賢者」所暎物味象的精神品質，使「仁者」感到愉悅的源頭。

所以六朝人除了欣賞眞山實水的快意之外，從山水畫中所得到的逍遙暢神之遊，來自於三種，其一爲臥遊山水，意求千里之外，其二爲玄覽山水，感通畫外之境，其三爲繪畫山水，含暎山水妙趣。

（二）筆妙墨精的情理密附

六朝山水畫的實踐上，仍在初步嘗試的階段，但在理論上，發展的相當有規模，即使是畫技的探討，也足以爲後世典範。

顧愷之的〈畫雲台山記〉在理論上已有別遠近、重比例、究虛實的技巧研究；宗炳則認爲山水「以形媚道」，供「仁者樂」，而予「披圖幽對」者「暢神」之感，更重視對於形似的追求，講究透視原理、大小比例，要「以形寫形，以色貌色」，「不以制小而累其似」。在山水構形的追求上，理論相當明確，故能「畫象布色，構茲雲嶺」，以爲臥遊對象。

王微〈敘畫〉進一步主張「器以類聚」、「物以狀分」，山水畫中主從關係的明確構形，並且要以「一管之筆擬太虛之體」，以畫者的神思融山水之形態，山水畫之形構中加入了畫家主觀神思的比擬。

形與神的交融，在謝赫「六法」的提出後有了進一步的發展。前章討論寫生留跡描摩形貌時云：骨法與用筆爲描摩形貌兩個重要法則。然而「隨類賦采」與六法中的「應物象形」，既包含再現眞實之要求，也包含以現實爲基礎發揮畫家主觀作用和表現主觀情思之要求。山水景物要根據畫家的感受、理解去「象形」；色要根據畫家的分析、研究、歸類然後去賦彩。這顯然不同於宗炳那種傾向於客觀主義、自然主義的「以形寫形，以色貌色」的主張。他讚美顧駿之「賦彩制形，皆創新意」。「賦彩制形」之所以能「創新意」，這顯然是因爲在他看來，這形與色不僅是客觀存在的東西，而且同時還是畫家獨特的主觀所感受、理解與熔鑄的東西。〔註187〕其外，「骨法用筆」、「經營位置」在構圖和用筆在技法上更提出了重要綱領，在這些綱領啓引下，後世對

〔註187〕參郭因《先秦至宋繪畫美學·南北朝的繪畫美學》台北：金楓出版有限公司 1987 年 7 月初版，頁 50。

山水畫的筆墨技法更精益求精了。

　　繼謝赫〈古畫品錄〉把主觀情志和客觀存在析出了六法，姚最又再提出「心師造化」之語，在〈續畫品〉中評梁元帝時云：「畫有六法，真仙難為。」然而梁元帝能「特盡神妙」在於他「學窮性表，心師造化」，此語提出，確定了畫境無論如何高妙總不出造化自然之意。傅抱石〈中國山水畫論〉云：

> 在畫學上，由注重「格體筆法」的寫實畫漸漸趨向性靈懷抱的抒寫，
> 因而使寫意畫的旗幟逐漸鮮明起來。

又云：

> 在畫法上，由「線」的高度發展，經過色的競爭洗練後，努力「墨」
> 的完成。這三者混合交織相生相成的結果，便匯成了至少可以說第
> 十世紀以後中國繪畫的主流，即是中國繪畫乃循山水、寫意、水墨
> 的軌道向前推進。〔註188〕

山水畫朝寫意、水墨的方向發展，正因在筆墨揮灑之際，不特給人視覺之美，而且訴說了創作者心底言語，使繪畫由象而意、由形而神予以提升，可在自然山水之外找到一種弦外之音，敘說作者內在的精神語言，如此也正應合了宗炳所說的「暢神」和王微的「明神降之」。王微在〈敘畫〉裡劈頭就指出山水畫不同於地圖，它不是「案城域，辨方州，標鎮阜，劃浸流」的平面標誌，山水畫除了運用地輿圖的精確結構、比例、色彩外，更注重在由結構、比例、色彩所表現的和諧美。鍾仕倫《魏晉南北朝美育思想研究·山水繪畫美育思想》云：

> 美是由結構、比例、色彩所表現的和諧美，是為表達在真的基礎上
> 的美的理想。這種真與美的結合，便成為魏晉文人藝術觀中的完美
> 理想追求。〔註199〕

畫家的心如同一面鏡子，把它所反映的事物的色彩攝進畫中，當創造出「第二自然」時，是否與第一自然符合已經不重要了，因為此刻畫家已經得到了凝氣怡神的效果，其層次有四：

　　1. 主觀情志已在賞玩第一自然中得到舒放之效。

〔註188〕傅抱石〈中國山水畫論〉載何懷碩主編《近代中國美術論集》台北：藝術家
　　　　出版社 1991 年 6 月，頁 15。
〔註199〕鍾仕倫《魏晉南北朝美育思想研究·山水繪畫美育思想》北京：中國社會科
　　　　學出版社 2006 年 11 月一版一刷，頁 335。

2. 畫家主觀情思已對第一自然的結構、比例、色彩做了一番揀選而暢神。

3. 畫家經由筆墨的揮灑，宣洩內在的情志表達要求而暢神。

4. 畫作告成時畫家得到情理密附的舒展、心手相印的滿足。

　　特別是第四項，當畫家能把萬里之遙的自然景物，恰如其分的移到咫尺之內的畫面上來，已投入了相當艱苦的摸索過程。所謂「豎畫三寸，當千仞之高，橫墨數尺，體百里之遠」，可以說身不可履歷者，心可由之，而山水畫的創作正是心師造化的成果，山水畫的賞鑑也正是怡神的途徑。

　　藝術創作之美感，發於心而顯於畫。山水畫之創作乃心師造化的結果，山水畫的核心內涵恰爲聖賢體悟的道，而山水畫表現技巧的關鍵在於形與神的密附、心與手的相印。雖然由於人爲的大規模毀滅，六朝繪畫作品流傳下來的極少，但是六朝畫論已爲中國繪畫藝術作了極明確的指引方向，奠下相當穩固的基礎，後來中國畫就一直以六朝畫論中所啓示的「神韻」爲繪畫的精神核心。這樣的發展，固不能不推溯到先秦道家思想的啓發。徐復觀《中國藝術精神‧魏晉玄學與山水畫的興起》認爲：魏晉時代對山水在藝術上的自覺，更實踐了莊子的藝術精神。〔註190〕所以，繪畫和文學的發展一樣，受到大環境影響，文人極欲找一心靈出口。山水使文人找到一處可以排遣凡慮甚至安身立命的處所，居之不能或賞之不足則以筆墨圖之藉以臥遊觀覽，山水畫遂脫離人物畫而獨立成幅，凡人物畫上不容易發揮的，山水畫可以完全揮灑宣洩作者的胸懷。由是六朝山水畫在中國繪畫史上開啓新頁。

〔註190〕徐復觀《中國藝術精神‧魏晉玄學與山水畫的興起》台北：台灣學生書局 1998
　　　　年 5 月初版十二刷，頁 228。

第五章　山水詩畫之情理會通與激盪

　　將中國詩畫理論明確合在一起的是蘇東坡,其〈書鄢陵王主簿所畫折枝二首〉云「詩畫本一律,天工與清新」;〔註1〕在形式上將詩畫結合在一起的是宋徽宗趙佶,其〈芙蓉錦雞圖〉（附圖五）、〈文會圖〉（附圖六）、〈雪江歸棹圖〉（附圖七）、〈祥龍石圖〉（附圖八）,都在畫上題詩,且詩文書法都成為繪畫布局中的重要部分,甚至可獨立欣賞,這樣的結合無疑是中國詩畫藝術的可貴特質。

　　但將詩畫置同等地位並將詩畫進行比較研究的開山之祖是六朝陸機。陸機云:「丹青之興比雅頌之述作,美大業之馨香。宣物莫大於言,存形莫善於畫。」〔註2〕把繪畫地位拉得極高,與《詩經》雅頌並提。陳華昌〈魏晉南北朝詩書畫之關係〉云:

> 魏晉南北朝藝術家對繪畫地位的重視和對藝術本質規律的認識意味
> 著繪畫的自覺。這種自覺是詩書畫「戀愛」的條件。〔註3〕

以戀愛比喻詩畫融通,可見需要透過相當契應謀合,需有兼詩畫才藝於一身的文人投入方可得。六朝文人從事繪畫特別強調繪畫的表意性質,《歷代名畫記》記晉明帝司馬紹以《詩經》為題材作畫。〔註4〕而畫家從事文字創作則強

〔註1〕 「論畫以形似,見與兒童鄰。賦詩必此詩,定非知詩人。詩畫本一律,天工與清新。邊鸞雀寫生,趙昌花傳神。何如此兩幅,疎澹含精勻。誰言一點紅,解寄無邊春。」《蘇東坡全集》卷十七。世界書局 1996 年 2 月初版七刷,頁194。

〔註2〕 唐‧張彥遠《歷代名畫記‧卷一‧敘畫之源流》江蘇美術出版社 2007 年 8 月一版一刷,頁2。

〔註3〕 陳華昌〈魏晉南北朝詩書畫之關係〉載香港中文大學中文系主編《魏晉南北朝文學論文集》台北:文史哲出版社 1996 年 11 月初版,頁243。

〔註4〕 《歷代台畫記‧卷五》記:「彥遠曾見晉帝《毛詩圖》,舊目云羊欣題字,驗

調文字的形象美感，如顧愷之描述會稽山川「千巖競秀，萬壑爭流」之句，這些都是詩畫融通的現象。

至於山水詩和山水畫在六朝時分別成為重要創作題材和審美議題，原因很多，其中思想部分是緣於道家、佛家之興，和傳統儒家雜糅成玄學，文士每每喜探討人生歸宿。傳統文人得志則兼善天下，不得志獨善其身，在六朝政治不如人意的環境下，有才情但不得志者避居山林，遂成高蹈遠引的標志，得志者受到這種氣氛影響，即使身在魏闕，也作林泉高致之想，故山水林泉的追求已成為六朝人士生活修養的一部分。

六朝人認識到自然之美、重視自然美的思想發展到一定階段，藝術家文人對山川自然之美，在感情上產生共鳴，渴望要去表現，就產生了山水詩和山水畫。雖然詩歌和繪畫都在表現山水之美，二者有同樣精神內涵，但畢竟各有不同載體，不同物質條件，侷限著它的表現力和表現範圍，而呈現不同的形式。以精神內涵來說，詩與畫都可以表現山水之美，都可以山水之美去象徵創作者的理想，涵融創作者的心境性情。中國藝術都重純粹之形式美，貴含蓄不盡，貴空靈恬淡，而且與自然萬象之流行能融契無礙，總喜以最少媒介象徵最多意義，詩與畫也都有此質素。

但在形式上二者不同，各有所擅。在所有的藝術中，繪畫是最注重形式的藝術，即陸機所言「存形莫善於畫」，故在表現手法上充滿了形式變化，例如以墨代色的表現法，以線的輪廓表現法，以大面色塊的渲染法，每種方式都是呈現不同意境的手法，此乃詩不可追摩之處；至於詩的物質媒介是文字，文字可以將創作者的思想直接表露出來，雖然詩貴含蓄，但因諸多修辭技巧發展之下，詩可更細膩地表達最幽微的情志，此乃繪畫所不能企及。

大體言之，詩重內容之美，而畫重形式之美。但詩是否受畫家啓發也追求形式之美？繪畫是否受詩人激發也在內容上追求形上層次？二者的表現形式、成果有其會通之處。朱光潛〈詩的境界——情趣與意象〉云：在心領神會一首好詩時，都必有一幅畫境或是一幕戲，很新鮮生動突現于眼前。〔註5〕這就是詩境中有畫境。

易蘇民編《國畫的顏色與氣韻·國畫的氣韻》云：

其跡，乃子敬也。」江蘇美術出版社 2007 年 8 月一版一刷，頁 114。

〔註5〕 朱光潛《朱光潛美學文學論文選集·詩的境界——情趣與意象》湖南人民出版社 1981 年 8 月一版二刷，頁 185。

> 廣義的文化現象，大而無岸，狹義之文彩文章，隘而不周。而文學
> 之資料，多不出平日之思想，經歷日積月累，傳而為文。由此證明，
> 思想與經歷才是整個國畫系統的重心。〔註6〕

與詩歌一般，繪畫也可以成為創作者寄情託志的對象，畫家的氣質必也投射
在畫布上，這又形成畫境中有詩境。故討論中國繪畫藝術，必然離不開文學，
而討論文學必然也離不開思想文化。思想的開啓會逐漸影響到方法的運用，
而方法表現之效果，也仍在於思想之運用，方法亦為思想之延展。在整個時
代思想風氣影響下，山水詩歌與繪畫的表現方法和內涵必然相互會通相互激
盪，因為二者都是以自然為創作的源頭活水，不僅詩中有畫畫中有詩，更且
山水中有生命，人格中有自然。莊師雅州〈美學的會通——論和諧〉云：

> 中國歷代的美學家、藝術家，……都把天看成充滿生機的生命系統，
> 把天人合一看成是自然生命與人類生命的相互依存、交融統一。這
> 是藝術創作的活水源頭，也是和諧之美的主要根據。〔註7〕

此正說明詩人和畫家的創作審美與天地自然密不可分，既有共同的創作源
頭，則必有其共通的內在審美結構，也有其載體相激的互仿形式表現，本章
即以六朝山水詩與山水畫論間情理形式的會通與激盪為主題，觀照對舉二者
間互滲互依的狀況。

第一節　詩歌繪畫之情理會通

　　六朝詩人未必繪畫，但畫家必能然文。在《世說新語》記載顧長康以「遙
望層城，丹樓如霞」之語描繪江陵城之美而得桓溫賞賜（〈言語〉篇八十五則），
以「千巖競秀，萬壑爭流，草木蒙籠其上，若雲興霞蔚」之語描繪會稽山川
而成為名言佳句（〈言語〉篇八十八則），可見當時畫家多具文采，其後宗炳、
王微、謝赫、姚最等相繼發表重要畫論，使得繪畫已不僅止於工匠之事，文
人的參與使得繪畫與文學交會流通成為自然而然的現象。

　　文學以文字為載體、意象為基本元素；繪畫以色彩線條為載體，形象為基
本元素。意與象是互為表裡、本末的元素，是不可分割，既對立又融通之物。

〔註6〕　易蘇民編《國畫的顏色與氣韻・國畫的氣韻》台北：昌言出版社 1971 年 8 月，
　　　　頁 96。
〔註7〕　莊雅州〈美學的會通——論和諧〉載《第四屆東方美學學術研討會》台北：
　　　　國立歷史博物館 2003 年 9 月，頁 15。

　　六朝美學意識擡頭，不論文學或繪畫都標榜以美，遂而形成務彩色、夸聲音形式主義之文學風氣，而山水畫的美也有了「隨類賦彩」（謝赫六法）、「畫象布色」（宗炳〈畫山水序〉）形象精謹的追求，但二者又都以「神」為最高創作源頭，可謂詩畫殊途同歸。

　　至於氣與韻，雖不是謝赫首先提出，但謝說一出，便成為文藝創作最高指標，可見二者在創作意識上是可發生緊密聯繫的。

　　本節就意象、形神、氣韻三方面探討二者的會通。

一、意與象

　　藝術創作中，思想為一切藝術生命力的泉源，有思想始有藝術可言，因為思想是繼直覺觀照而起，形成意境生命的孕育力。宗炳謂「萬趣融其神思」（〈畫山水序〉），故立意應列為創作之首要。然而在創作過程中，往往作品的呈現與描述對象不能密附，是觀照之途徑、方式有所不同？抑或意與象的融成本不易貼合？《文心雕龍‧神思》描述創作過程云：「方其搦翰，氣倍辭前；暨乎篇成，半折心始。何則？意翻空而易奇，言徵實而難巧。」本來意的表達與物象之間的距離，就是創作者的挑戰，六朝王弼（226～249）在《周易略例‧明象》中對言、意、象三者的關係有精闢的說明：

　　　　意以象盡，象以言著。故言者所以明象，得象而忘言；象者所以存
　　　　意，得意而忘象。〔註8〕

所以言語是不能完全表出情意的，常常須在文外象外尋找意蘊象徵或隱喻。黃維樑《中國詩學縱橫談‧中國詩學史上的言外之意說》云：「美學的言外之意分為兩種：因象悟意和一言多意。」又云：

　　　　言外之意說大別可為三類：哲學的、群學的和美學的。第一種從語
　　　　言本質立說，認為言不能盡意；第二類包括以毛詩序為首的風觀，
　　　　和宣揚倫理道德的寓言；第三種從藝術觀點出發。〔註9〕

黃維樑認為儒家主張言可以盡意，而佛老則主張言不能盡意。言意關係的不同說解反映了各家不同的認識論，但在文學創作本身就存在著言意關係、言象關係、言意象三者關係的問題，繪畫創作上也有意象關係的問題，詩與畫的創作

〔註8〕　《王弼集校釋‧周易略例‧明象》台北：華正書局 1992 年 12 月初版，頁 609，
〔註9〕　黃維樑《中國詩學縱橫談‧中國詩學史上的言外之意說》台北：洪範書店 1978
　　　　年 10 月，頁 119。

一以言語文字、一以墨彩線條為載體，以象化出形式，又以意為終極表達，其間的的關係是創作的最根本問題，而在文字和圖象間應有可會通之處。

（一）創作過程中的形象思維

詩歌與繪畫都在表現美，原本詩歌是時間藝術，因為它依於音樂，繪畫是空間藝術，因為它表現平面結構，但二者在形象方面都構築了非常豐富的美感。朱光潛〈文藝心理學〉云：

> 「美感的經驗」就是直覺的經驗，直覺的對象是形相，所以「美感經驗」可以說是「形象的直覺」。〔註10〕

文學和藝術的表現則常在言外畫外開了更大的立意空間。原因在於二者同樣要將形象轉化為意象，童慶炳《中國古代心理詩學與美學・從「物理境」轉入「心理場」》云：「外物若不轉變為心中之物，創作仍然是不可能的。」〔註11〕創作時除了要「隨物宛轉」，納形象於胸，更要「與心徘徊」，化為創作意念，這就是心理學術語所謂「從物理境轉入心理場」。不論文學或繪畫創作都同樣有如此的過程。

1. 對形象的依賴

玄學家認為「立象以盡意，而象可忘也；重畫以盡情，而畫可忘也。」（王弼《周易略例・明象》）詩以文字立象，畫以墨彩線條立象，而象在意之表達完盡之後卻是可以拋棄的。例如陶淵明〈飲酒詩〉「采菊東籬下，悠然見南山」何嘗以現一幅采菊圖象為目的？而「山氣日夕佳，飛鳥相與還」又何嘗有意要表現黃昏山景？詩人在最末句表達了「此中有真意，欲辨已忘言」，詩中的真意並非文字表面所述景象，而是一種不可言喻的渾然感受。然而若無「采菊」、「南山」、「飛鳥」的具體形象，那一渾成的真意該如何託付？形象固不可無；得魚之後真可忘筌嗎？如果沒有了形象，那一會心渾化的真意只能存於詩人心中，讀者無由領略，文學就不成立了。文學之所以具感染力正在於形象之動人，故文學創作實為一形象思維的具體呈現。

六朝的山水詩，無一不對山水景觀作細緻的描寫，謝靈運的「揚帆采石華，挂席拾海月」（〈遊赤石進帆海〉）、謝莊「隱曖松霞被，容與澗烟移」（〈游

〔註10〕朱光潛《文藝心理學・美感經驗的分析（一）形相的直覺》台北：台灣開明書店 1974 年 12 月，頁 7。

〔註11〕童慶炳《中國古代心理詩學與美學・從「物理境」轉入「心理場」》萬卷樓圖書有限公司 1994 年 8 月初版，頁 6。

豫章西觀洪崖井詩〉）、鮑照「清潭園翠會，花薄緣綺紋」（〈三日游南苑〉）、
徐陵（507～583）「徑狹橫枝度，簾搖驚燕飛」（〈春日詩〉）、吳均「檐端水禽
息，窗上野螢飛」等，無一不是形象的具體描寫。山水以形媚道，以形成趣，
以形呈美，山水詩的形成必然脫離不了形象思維這一方式。形象思維是藝術
家在創作活動中從具體物事發現、體驗到進行構思，終而形成藝術意象，並
將化爲藝術形象或藝術意境的思維方式。田川流、劉家亮《藝術學導論·藝
術創造的心理要素與藝術思維》云：

> 形象思維具有具象性、情感性、創造性等特點，它以具體的形象作
> 爲思維的主要材料，以情感作爲思維的中介和動力，並體現出濃烈
> 的創造色彩和藝術家對事物的整體把握。〔註12〕

正因這種形象思維具情感性、創造性，爲藝術家所特有，故也稱作藝術思維。
在山水畫的創造中更爲明顯，六朝的山水畫雖未見真跡，畫論中的形象描述
卻十分具體。顧愷之〈畫雲台山記〉中把山景的分段、倒影的畫面空間比例、
山水的布置構圖均一一明文計量。王微〈敍畫〉中敍述「器以類聚，物以狀
分」，宮觀舟車、犬馬禽魚都以合理的比例點綴畫中，其形象的依賴較之文學
更甚。

2. 對意象的強調

雖然文學對形象的依賴不若繪畫之甚，然而詩人常有一種苦惱，覺得作品
與自己所見的形象不能完全貼合密附。《文心雕龍·神思》篇所謂「方其搦翰，
氣倍辭前；暨乎篇成，半折心始」，正是許多創作者的苦惱。原因除卻辭與意不
必然密附外，尚有言外之意與形象的勾連是否能使創作意念充分表達的因素。
田川流、劉家亮《藝術學導論·藝術創造的心理要素與藝術思維》云：

> 藝術家在創作及形象思維中所具有的情感是在人類一般感情基礎上
> 升華了的審美感情。……同時也已超越了個人感情的模式而具有了
> 社會性內涵。……這種感情將持續地灌注於藝術形象之中，與廣大
> 受眾的情感狀態相契合，從而喚起人們的感情，感染人，激動人，
> 陶冶其心靈，淨化其靈魂。〔註13〕

〔註12〕田川流、劉家亮《藝術學導論·藝術創造的心理要素與藝術思維》濟南：齊
　　　魯書社 2004 年 10 月一版一刷，頁 228。
〔註13〕田川流、劉家亮《藝術學導論·藝術創造的心理要素與藝術思維》濟南：齊
　　　魯書社 2004 年 10 月一版一刷，頁 230。

如果僅有表淺的形象，文學如何感動人？創作者在山水中注入了自己的情感，此言外的情感才是打動讀者心靈的力量。陶淵明在世時的東晉劉宋時代，甚至到鍾嶸《詩品》的齊梁時代，不以象外之意爲文學最高價值，因爲那是一個極端注重辭藻、刻繪形象的時代，鍾嶸評陶詩不過「古今隱逸詩人之宗」而已。至唐宋文家，方讀出陶詩「境與意會，最有妙處」〔註14〕豐富的象外之意，可知形象與意象的融會化合乃詩家創作最精要的工夫。謝靈運被《詩品》譽爲「麗典新聲，絡繹奔會」，描寫山水之精麗開一代新遹，然而在「外無遺物」的描繪下，亦須「內無乏思」以立意。其「池塘生春草，園柳變鳴禽」之句精巧雅麗，然若無生命無常的深層感慨，句亦不能出。

故詩學弔詭之處在於一方面要求文字本身的傳述要精美，另一方面又要求作品的意義必須溢出文字之外。意象必然伴隨情感，其性質與價值就是言外所欲呈示的終極意涵。六朝山水詩常有藉山水表達一己憂悶者，「客游倦水宿，風潮難俱論。洲島驟回合，圻岸屢崩奔。」景致的驚險迂曲其實就是詩人心境的曲折；「哀鴻鳴沙渚，悲猿響山椒。亭亭映江月，颻颻出谷飆。」（謝靈運〈入彭蠡湖口〉）鴻與猿的悲鳴其實就是詩人心中的哀聲。六朝詩人較往者更清楚明確地把個人的心思投射在山水。

至於繪畫，論家把意象擴得更大，「理絕於中古之上者，可意求於千載之下」，畫可以存道取意，唯讀者在披覽繪畫之際，恐不易明白什麼是繪畫要載的道，因爲「旨微於言象之外者，可心取於書策之內」，古人思想之深義隱微不顯，披覽者透過物象之外不易找到創作者的思想，不若書策可直接研判。故繪畫對意象的強調不如文學。

但若從另一方面來說，畫家在藉畫取意又較詩人更自由，尚逵齋〈中國畫的特質〉云：

> 畫家不一定見過眞景才作畫，他們作畫是絕對自由的，譬如一時想到最好在白雲深處，結個茅廬，後有瀑布，我在其間悠然自得，願與世永絕，他就伸紙揮毫，頃刻之間，把這境界畫出，而神遊其間，是何等自由自在的事，所以中國畫可是說是絕對注重內心的表現，以意爲主而以形爲之役，是最能表達作者理想的。〔註15〕

〔註14〕〈蘇軾文論輯錄〉載陶秋英編《宋金元文論選》北京人民出版社 1999 年 1 月一版一刷，頁 174。

〔註15〕尚逵齋〈中國畫的特質〉載《中國文選》73 期，1970 年 5 月，頁 78。

田川流、劉家亮《藝術學導論・藝術創造的心理要素與藝術思維》云：

> 當處在形象思維的佳境或高潮之時，藝術家會馳騁想像的翅膀，進
> 入自由和自在的時空，創造性地建構出獨具魅力的藝術意象和形
> 象。〔註16〕

形象思維可以帶來諸多的審美想像，畫家自由畫象布色，形爲意役，但覽圖
者在墨彩形象中所感知的境界與創作者所表現的，就只能就形象中論其差
異，繪畫立意是畫家自己感知最確，離開形象，意已難求。顧愷之〈畫雲台
山記〉中述「弟子中有二人臨下，到身大怖，流汗失色」，所藉由弟子恐懼之
色襯托絕碉之險峭，但讀者仍只見其失色之形、山勢之峻，且僅止於一畫面
之形象，至於畫者創作時若有曲曲折折的意念，也只能留一畫面供觀者揣摩
而已。

文學家詩人則相反，詩人的意念要透過形象去表現，雖然言不盡意，但
有了象的描繪，讀者就可藉由隱微處所透露的蛛絲馬跡條分縷析地察覺出
來，詩人曲曲折折的心思，可順著文句章節一一和讀者起共鳴，可以毫無距
離。

總之，詩與畫同是形象思維，詩中的山水所傳的意可以比繪畫明確，畫
中的山水形象又比詩來得更具體。六朝是重感官的時代，詩中的感官描寫較
之前代大有開展，山水的狀繪更見細膩多姿，詩中呈現的繪畫圖景愈形具體；
繪畫則純爲視覺的呈現，如無形象則畫不成立，畫必然要完全依賴形象，而
六朝山水畫爲了要「臥遊」，圖景中的詩意也逐漸被重視。

（二）創作過程中的抽象思維

儘管詩或畫都是形象思維，抽象思維亦不可少。田川流、劉家亮《藝術
學導論・藝術創造的心理要素與藝術思維》云：

> 在藝術創作的初始，抽象思維對於藝術家觀察和體驗社會生活、選
> 擇素材和題材、結構安排、主題提煉以及表現手法和作品基調的確
> 立，都是不可少的。……〔註17〕
> 藝術意象或形象的生成過程之中，抽象思維的因素……，是或隱或

〔註16〕 田川流、劉家亮《藝術學導論・藝術創造的心理要素與藝術思維》濟南：齊
魯書社 2004 年 10 月一版一刷，頁 231。

〔註17〕 田川流、劉家亮《藝術學導論・藝術創造的心理要素與藝術思維》濟南：齊
魯書社 2004 年 10 月一版一刷，頁 232。

現地存在於整個過程之中，與形象思維相互交融地發揮作用。〔註18〕
在文學創作活動中，形象思維與抽象思維是相互交疊和轉化的。抽象思維在
甚至創作者自己都不察覺的情況下，對主體創作思想、創作意圖、情感基調、
謀篇布局等在作導引和規範。如謝靈運〈石門岩上宿〉：

> 朝搴苑中蘭，畏彼霜下歇。暝還雲際宿，弄此石上月。
>
> 鳥鳴識夜棲，木落知風發。異音同至聽，殊響俱清越。
>
> 妙物莫爲賞，芳醑誰與伐。美人竟不來，陽阿徒晞髮。〔註19〕

何以謝靈運在描寫石門岩上之景後，要寫上一筆「美人竟不來，陽阿徒晞髮」？
在潛意識的抽象思維中，詩人有著孤絕兀立之感，創作每一形象時均以一孤
絕感駕馭全詩，並以由景而情、由情而理的層次遞敘，故所呈現的景致有蘭
畏嚴霜之語、有風起木落之句，依序寫來，則有美酒當前無人與共的孤獨感
慨，這些材料的安排都出自詩人抽象思維的主導。謝詩喜加一玄言尾巴，此
爲當時文人習氣，由尾句可探知其抽象思維若何，設若詩中無藉由形象來暗
示，則其抽象思維無由得知。如謝朓〈遊東田詩〉：

> 戚戚苦無悰，携手共行樂。尋雲陟累榭，隨山望菌閣。
>
> 遠樹曖阡阡，生煙紛漠漠。魚戲新荷動，鳥散餘落花。
>
> 不對芳春酒，還望青山郭。〔註20〕

詩起首言戚戚，實則全無戚戚之意，相反，詩人正是充滿遊興，故隨處所見
之景都表露了詩人欣見自然逸趣的歡喜。遠樹葱蘢，雲煙紛繞，是詩人隨順
視野所見之景，魚戲鳥散，是詩人漫遊佳興所定調之筆墨。既無預定目標，
也無匆促步履。作者由事而景的敘寫，定出全詩逸趣漫興的基調；由遠而近，
再由近而遠的描景，遞出隨順漫看的視覺層次。其內在逸興主控全詩氣氛。

至於六朝畫論中顯現的抽象思維多爲表現功能性任務。田川流、劉家亮
《藝術學導論・藝術創造的心理要素與藝術思維》云：

> 在藝術創作過程中，藝術家要以形象思維爲主體，同時還需要綜合
> 地運用抽象思維和靈感，使之構成一種有機的辯證關係，共同推動

〔註18〕田川流、劉家亮《藝術學導論・藝術創造的心理要素與藝術思維》濟南：齊
　　　　魯書社 2004 年 10 月一版一刷，頁 234。
〔註19〕清・丁福保編《全漢三國晉南北朝詩・全宋詩・卷三》台北：世界書局 1962
　　　　年 4 月初版，頁 644。
〔註20〕丁成泉輯注《中國山水田園詩集成》湖北教育出版社 2003 年 10 月一版一刷，
　　　　頁 37。

　　藝術創造活動的進展。〔註21〕

詩的構成形態與詩人的抽象思維方式有關，繪畫亦然。宗炳云「山水以形媚道」，山水既是心性修養途徑的實質揭示，那麼山水入畫「逸筆草草，不求形似」者，〔註22〕背後必具一抽象思維的主導，乃能放任草草而不離其軌。謝赫六法將氣韻生動列為首要，其繪畫觀必以為山水畫須在能得神韻前提下求形似，而形似的要訣在用筆、結構、敷彩等，最後才是模仿古人技巧（傳移模寫），在實踐上尚未有任何可觀的成果，而理論上已然層次清晰，成為後世傳承的基礎。

　　大體六朝在山水詩畫的表現受抽象思維影響者有四：

1. 生命觀

　　六朝處在一生命朝夕不保的環境，生命如朝露的感嘆時而有之，士人覺有限年光唯寄大化方能安頓。宗炳受佛教影響，曾誓言往生西方，但其一生並非一直在宗教義理中去探尋淨土，反而是在現世中空靈的山水寄其對西方的嚮往。此後山水畫始終以一種空靈悠遠的氣氛為尚。在色彩上，謝赫以「隨類賦彩」為六法之一，後來唐代李思訓發展出金碧山水，但終而以水墨代替了五色，成為山水畫主流，此與佛道的齋戒解脫，擺脫污濁以求空靈清淨有關。六朝山水詩在起步時講求極貌寫物、窮力追新，但到後來唐宋發展卻出現以陶詩那種欲辨忘言的恍惚之境為妙，與山水畫的空靈是同一軌道。六朝的山水畫論與當時的玄學相激，開創了中國美學中極重要的論題；而山水詩的創作深受玄學影響，亦多在詩末發揮其對生命玄理的論點，把山水與生命做一疊合。文論如《文心雕龍》、《詩品》，多在創作技巧的剖析和作品品第方面的詳辨，在生命的覺知方面，則未如畫論明確，故畫論領導著山水文學繪畫的方向。

　　在對山水之美的領略方面，詩人與畫家是同步實踐的，高木森《中國繪畫思想史·神思想與上古時期的畫像藝術》論南齊〈竹林七賢與榮啟期〉畫像磚云：

　　在風格上，它與早期神仙繪畫的聯繫就在於人物與人物之間徹底分

〔註21〕田川流、劉家亮《藝術學導論·藝術創造的心理要素與藝術思維》濟南：齊魯書社 2004 年 10 月一版一刷，頁 228。

〔註22〕倪瓚〈雲林論畫山水〉載《中國畫論類稿》河洛圖書出版社 1975 年 5 月臺影印初版，頁 702。

　　開，背景留白的布局方式。但與客物機體不相稱的流線紋已不復存
　　在，原因是這個仙境已不是在幽靈界或天界，而是人間的樹林裡，
　　故於樹幹、樹葉都有細緻的描寫。〔註23〕

宗炳對山水特別強調山水的「質有」——形，從登臨山水，到圖畫山水，到
在山水畫中「臥遊」，是他一生的追求，也是悟天地之道的方式。對神仙之境、
西方淨土、逍遙之境的追求，詩人亦如畫家徜徉流連之際，暫忘俗慮，謝靈
運把遊山玩水當作人生大事來做，與宗炳的圖畫臥遊都是在人間尋寄性靈安
頓生命的方式。

2. 邏輯觀

　　中國畫論自六朝始即充滿千變萬化的思辯性。如同文論、詩論、書論、
樂論、舞論乃至醫理、哲學理論一樣，在整體把握的過程中，總是充滿二元
對立統一與和諧的概念，各種意念的統合並非教條式僵硬或片面的呈現，而
是活潑變通，充滿了創造力量。

　　在意與象的統合中，畫論家和文論家均主張二者相與依存，陳昌明《六
朝文學之感官辯證・感官隱喻與聲色追求》云：

　　　無形的道體與具體的表象融合交會，點明本末不離，母子互存，形
　　　成本體與表象的隱喻關係。……欲明事物之本，雖近而證之以遠，
　　　雖顯而闡之以幽，取天地之外，以明形骸之內，這種虛實的聯結，
　　　成為一種隱喻的關係，外在的事物表象，皆可以幽闡道體。〔註24〕

由於意與象之間是一隱喻關係，故詩中山水動態隱喻著詩人的情志，畫中山
水的形質隱喻著道。詩緣情而綺靡，畫以道而形媚，不論詩或畫，欲明意於
形骸之內，必取象於天地之外。「窺情風景之上，鑽貌草木之中」（《文心雕龍・
物色》）正是為了表現山水「以形媚道」之質；「道沿聖以垂文，聖因文而明
道」（《文心雕龍・原道》）呼應了宗炳「聖人含道暎物」之意；而「山川煥綺，
以鋪理地之形；此蓋道之文」（《文心雕龍・原道》），且「泉石激韻，和若球
鍠；故形立則章成」，形立章成則道現矣，此與宗炳所言「澄懷味像」之意通，
都是把山水當作可以體道的形貌，山水詩和山水畫的創作與欣賞是一可以參

〔註23〕高木森《中國繪畫思想史・神思想與上古時期的畫像藝術》台北：三民書局
　　　　2004 年 1 月二版一刷，頁 85。
〔註24〕陳昌明《六朝文學之感官辯證・感官隱喻與聲色追求》台北：里仁書局 2005
　　　　年 11 月，頁 119。

道、悟道的過程。此即形質與道體的隱喻關係。宗炳尺幅能納千里的觀念，來自芥子納須彌的佛理觀，與劉勰「以少總多」、「眉睫之前卷舒風雲之色」的概念如出一轍。

其次，畫中的山水與實景有距離，詩中的山水與眞山實水更有差距。田川流、劉家亮《藝術學導論・藝術創造的心理要素與藝術思維》云：

> 根據現代心理學的「差異原理」來看待知覺，就會發現人的知覺還與眼前的「圖式」與心中熟悉的「圖式」之間的差異程度有關。〔註25〕

眼前圖式與心中圖式之所以有差別，其原因在於詩畫甚至書法或其他藝術的表現，是經由拆解再排列的方式呈現。李栖〈兩晉士人的藝術才氣〉云：

> 由於中國字是屬於符號式的文字，有相當份量是由觀察宇宙萬物而得造字靈感的。晉人受到道家思想影響，對自然界的觀察特別敏銳，因而也將大自然的美運用到書寫及欣賞文字的美上。於是從書法的結構上有七分、八分的提出，是將文字的結構拆開，爲筆法作個別研究，然後再重新排列組合，使之具備靜態的美。從書法的氣勢變化上，是將書法與音樂舞蹈並論，產生動態的美。無論靜態、動態之美，其基本上都與大自然之美息息相關。〔註26〕

文字經由拆解而排列組合形成藝術，繪畫亦將個別的景致拆解後，再行畫象布色，重新安排布局，本來繪畫較詩具寫眞的質素，但由於拆解後的每一景物都套入了畫家布象經營的構思，所呈示畫景已非原景，由其如何布畫安排見畫家的抽象思維，畫人物「人大於山」畫樹石則「若伸臂布指」，〔註27〕無論合理與否，都是源於畫家的空間邏輯思維。山水詩的描摩難以視象斷其與實景的差別，詩人在模山範水時，題材取樣各自酌事取類，不必有位置經營的顧慮，與山水畫中的「散點透視」異曲同工。詩歌創作者的拆解與排列各有其模式，近乎天馬行空，無可把定，因而形成每一作品的不同樣式，謝朓詩常以大氣始筆，謝靈運喜以抽象感嘆作結，作品結構同時顯示了詩人的邏輯結構概念。

〔註25〕田川流、劉家亮《藝術學導論・藝術創造的心理要素與藝術思維》濟南：齊魯書社 2004 年 10 月一版一刷，頁 220。

〔註26〕李栖〈兩晉士人的藝術才氣〉載《第二屆魏晉南北朝文學與思想學術研討會論文集》台北：文津出版社 1993 年 11 月，頁 594。

〔註27〕唐・張彥遠〈論畫山水樹石〉載《中國畫論類稿》台北：河洛圖書出版社 1975 年 5 月臺影印初版，頁 603。

3. 美學觀

六朝詩由詩教進到詩藝，詩的表現除了要達其意，更要增其美，許多修辭學應運而生，釋道的空無形成了一種游移無定的意會性，老子的相對論形成了修辭上的對比。

藝術之美原不應凸出自己，詩中有景而無我，所有我但化爲物象而已。「池塘生春草，園柳變鳴禽」原無甚奇，不過是自然一景罷了，可是詩人離群索居憂悶感傷之際，忽然遇會的景象，形成了無可斧鑿的游移意會，呈現了一種天成之巧。又如《文心‧明詩》篇謂「阮旨遙深」，阮嗣宗的詠懷詩，內中有一股悲鬱之情，雖不能明言悲鬱之情爲何，致之之由又何在，但似有若無地就是存在，這也是詩中一種耐人尋味的游移之情。

繪畫亦然，〈畫雲台山記〉雖有記山水記人記鳥獸，但山水之敘占較大篇幅，張彥遠《歷代名畫記‧論畫山水樹石》記六朝山水畫：「群峰之勢，若鈿飾犀櫛，或水不容泛，或人大於山，率皆附以樹石，暎帶其地，列植之狀，則若伸臂布指。」〔註28〕是否眞如此不得而知，但順六朝基礎發展出的山水畫，或山大人小，或有景無人，人融於大化自然中，也形成游移無定的會意方式。

詩學修辭上有對比成巧的概念，「儷句與深采並流」（《文心雕龍‧儷辭》），山水詩中或反對如「昔如韝上鷹，今似檻中猿」（鮑照〈代東武吟〉），或正對如「雲日相暉映，空水共澄鮮」（謝靈運〈登江中孤嶼〉），以反對最具美學上之感染力。繪畫之對比常表現在山水與人物之高深渺小的對比，視覺深度的對比或遠近的對比，使空間遼濶疏朗，由此而得「澄懷味象」之境。此外繪畫最重留白，無論布局上的留白，或皴擦筆法的留白，往往是畫幅中最妙處，在顏色上是黑白對比，在哲學上是「有無相生」，空白是「無」，也是「有」（空間之有），畫的「無」處正是由「有」處而生。

此外，創作結構上不論詩歌或繪畫都不自意謀合了「黃金比率」。朱光潛《文藝心理學》云：

> 我們歡喜勻稱，由於在潛意識中見出它的數理的關係。……依我們看，「黃金段」（即黃金比率）是最美的形體，因爲它能表現「寓變化於整齊」一個基本原則。……黃金段的長邊恰到好處，無太過不

〔註28〕唐‧張彥遠《歷代名畫記‧卷一》台北：，藝文印書館原刻影印《百部叢書集成》1966 年一編，頁 17。

及的毛病，所以它最能引起美感。〔註29〕

第四章曾提及顧愷之〈畫雲台山記〉「下爲磵，物景皆倒。作清氣帶山下三分倨一以上，使耿然成二重。」畫面虛實相映，搭配的方式恰合於今所稱的黃金比例。畫面虛實搭配方式，恰合於黃金比率，黃金比率被稱作「神聖比率」，在視覺上是最匀稱舒適的分割方式，音樂最美段也在黃金分割點，其實詩歌亦然。謝靈運的山水詩，寫景部分占全詩三分之二，餘則以感悟、玄理填滿。如〈登池上樓〉：

> 潛虯媚幽姿，飛鴻響遠音。薄霄愧雲浮，棲川怍淵沈。
>
> 進德智所拙，退耕力不任。徇祿返窮海，臥痾對空林。
>
> 衾枕昧節候，褰開暫窺臨。傾耳聆波瀾，舉目眺嶇嶔。
>
> 初景革緒風，新陽改故陰。池塘生春草，園柳變禽鳴。
>
> 祈祈傷豳歌，萋萋感楚吟。索居易永久，離群難處心。
>
> 持操豈獨古，無悶徵在今。〔註30〕

前四行爲景，後二行感悟說理，景與情的相發，依詩人當下的感懷，必須有適當的比率調配，雖稱之爲寫景詩，當下卻不能不有情感事理的引發。陶淵明的〈飲酒詩〉二十首之五：

> 結廬在人境，而無車馬喧。問君何能爾，心遠地自偏。
>
> 采菊東籬下，悠然見南山。山氣日夕佳，飛鳥相與還。
>
> 此中有真意，欲辨已忘言。〔註31〕

敘景有四，記事感懷有六，與謝詩情志與景比率爲三與八之比雖有不同，然都源於內在的美感思維。雖然未必完全符合 1：1・618 或 5：8 的比例，但形象與內在的呼應形成最好的組合，正是「隨物宛轉」、「與心徘徊」把物境化作心境的藝術表現。

4. 自然觀

所謂自然有二義：一是天地自然；一是順性自然，與道逍遙。自然觀可以指天地觀，也指天人觀。

〔註29〕朱光潛《朱光潛美學文學論文選集・近代美學實驗：形體美》湖南人民出版社 1981 年 8 月一版二刷，頁 322～324。

〔註30〕清・丁福保編《全漢三國晉南北朝詩・全宋詩・卷三》台北：世界書局 1962 年 4 月初版，頁 638。

〔註31〕陶淵明〈飲酒詩〉之五，載清・陶澍《陶靖節集注》台北：世界書局 1999 年 2 月二版一刷，頁 42。

　　六朝玄學的人生觀非常強調自我個性的表現，但未解決好個人與群體的
關係，往往在面對現實艱困的環境時，不是玉碎便是瓦全，也就是非生即死
的痛苦挫折。白振奎《中國古典詩學新論·從「外野孤鴻」到「翼翼歸鳥」》
有一段分析：

> 強調個性之自然如嵇、阮者，一到面對矛盾糾結的現實人生便寸步
> 難行了。嵇、阮筆下的或志衝青天如鴻鵠遠舉，或抗心塵外雜有仙
> 心。前者不切實際，後者逃避現實，都不具實踐性；淵明之「翼翼
> 歸鳥」委順自然、不喜不懼，既不突出自我如嵇康，又不泯滅自我
> 而走向般若空性，而是恰到好處地確立自我的坐標。淵明人格建構
> 中破除了兩種偏頗，而走向眞正的自然。〔註32〕

陶淵明之所以能夠將生死看得輕淡，是由於一種自然的人生觀所致，他把死
亡當作「歸」，就如同飛鳥歸林一樣，生命的重量不像嵇康那麼沈，也不若阮
籍那麼輕，「家爲逆旅舍，我如當去客」（〈雜詩〉其六），來去自在地恰如生
命該有的重量。這樣的思考方式，使得他的詩寫到山水時，都融入了縱入大
化的逍遙。白振奎又云：

> 淵明與鳥恍如一物，置身於宇宙大化之中，與「大地精神相往來」，
> 淵明心中無「我」，只有鳥，一如「莊周化蝶」，恰合逍遙境界。
> 〔註33〕

陶淵明的詩在六朝時不是主流，其原因是辭藻恬淡不靡，但能將當時流行的
道家莊子逍遙無待境界落實生命的，卻只有陶公而已。

　　畫論家宗炳的臥遊也在追求一種順化自然，不拘於現實的境界，可以在
山水實景中遊賞，也可以在畫幅中遊觀，基於遊賞所需，便形成「以形寫形，
以色貌色」的繪畫要求。鄭毓瑜《六朝情境美學綜論》云：

> 創作的可能性是在對言與意不可能完全密合的情況下，又必須避免
> 毫無干連的迴然對立；既循滯於言辭事義的指涉範圍內，又企圖攀
> 越趨伸向界限外的渾茫空白。〔註34〕

〔註32〕白振奎《中國古典詩學新論·從「外野孤鴻」到「翼翼歸鳥」》北京：廣播學
　　　　院出版社 2002 年 12 月一版一刷，頁 63。
〔註33〕白振奎《中國古典詩學新論·從「外野孤鴻」到「翼翼歸鳥」》北京：廣播學
　　　　院出版社 2002 年 12 月一版一刷，頁 67。
〔註34〕鄭毓瑜《六朝情境美學綜論·知音與神思》台灣學生書局 1996 年 3 月初版，
　　　　頁 28。

總之，藝術創作的過程中，形象思維和抽象思維相互補充和作用，才能兼具視覺的豐富、內涵的飽足，把可言說及不可言說的交融共匯，創造出富有深刻內涵和審美魅力的藝術。

二、形與神

　　詩與畫都是形象思維與抽象思維的融合，而能夠在這二者之間相互激發誘導者為靈感，靈感是在形象思維和抽象思維必須相互連縮呼應的基礎上衍生而出現，而且是在兩種思維凝注交融之後所產生的現象。田川流、劉家亮《藝術學導論‧藝術創造的心理要素與藝術思維》云：

> 靈感常常以其頓悟和靈性，創造奇異、精妙的意象，為形象思維和
> 抽象思維向高層次推進起到突破和驅動的作用。它們都不是孤立
> 的，而是始終連在一起，但又不能互相取代。它們彼此各司其職，
> 協調一致，共同完成藝術創造的任務。〔註35〕

能將形象思維與抽象思維驅動在同一創作過程中的，就是靈感，就是想像力，就是《文心雕龍》中所稱「形在江海之上，心存魏闕之下」，能將江海與魏闕統一在同一時空、同一作品中的，也就是「神思」。「思理為妙，神與物遊」，當神思遊於物象之形時，超越時空、超越功利，審美意識就產生了，創作就產生了。當山水詩、山水畫，既不為求仙拜佛而作，也不為酬酢應對而作，只在山水美境中徜徉滌慮，是最能達到「神與物遊」之境的。

（一）神與物遊的動態作用

　　《文心雕龍‧神思》所言「神用象通，情變所孕。物以貌求，心以理應」，當情感與物象相融，情趣和意象相為契合，就是「神與物遊」的境界。

　　「神與物遊」是指主體與客體之間的相互感應、交流和契合，創作者乍遇景物，心生感動，隨而捕捉自然界生命的現象與變化，形成動態意象，這正是「傳神」的最佳媒介。例如謝朓〈遊東田詩〉:「遠樹曖阡阡，生烟紛漠漠。魚戲新荷動，鳥散餘花落。」〔註36〕通過戲、動、散、餘這些動詞的妙用來塑造動態意象。於是靜態的景物隨著創作者的神思，有了活潑的模擬表達。

〔註35〕田川流、劉家亮《藝術學導論‧藝術創造的心理要素與藝術思維》濟南：齊魯書社 2004 年 10 月一版一刷，頁 238。

〔註36〕清‧丁福保編《全漢三國晉南北朝詩‧全齊詩‧卷三》台北：世界書局 1962 年 4 月初版，頁 807。

　　山水畫論中，常以「神」字爲論述核心。宗炳〈畫山水序〉云聖人以神法道，而山水以形媚道。山水是靜態之物，能以形顯現道而成美，實由於聖人能以其神思發現道而成法之故，神思乃山水以有限之形顯現無限之道而入畫的關鍵。

　　宗炳又提出「應會感神」的論題，此神指山水所顯現的神，眼所見心所感，都能與山水之神感通，於是「神超理得」，作畫者與觀畫者的神思都可超脫於塵濁之外，自然之象、創作之理隨之而生，形成畫作。其外尚有「聖賢暎於絕代，萬趣融其神思」及「暢神」之說，說明山水畫最大功能無他，暢作畫者與觀畫者之神而已。故宗炳畫論中的「神」可指山水之神，也可指聖人、作畫者、觀畫者之神，而創作過程中，神思玄覽觀道，遊心於物是最初的作畫動機的發端。

　　將山水詩與山水畫作一連結者爲題畫詩，庾信將描寫山水的純熟和藝術技巧引入題畫詩中，開創了後代題畫詩的先河。例如〈詠畫屛風詩二十五首〉：

　　　　高閣千尋起，長廊四柱連。歌聲上扇月，舞影入琴弦。

　　　　澗水繞窗外，山花即眼前。但願長歡樂，從今盡百年。（之七）

　　〔註37〕

　　　　千尋木蘭館，百尺芙蓉堂。落日低蓮井，行雲礙芰梁。

　　　　流水桃花色，春洲杜若香。就階猶不進，催來上伎床。（之十）

　　〔註38〕

所有的詩句都有畫面，詩人將屛風上的山水景物，畫中的意境，以詩歌形式再度示現，這是重新詮釋，使畫者的畫意、詩人的詩意在山水詩畫交會；此意味著詩人畫家的神思與眞山實水或畫中山水都可融通無礙。

　　《文心雕龍・神思》云：「意授於思，言授於意，密則無際，疏則千里。或理在方寸而求之域表，或義在咫尺而思隔山河。」〔註39〕故創作時神思都在山水景物中游行，形神之間或即或離，往往境隨心轉，形隨神化，變動多方。《文心雕龍》處處表現著「只要含飛動之勢，就是美」的觀點，例如〈詮賦〉篇評「延壽靈光，含飛動之勢」，〔註40〕〈章表〉篇評「文舉之薦禰衡，

〔註37〕　清・丁福保編《全漢三國晉南北朝詩・全北周詩・卷二》台北：世界書局 1962
　　　　年 4 月初版，頁 1603。

〔註38〕　清・丁福保編《全漢三國晉南北朝詩・全北周詩・卷三》台北：世界書局 1962
　　　　年 4 月初版，頁 1603。

〔註39〕　梁・劉勰《文心雕龍・卷六・神思》台北：世界書局 1984 年 4 月五版，頁 105。

〔註40〕　梁・劉勰《文心雕龍・卷二・詮賦》台北：世界書局 1984 年 4 月五版，頁 28。

氣采飛揚」﹝註41﹞等。神思遊於山水，所要表現的是道是理是情，陶淵明在「山氣日夕佳」的景象中捕捉了欲辨忘言的真意；謝靈運以一憂生之心，玩石門嚴時搴苑中之蘭，因「畏彼霜下歇」，「暝還雲際宿，弄此石上月」（〈石門岩上宿〉）一「弄」字點化了無上妙境。陶詩神思遊形而現理，謝詩以形附神而寫情，都因神思飛動而形象畢現。

形神問題一直是繪畫中的核心理論，王微〈敘畫〉云「本乎形者融靈，而動者變心」，強調形神本為一體，心神變動是形象變動的原因，王微本就主張「圖畫非止藝行，成當與易象同體」，在提升繪畫地位與《易》一般的同時，也示現了與《易》一般變易的本質，而變者為心神，心神的牽動影響了繪畫的形象表達。尚逵齋〈中國畫的特質〉云：

> 筆墨雖屬功力，卻須以意為先。以筆墨雖能寫意，然亦須意有所生，
> 然後才能驅使筆墨，中國畫家的「得心應手」之說，就是稱讚藝術
> 手腕已能達到成熟的境地，其實嚴格說起來，心就是意，手就是筆
> 墨的事。若心手相應，筆墨意境才能互相為用。﹝註42﹞

繪畫的形神相應是功力的關鍵，不論以形寫神或以形寫形，都脫不了神之動與形之應，顧愷之〈魏晉勝流畫贊・清游池〉云：「不見金鎬，作山形勢者，見龍虎雜獸，雖不極體，以為舉勢，變動多方。」﹝註43﹞謂繪畫即便不合體，只要變動多方，就能達遷想妙得之效，就能傳神，若只靠周密的計算，並不能分別出繪畫藝術的高低。繪畫形象藝術讓觀者得視覺之美已具足藝術功能，能感動人心則有神思在其中的作用。

故山水畫與山水詩的意境是神思與山水同遊的結果。《文心雕龍・序志》云：「夫肖貌天地，稟性五才，擬耳目於日月，方聲氣乎風雷。其超出萬物，亦已靈矣。」劉勰認為人的形神與天地同構，而且具有「超出萬物」的精神本質。也就是神思是可駕乎形之上而變動多方的。此與宗炳〈畫山水序〉所云「神本亡端，棲形感類，理入影迹」是一樣的道理。「神本亡端」原指「山水之神本無端緒」，﹝註44﹞筆者以為亦可解為「創作的神思本無端緒」，若創

﹝註41﹞ 梁・劉勰《文心雕龍・卷五・章表》台北：世界書局 1984 年 4 月五版，頁 87。
﹝註42﹞ 尚逵齋〈中國畫的特質〉載《中國文選》73 期，1970 年 5 月，頁 77。
﹝註43﹞ 顧愷之〈魏晉勝流畫贊〉載潘運告編《漢魏六朝書畫論》台北：湖南美術出版社 1997 年 4 月一版，頁 275。
﹝註44﹞ 「神本亡端」原指「山水之神本無端緒」，見陳傳席《六朝畫論研究》台北：台灣學生書局 1999 年 9 月一版二刷，頁 114。

作者的神思寄於山水之形則可「理入影迹」，同於《文心雕龍‧神思》所云「登山則情滿於山，觀海則意溢於海，我才之多少，將與風雲並驅矣。」故詩畫中神思動態的妙用是一致的。

（二）寄形出神的靜態象徵

在玄學理論上有言意之辯，認爲言不能盡意。然而文學的目標就是要使辭能達意，要「寄言出意」，而繪畫的目標是要以形達意，「以形寫神」，張少康〈關於中國古代文學理論的民族特點問題〉云：

> 「以形寫神」原則，就是「寄言出意」論在繪畫理論方面的具體運用。「以形寫神」，實際上也就是「寄形出神」。〔註45〕

又云：

> 言是有形的，意是無形的，因此言意關係上的原理可以直接運用於形神關係。形神關係是中國古代塑造藝術形象的核心問題，也是中國古代文學理論批評中的一個基本問題。……形神關係上的重神不重形，是直接受言意關係上的重意不重言的影響而來的。〔註46〕

繪畫與文學的重神輕形是同一個玄學論題發展出來的現象。在六朝這樣一個美的高度自覺時代，形象的創造無論如何是被強調的，儘管繪畫的實踐能力尚不及，但理論上宗炳「以形寫形，以色貌色」的提出，姚最「輕重微異，則妍鄙革形。絲髮不從，則歡慘殊觀」〔註47〕之說明都強調形貌精謹的重要。然而形貌再如何精謹細密或明雅巧麗，仍須有一神思作爲「睹物興情」的運作關鍵，《文心雕龍‧詮賦》云：「原夫登高之旨，蓋睹物興情。夫情以物興，故義必明雅；物以情觀，故詞必巧麗。」〔註48〕這一段話強調了「情以物興」與「物以情觀」兩個重點。陳詠明《劉勰的審美理想》云：

> 文學作品內容的存在方式，包含著兩個密切聯繫的方面。一是內容的內部結構，即題材的各個部分、各種因素的內部聯繫和組織，它主要指形象的構造和意象的組織。……二是內容的外部結構，主要

〔註45〕張少康〈關於中國古代文學理論的民族特點問題〉載《古典文藝美學論稿》台北：淑馨出版社1989年11月，頁12。
〔註46〕張少康〈關於中國古代文學理論的民族特點問題〉載《古典文藝美學論稿》台北：淑馨出版社1989年11月，頁12。
〔註47〕姚最〈續畫品〉載潘運告編《漢魏六朝書畫論》湖南美術出版社1997年4月一版，頁322。
〔註48〕梁‧劉勰《文心雕龍‧卷二‧詮賦》台北：世界書局1984年4月五版，頁28。

指形象的外觀。它就是形象呈現於感官面前的那種樣式，或者說是
藝術形象所藉以傳達的物質手段的組成方式。〔註49〕

內容的內部結構指「情以物興」與「物以情觀」神思的運作關鍵——情，而外部結構指「明雅」、「巧麗」的形——象，此二者緊密聯繫不可分離。唯形象是否能有「明雅巧麗」的表現，視創作者企圖寄什麼形、出何種神思、又象徵何意而定。例如謝朓「大江流日夜，客心悲未央」，以江水之形象寄其悲情，將江水與悲情聯繫綰合者正是神思。

陳詠明《劉勰的審美理想》又云：

「詞必巧麗」中的「詞」，即語言這種物質材料，是文學形象的直接體現，不過它與作品內容的距離比形象遠些，聯繫也比形象略鬆一些。〔註50〕

換言之，與神思最接近的是形象而非語言，例如「大江流日夜」可以成為謝朓「悲未央」的投射，可以託爲孔子「逝者如斯，不舍晝夜」的感嘆，也可以是孟浩然「還將兩行淚，遙寄海西頭」〔註51〕的懷思，但看神思如何聯結形象與情志。「未央」可以指「長樂未央」，也可是「悲未央」，這都說明了語言的不定性，但觀創作者如何以神思聯結物事與情志。不論如何聯結，形象是神思第一門限，語言是物質材料，是其次的門限。

繪畫亦然，形象是與神思最爲接近的門限，筆墨、色料只是物質材料。謝赫所言的隨類賦彩、骨法用筆都是表達形象的材料，山水是文士藉以表達超然絕俗的形象，是充滿自由的，邵琦《中國畫文脈‧宗謝範式》云：

從文士對山水的態度看，既有縱情寄樂成爲名士風雅的一面，也有人格超然絕俗實現自由的一面。因此「以玄對山水」與其解釋爲以玄佛之理應於山水，不如說是以山水滌除一切塵埃，直悟至高眞理更妥帖。〔註52〕

山水畫既能直悟至高眞理，其形必以玄理神思爲究竟，宗炳主張「以形寫形」

〔註49〕陳詠明《劉勰的審美理想‧劉勰的審美理想之三》台北：文津出版社 1992 年 12 月初版，頁 136。
〔註50〕陳詠明《劉勰的審美理想‧劉勰的審美理想之三》台北：文津出版社 1992 年 12 月初版，頁 136。
〔註51〕孟浩然〈宿桐廬江寄廣陵舊遊〉：「山暝聽猿愁，滄江急夜流。風鳴兩岸葉，月照一孤舟。建德非吾土，維揚憶舊遊。還將兩行淚，遙寄海西頭。」
〔註52〕邵琦《中國畫文脈‧宗謝範式》上海書畫出版社 2005 年一版一刷，頁 34。

其目的不外是以更精確的形象描繪神，是表達神思的基礎，與顧愷之的「以形寫神」的精神其實是一致的。由於神思具有游移無定的意會性質，故自六朝畫論就帶有濃厚的經驗特徵，著重藝術實踐中的直接體驗，所以中國畫論常常是從形象中直接切入神思。王振德《中國畫論通要‧引言》認為中國畫論常常是「跳躍過以概念元素的分解與綜合為手段的抽象思維階段，而直達藝術三昧的領悟」：

> 除了一些系統性、邏輯性較強的專著之外，更多的是隨感式、即興式的語錄形式和題識文字，或是藝術體驗的結晶，或是作畫過程中的聯想，或是創作靈感的筆錄，或是翰墨之餘的遐思，多有確實真切的感受，絕少空洞乏味之辭。〔註53〕

正因形象與神思的連結最為密切，故不論是以何種賦彩或用筆，都能夠有最真切的感受，文學上「絕少空洞乏味之辭」，繪畫上亦不會是只作靜物欣賞的風景畫，這也是中國山水畫不同於西方風景畫的地方，西方風景畫力求逼真寫實，中國山水畫則求畫外不盡之意。詩畫同律，詩有言不能盡的言外之意，畫亦有筆不能盡的畫外之思，所以宗炳才會說「山水以形媚道」、王微說山水畫能以「一管之筆擬太虛之體」，那「道」、那「太虛之體」就是畫外之旨，都要以神思去體驗，以形象去把握呈現，所以形象完成之同時道體即已呈現，這是神思的作用。神思開始作用，把可能構成形象的所有物件、概念、情緒都集中於胸中丘壑，等到開始畫形著象時，創作已走到最後成形的階段了。張俊傑《山水繪畫思想之發展‧中國山水繪畫藝術思想之根源》云：

> 胸中的構圖，所謂「胸有成竹」、「胸中丘壑」等等，才是繪畫創作過程中最重要的階段。在胸中構圖的要項有二，第一是立意，所謂「立意」，就是確立創作的主體。第二是「為象」，所謂「為象」，就是透過對外物的「悟對」、「參透」、「遐想妙得」、而形成「意象」。山水畫中所謂「賓主」、「聚散」、「虛實」、「顧盼」等陰陽相對的關係，以及「韻律」、「節奏」、「調和」、「統一」、「層次」、「氣勢」等整體相關的聯絡效果，都在心中具體的形成。……影響一幅畫的水準最大的階段是「立意」、「為象」與「大膽落筆」階段的思想與精

〔註53〕王振德《中國畫論通要‧引言》天津：人民美術出版社1992年5月一版，頁3。

神作用。〔註54〕

顧愷之在著筆畫雲台山之前可能先有了〈畫雲台山記〉作為腹稿，其中表述了作畫的立意，此時形象的構思已然完成，而落筆時的思想與精神是神思的作用，充滿了游移性質，些微的差異卻會使形象的表達差以千里，是最不可言說捉摸的精妙作用。然而在形象靜態的呈現中，神思卻與形象交融出最可言說的具體表徵。謝赫六法中隨類賦彩、骨法用筆、經營位置的物質材料中，都是為了讓形象更明晰精準，明晰精準才有可能以形象讓觀者讀到創作者的神思。

在文學上有「形在江海之上，心存魏闕之下」的神思之用，當陶淵明寫出「種豆南山下，草盛豆苗稀」（〈歸園田居〉之四）時，並無怨嘆耕植之術差勁的意味，相反的，詩人在所有景致榮枯的描寫背後，懷著的是對生命的深刻體悟，誤落塵網，草盛苗稀，如今重返田園的心情，自是欣喜。其神思忽與物同化而感喜悅，忽又隨物宛轉而不喜不懼，那神思在詩人心靈中隨轉隨化，欲辨忘言。故「草盛豆苗稀」與「嚴霜結枯草」〔註55〕的景物靜態描寫中，都示現著一種生命真實體驗。

在畫論家眼中，創作神思充滿了靈動之勢，山水再不是作為人的道德精神來進行比擬和象徵，而是充滿「靈」與「道」的感性形象，欣賞山水不僅能「澄懷味象」，也能夠「暢神」，繪畫山水則是將神思可及而形體不可及的遠方淨土搬至眼前，〈畫山水序〉所謂「夫崑崙山之大，瞳子之小，迫目以寸，則其形莫睹，迴以數里，則可圍於寸眸。誠由去之稍闊，則其見彌小」〔註56〕不就是佛家所說的「芥子納須彌」。〔註57〕黃景進〈重讀《淨土宗三經》與〈畫山水序〉——試論淨土、禪觀與山水畫、山水詩〉云：

> 將極大的國土世界持於掌中亦是佛教常見的神通。⋯⋯當畫家在畫
> 山水時，山水彷彿被畫家運在掌中一樣，隨其心意所至即時表現在

〔註54〕張俊傑《山水繪畫思想之發展·中國山水繪畫藝術思想之根源》台北：國立歷史博物館 2005 年 9 月，頁 44。

〔註55〕陶淵明〈雜詩〉之三：「榮華難久居，盛衰不可量。昔為三春蕖，今作秋蓮房。嚴霜結野草，枯悴未遽央。日月還復周，我去不再陽。眷眷往昔時，憶此斷人腸。」載《陶靖節集注》台北：世界書局 1999 年 2 月二版一刷，頁 57。

〔註56〕宗炳〈畫山水序〉載潘運告編《漢魏六朝書畫論》湖南美術出版社 1997 年 4 月一版，頁 288。

〔註57〕演培法師《維摩詰所說經講記·下·不思議品》演培法師全集出版委員會 2004 年 1 月重版一刷，頁 23。

手中筆下：「運諸掌」表示容易之意。〔註58〕

繪畫中的神思不僅可以形在江海心懷魏闕，更能如神通移江山於掌中。這就是寄形出神的藝術妙趣，在山水詩與山水畫中尤能發揮。邵琦《中國畫文脈・宗謝範式》云：

> 獨鍾山林，是與得「道」這一目標的延續而一並延續下來的實現目標的重要方式之一。因此，文士們由遊山玩水而引發的感嘆，就不僅是對鬼斧神工的自然美的贊美，更重要的是對宇宙天地的根本認識。〔註59〕

所以，寄形出神，所寄的形是山水的媚姿，所出的神是對道的體悟。當山水詩畫拉高到與道等齊的層次，語言或水墨的素材就不是那麼重要了，反而是言外、畫外那耐人咀嚼的況味，才是創作者、觀賞者最欲把握的。黃維樑《中國詩學縱橫談・中國詩學史上的言外之意說》云：

> 本世紀三〇年代興起的通用語意學（general semantics）警覺到語言和事實間鴻溝很大，勸人不可誤信語言，墜入其陷阱裏，而成為「語言暴君」的俘虜。莊子之道，可謂不孤。……語言文字之外，是真實而活潑的現象和經驗的世界。〔註60〕

所以山水詩畫最可寶貴的是表達一真實活潑的現象和現實的經驗。語言和水墨的表達有其侷限，只是創作者藉以向審美的高峰體驗攀升的工具，能否達到審美高峰，才是作品好壞的關鍵。

（三）形神之間的對應融合

六朝曾發生三場神滅不滅的論戰，第一場晉末至宋齊，參與者為主張神不滅的廬山慧遠、宗炳、顏延之和主張神滅的戴逵；第二次在梁朝，主張神不滅的梁武帝蕭衍不滿范縝（450～515）〈神滅論〉中的主張，乃發動群臣批駁；第三場發生在北齊，主張神滅的邢邵（496～560）和主張神不滅的杜弼間之論戰。形神論從佛教界之激辯延及文藝界，從形滅而神滅或不滅的問題衍為文藝創作中形與神是否相相應的問題，而且往往成為創作的核心問題。

〔註58〕黃景進〈重讀《淨土宗三經》與〈畫山水序〉——試論淨土、禪觀與山水畫、山水詩〉載《中國文史哲研究通訊》十六卷・第四期，2006 年 12 月，頁 239。
〔註59〕邵琦《中國畫文脈・宗謝範式》上海書畫出版社，2005 年一版一刷，頁 34。
〔註60〕黃維樑《中國詩學縱橫談・中國詩學史上的言外之意說》台北：洪範書店 1978 年 10 月，頁 123。

　　盧山慧遠法師〈沙門不敬王者論〉中談及形神關係時云：

> 神也者，圓應無生，妙盡無名，感物而動，假數而行。感物而非物，
> 故物化而不滅；假數而非數，故數盡而不窮。〔註61〕

又曰：「情爲化之母，神爲情之根。情有會物之道，神有冥移之功。」在在強調形神之間應會相感，即使形盡物化，神思通過情以會物，將物事化作藝術文學之功猶在，此對藝術核心理論之發展有極深刻影響。在藝術領域的運用，最早是由畫論家宗炳在《畫山水序》中提出形神關係，認爲畫家應「萬趣融其神思」，以想像爲中心作思維活動，後來劉勰在《文心雕龍》中單立〈神思〉篇章，把藝術想像視爲文學創作的靈魂。文論畫論相互會通，形成美學的重要論點。其論點的闡發主要來自中國本有的一套形神理論，主張身心一體，影響所及，使得所有文藝理論幾乎可以用形神問題去貫串。陳昌明〈「形－氣－神」中國人獨特的美學思維〉云：

> 中國人獨特的身心論，包括了外在感官形軀的「形」，也包括了內在
> 心靈與精神的「神」，又包含了虛實之間的「氣」，並由此形成了「形
> 一氣一神」的三重結構，而氣則貫穿其中，彼此互動。〔註62〕

「形－氣－神」的思維，對於六朝美學的發展有極大的影響，文學中的神思、文氣，畫論中的「以形寫神」、「傳神寫照」、「氣韻生動」、「以形媚道」，都受其影響，經由這種形神觀念去看文藝作品，則作品是一有機的生命，形、氣、神是一種互動的變化關係。「傳神」思想，也正在通過具體可見的形貌，去傳達不可見的內在世界。二者有其相對性，也有其融合性：

1. 相對性

　　受佛教形神分殊思想的影響，六朝美學論題亦有主張形神分離者，如宗炳認爲聖人能「法道」，山水能「以形媚道」，都是神的作用，形是載道、載神的體。所謂「以應目會心爲理者，類之成巧，則目亦同應，心亦俱會，應會感神，神超理得」，若繪畫作品能將山水景物表現巧妙，則觀畫者從畫作理解到的與作畫者所表現的相同，山水所托之「神」可以超脫於形外。〔註63〕

〔註61〕晉・慧遠大師《盧山慧遠法師文鈔・沙門不敬王者論》法嚴寺出版社 1998 年 6 月，頁 13。

〔註62〕陳昌明〈「形－氣－神」中國人獨特的美學思維〉載《國文天地》九卷九期頁 18，民 83 年 2 月。

〔註63〕參陳傳席《六朝畫論研究・宗炳〈畫山水序〉研究》台北：台灣學生書局 1999 年 9 月一版二刷，頁 113。

在文論中如劉勰《文心雕龍・神思》云:「神思方運,萬塗競萌,規矩虛位,刻鏤無形。」又云:「意授於思,言授於意,密則無際,疏則千里。」故神與形不一定是密合的狀況,因為詩人經觀察研究而抒發出來的已非現實照相式的山水反映,而是經心靈改造的意象,神形之間能否密附,端在其神思對形的觀察想像是否是能妙觀逸想,精確而曠逸。當形在江海而心在魏闕,江海魏闕的連結並不必然密切,例如謝靈運〈過白岸亭〉:

　　拂衣遵沙垣,緩步入蓬屋。近澗涓密石,遠山映疏木。

　　空翠難強名,漁釣易為曲。援蘿聆青崖,春心自相屬。

　　交交止栩黃,呦呦食苹鹿。傷彼人百哀,嘉爾承筐樂。

　　榮悴迭去來,窮通成休感。未若長疏散,萬事恆抱朴。〔註64〕

從「近澗涓密石,遠山映疏木」、「援蘿聆青崖,春心自相屬」等景觀,實在也不易體會「榮悴迭去來」的感傷由何而來,雖然並不影響其詩的藝術性,但畢竟「萬事恆抱樸」的聯想和眼前景物的關合並不緊密,神思是離形而起興的,如若對應宗炳的追求形似以期傳神的理論,謝詩傳了山水景物之神,文字與景物密附,但詩人之神卻在形象之中游離,未能密附山水之形,形神是對立的。

宗炳是佛教徒,主張形神分殊,不可形求者,可意求千載之下;劉勰出身沙門,其文學理論亦多有形神分殊之論,主張「神用象通」,才可與風雲並驅。故神思儘管不能與形相契符密合,卻是創作中的主要運通作用的主體,形為神所馭。換言之,靈感為創作者創造了契機,而將形帶入作品,若無靈感神思的作用,則「理鬱苦貧,辭溺傷亂」(《文心雕龍。神思》),形象表達再美,也很難和神思作一鉤連。故神與形是兩個相對的東西,江海的描寫每與魏闕相對,景致的美與神思的闊相對並立而各自成趣。

2. 融合性

神思與形象未必完全是「江海」與「魏闕」的相對關係,它也可以是互為表裡的交融關係,如陸機〈文賦〉所云「應感之會,通塞之紀,來不可遏,去不可止。藏若景滅,行猶響起」〔註65〕那般自然。當然這種來不可遏去不可止的突發性並非無迹可求,其偶然性中蘊含著必然性,看似不期而至的靈

〔註64〕清・沈德潛《古詩源・卷十》台北:世界書局 1999 年 1 月二版二刷,頁 155。
〔註65〕陸機〈文賦〉載鬱沅、張明高編《魏晉南北朝文論選》北京:人民文學出版社 1996 年 10 月一版 1999 年 1 月一刷,頁 149。

感，來自於創造主體長期的生活經驗、審美體驗和知識學養的積澱，才能在瞬間得到爆發湧現。當靈感神思與眼前景物瞬間整合爲一思維系統，創作契機就形成了。田川流、劉家亮《藝術學導論・藝術創造的心理要素與藝術思維》云：

> 靈感畢竟屬於潛意識或無意識領域中的心理現象，主體理性很難予以自由地駕馭，若要長久地保持靈感狀態是不可能的。因此，許多藝術家往往有在創作實踐中創造某種契機，以使自己盡快進入靈感的狀態與習慣，並力求在靈感到來之時，排除外界干擾，消除一切雜念，及時抓住每一個火花，使其迅速整合爲審美意象和詩思之光，化入形象思維的主體系統。〔註66〕

這也是一種「遷想妙得」，透過神思，山水形象與創作者的想像、感情緊緊相連，且同體同構地起伏跌宕，景物中見創作者的情志，創作者的聯想亦將景物化爲一有情有意的形象藝術。張少康《中國古代文學創作論・論藝術構思》云：

> 藝術家把自己奇妙的想像內容寄寓到具體的形象中去，這即是「遷想」的意思，而這兩者天衣無縫的融合一致，即是所謂「妙得」。「遷想妙得」，就是把藝術想像的內容凝聚成爲具體生動的形象。〔註67〕

當主體的情志思維與客體的形象融合凝聚時，所產生的藝術效果是如莊周化蝶般主客不分、形神具化。如陶淵明〈歸鳥〉：「翼翼歸鳥，載翔載飛。雖不懷游，見林情依。遇雲頡頏，相鳴而歸。遰路誠恐，性愛無遺。」〔註68〕眞不知是詠鳥抑或自詠！詩中歸鳥不擔心遭罹網羅，也不憂慮漂泊無依，依違在作爲它生命起點和終點的樹林，無喜無憂，自在躍動，一片生機盎然，這正是陶公生命的寫照，是長期所積累的生命不憂不懼的體悟、不忮不求的態度和對田園生於斯終於斯的經驗。文字中寫活了鳥的生命情境，也寄託了自我的生命內涵。再如阮籍〈詠懷詩〉其一：「孤鴻號外野，翔鳥鳴北林。徘徊將何見，憂思獨傷心。」〔註69〕那徘徊憂思的是外野孤鴻，也是阮籍自身形

〔註66〕 田川流、劉家亮《藝術學導論・藝術創造的心理要素與藝術思維》濟南：齊魯書社 2004 年 10 月一版一刷，頁 237。

〔註67〕 張少康《中國古代文學創作論・論藝術構思》台北：文史哲出版社 1991 年 6 月初版，頁 23。

〔註68〕《陶靖節集注》台北：世界書局 1999 年 2 月二版一刷，頁 12。

〔註69〕《阮籍詩文集》台北：三民書局 2001 年 2 月初版一刷，頁 247。

象的寫照，白振奎《中國古典詩學新論・從「外野孤鴻」到「翼翼歸鳥」》認
為更是「魏晉士人精神追求的邏輯起點」，認為「從外野孤鴻開始，魏晉詩人
開始了漫長的心靈追求、徬徨、苦悶、憂慮，無窮無盡」。〔註70〕均透過文字
呈現的形來顯現主體的神。

　　畫論中所謂「質有而趣靈」，也是通過寫「形」來顯現山水之「勢」和創
作主體的「神」。鍾仕倫《魏晉南北朝美育思想研究・山水繪畫美育思想》云：

　　　「勢」既是山水之形所顯，又是創作主體的感受流露，來自於主體
　　　以「澄懷」的心境對山水之形貌的觀照、體驗及融入了主體文化精
　　　神在內的神思。〔註71〕

所以形與神的感會交融，可以使作品和觀者形成一個美感距離，距離中溢著
作品的感染力和觀者的感動。藝術作品中表現出來的形與真實的形貌也有一
美感距離，因作品所示作者感官所知覺的世界，而感官知覺是不斷在變化的
經驗體，同一山水因不同的經驗體而有不同的描繪，同樣的餘霞，有陶淵明
〈詠貧士〉「萬物各有託，孤雲獨無依；曖曖空中滅，何時見餘暉」的落寞，
有謝朓〈晚登三山還望京邑〉「餘霞散成綺，澄江靜如練」的絢麗。同樣畫山
水，「橫變縱化，故動生焉。前矩後方，則形出焉」（王微〈敘畫〉），可以有
不同的面貌。山川煥綺，詩人畫家的性靈神思參與而各賦其貌，中國畫往往
只求抓住對象的特點，寫出其神氣已足，在捕捉物象神氣同時，也呈現了主
體神氣。創作是如此，欣賞亦然，透過形去感知物象或創作主體之神，其實
都是發自人對山水形象本身的直覺感會。

　　總之，神若指山水之神，則存在於物的內在精神，須靠文學家藝術家去
認識、感受和捕捉；若指創作者之神，則靈感、想像力概可得之。通過對物
深識、取捨的過程，變物為我，融我於物，主客統一於神思之中。形與神的
關係既對立又融合，形是神賴以存在的軀殼，而神也是賦予形的靈魂。能兩
相組合而成為「形神具化」之作品，就具足感染力。

　　劉綱紀《中國書畫、美術與美學・關於六法的初步分析》云：

　　　我國繪畫在構圖上十分留意於主體的突出表現，同時又注意到主體

────────────

〔註70〕白振奎《中國古典詩學新論・從「外野孤鴻」到「翼翼歸鳥」》北京：廣播學
　　　　院出版社 2002 年 12 月一版一刷，頁 63。
〔註71〕鍾仕倫《魏晉南北朝美育思想研究・山水繪畫美育思想》北京：中國社會科
　　　　學出版社 2006 年 11 月一版一刷，頁 333。

> 與局部的聯係，在主體與局部的相互呼應、映照、對比、襯托之中
> 去求得主體的表現。畫面有著鮮明的中心，同時整體的形式感又是
> 統一和諧的。……歷代的畫論都談到構圖上的這樣一些規律：賓主、
> 呼應、虛實、藏露、簡繁、疏密、參差，等等。〔註72〕

留意主體的突出表現就是神思之用，而那些呼應、虛實、藏露、簡繁、疏密、參差等規律的掌握是爲求形的精確，主體與局部之形能相互呼應、映照、對比、襯托是爲求在形神對立中有和諧的統整，神與形終須完全融合才是創作追求的目標。此乃畫的創作情形，用之於詩亦然。

對遊山水者而言，從遊賞山水之形中去體現和學習聖人之道而託之於詩，由於存形莫善於畫，要另外調動一種最好的方式，以便再現山水之形、聖人之道於臥內（宗炳），於是乎寄情畫作的同時，又使得山水寄形而傳神了。

詩與畫在形神創作與欣賞雖有諸多類似之處，但仍有一點是不同的，邵琦《中國畫文脈‧宗謝範式》云：

> 登臨的過程必須在現實的山水中進行，故由登臨而進行的心性修養
> 就必須有現實可據的「形」。山水作爲文士修養之徑在運用過程中的
> 這一不可取代的特徵，使它既不拒斥諸如詩文、書法等樣式的介入，
> 也不因此而改變自身。因此，詩文、書法都只是山水修養心性作用
> 的別式，而不是山水本式，因爲都與「形」無關。〔註73〕

謝靈運的山水詩帶有「玄言尾巴」，在賞山玩水的同時，可以適時擺脫山水之形去作玄理的思考。幾乎同時期的宗炳，畫山水目的爲「臥遊」，必然須要具體可據的「形」，即使「味道」、「媚道」也不可脫離形而爲之，故存形格外重要，對形的依賴當較詩更甚。

三、情與韻

詩與畫在意象、形神方面各有會通之處，在情與韻方面亦然。

情指情感，亦可指情理內容。《文心雕龍‧情采》云：「草木之微，依情待實；況乎文章，述志爲本；言與志反，文豈足徵！」〔註74〕情指實質，此處與志對舉亦指情志內容。劉勰《文心雕龍》在論及文質關係時，特別強調

〔註72〕 劉綱紀《中國書畫、美術與美學‧關於六法的初步分析》武漢大學出版社 2006年 10 月一版一刷，頁 224。

〔註73〕 邵琦《中國畫文脈‧宗謝範式》上海書畫出版社 2005 年一版一刷，頁 35。

〔註74〕 梁‧劉勰《文心雕龍‧卷七‧情采》台北：世界書局 1984 年 4 月五版，頁 118。

情與志的關聯——由情上達於志，情志兼顧變成了情志合一。〈神思〉篇云：「登山則情滿於山，觀海則意溢於海。」情意並舉，這些都是文學藝術創作的推動力，如果沒有感情的推動，所有的山海風雲都是是無源之水，無本之木。故不但「情以物遷」（文心雕龍·物色），而且「物以情觀」（文心雕龍·詮賦），審美的體驗不僅僅是反應而已，更是一種感應，這就是〈物色〉篇所言「情往以贈，興來如答」，所以情感的主體性上升，這是文藝美學的重要基礎。

　　韻指氣韻。六朝文論如《文心雕龍》、《詩品》等所提出的韻是指音韻，畫論如謝赫〈古畫品錄〉中所提的氣韻，是指繪畫對象人物顯露形外的精神狀態之美。雖然六朝對人物品賞有韻致、情致的揭示，〔註75〕但對形外精神韻致仍是畫論先行提出，形成繪畫的終極標準後，文學亦隨步跟進，使得韻的追求成爲所有藝術領域的最高指標。

　　畫論家謝赫繼承顧愷之「傳神」之說，把「神」改爲「韻」字，特別將「氣韻生動」列爲六法中之第一，此說既出，確立了藝術品中重視風神、氣度、氣勢的獨特審美精神。唐·張彥遠《歷代名畫記·卷一》云：

> 以形似之外求其畫，此難可與俗人道也。今之畫縱得形似而氣韻不
> 生，以氣韻求其畫，則形似在其間矣。〔註76〕

氣韻的追求使中國繪畫漸漸超越形似的樊籬，追求形式內部的獨特韻味，及形似之外的只可感受不可具體指陳的韻味。朱良志《中國美學名著導讀·顧愷之論畫》云：

> 繪畫的形式只是提供了一個起點，或者說是一個引子，使鑑賞者由
> 此而進入更加豐富的世界。繪畫的形式不是一個觀而止之的對象，
> 而是一個可玩味的空間，一個在鑑賞者心中飄動著的世界。氣韻生
> 動這一命題所包含的對音樂感的強調，正是要求繪畫這一空間藝術
> 注入更多的時間美感。〔註77〕

〔註75〕 《世說新語·品藻》第五四則謂孫綽稱美許掾「高情遠致」，其「致」解爲「情致」，劉正浩等《新譯世說新語》台北：三民書局，2005 年 5 月初版六刷，頁 479。

〔註76〕 唐·張彥遠《歷代名畫記·卷一·論畫六法》台北：藝文印書館原刻影印《百部叢書集成》1966 年一編，頁 15。

〔註77〕 朱良志《中國美學名著導讀·顧愷之論畫》北京大學出版社 2005 年 5 月一版二刷，頁 79。

謝赫氣韻之說是總結了《世說新語》以前評人物重氣韻的六朝風氣，也立下了爾後評畫的重要指標，文學評論、音樂、書法等各種藝術均以之爲準的，成爲美學的重要論題和指標。氣韻說與音韻說密不可分，如陸機〈演連珠〉：「赴曲之音，洪細入韻」。〔註78〕《晉書・摯虞傳》：「施之金石，則音韻和諧。措之規矩，則器用合宜。」〔註79〕均指抑揚頓挫的和諧之音。氣韻更與文論息息相關，劉勰將韻解爲「同聲相應」，《文心雕龍・聲律》云：「異音相從謂之和，同聲相應謂之韻。」〔註80〕如此，由文字表層意思幅射出的意義，可擴解爲音外之音，與《文心雕龍・隱秀》所云「深文隱蔚，餘味曲包」相爲呼應。這種種的說法都指出氣韻是表現在具體形式外的，從具體形式之外要找出氣韻，則以創作者的情感爲基，二者之間有著密切的連結。

（一）托物言情，韻在其中

六朝人對宇宙自然有著一往情深的情懷，所以不論寫景、寫人，都賦予極深的情，使得寫出來的人物具自然化的風神，寫出來的山水景物是人化的自然。宗白華云：

> 晉人藝術境界造詣的高，不僅是基於他們的意趣超越，深入玄境，尊重個性，生機活潑，更主要的還是他們的「一往情深」！無論對於自然，對探求哲理，對於友誼，都有可述。……深於情者，不僅對宇宙人生體會到至深的無名的哀感，……就是快樂的體驗也是深入肺腑，驚心動魄……，晉人富於這種宇宙的深情，所以在藝術文學上有那樣不可企及的成就。〔註81〕

像陶謝山水寫得如此之好，是因爲在自然中常有身入化境的忘我情趣，畫家如顧愷之其痴不可及、宗炳對自然目同應、心俱會，能棲形感類，化情入理，形成一種風致。故六朝文人藝術家向外發現自然山水的美景，向內發現了自己的深情，深情與美景的融合，使得在敘寫任何事物時，總不離山水美景之喻，寫人則如《世說新語》以明月入懷、松下清風等語喻其品格，論文則如《文賦》以「播芳蕤之馥馥，發青條之森森；粲風飛而猋豎，鬱雲起乎翰林」

〔註78〕陸機〈演連珠〉其十六，載《魏晉南北朝文論選》北京：人民文學出版社1996年10月一版1999年1月一刷，頁150。

〔註79〕《晉書・卷五十一・摯虞列傳》台灣中華書局1966年3月臺一版，頁10。

〔註80〕《文心雕龍・卷七・聲律》台北：世界書局1984年4月五版，頁122。

〔註81〕《宗白華全集・卷二》安徽教育出版社1996年9月一版二刷，頁272～274。

〔註 82〕喻文采之美及文思之湧，論畫則如宗炳〈畫山水序〉以「閒居理氣，拂觴鳴琴，披圖幽對，坐究四荒……峰岫嶢嶷，雲林森眇」，描述覽畫之愜意。整個時代瀰漫著閒情對景的韻致，充斥著托物言情的雅好。

　　詩人喜歡托物言情，把抽象的情用具體的山水景物喻托出來。其實譬喻不是爲文的終極目的，意象也不是，而是意象所隨伴未可言說的感情才是眞正味外之旨，也才是創作者所要表達的眞正旨趣，也是文論家所欲探討的對象，情感愈深則其韻致愈耐人尋味。例如《文心雕龍‧明詩》評「阮旨遙深」，主要在於阮籍寫詩多不明白表露心迹，而大量運用了比興托寄的手法，其〈詠懷〉之一以「孤鴻號外野」喻其徬徨苦悶的心境，情感的表達含蓄靈動，幾乎鴻即其人。謝朓「常恐鷹隼擊，時菊委嚴霜」，藉鷹擊、嚴霜表達了憂讒畏譏的惶恐心情，完全是托物興情，文外之意尤濃。又如《詩品》評徐幹「思君如流水」、曹植「高臺多悲風」均以即目所見之景直抒其情，張華「清晨登隴首」、謝靈運「明月照積雪」句是不假經典，「皆由直尋」，〔註 83〕是眞出情性之詠，這種即勢入詩之句隨感融情，就具一種韻致。

　　劉勰《文心雕龍‧情采》云爲情造文者是「志思蓄憤而吟詠情性」，有了情感的內驅力，才能站在一個相當的高度來驅動那些山海風雲進入作者的主體精神意識中，所有的外在文采才顯得自然。故情生則韻成，文采韻致是在情感起動之下才能自然呈現出來。

　　即勢入畫者亦然。王微〈敘畫〉云：「古人之作畫也，非以案城域、辯方州、標鎭阜、劃浸流。本乎形者融靈。」〔註 84〕認爲僅僅有形不能稱爲繪畫，圖經亦有形，但二者的象迥然不同，其本質差異就在「勢」上。爲了表現「勢」，繪畫需要「融靈」，融進畫家獨特眞實的情感。宗炳繪山水時融入了個人「披圖幽對，坐究四荒」的渴望，托繪畫而寄深情，以此發展出的山水畫，必然充滿畫外詩情，而能情韻綿邈。

　　詩可托物言情，喻詩人情志；畫可托物悠遊，一償臥遊夙願。詩情畫意雖在六朝時並無深刻連結，卻也在不知不覺中相互會通，尤其詩人通繪畫，

〔註 82〕陸機〈文賦〉載鬱沅、張明高編《魏晉南北朝文論選》北京：人民文學出版社 1996 年 10 月一版 1999 年 1 月一刷，頁 147。

〔註 83〕梁‧鍾嶸撰，成琳、程章燦注譯《詩品》台北：三民書局 2003 年 5 月初版一刷，頁 17。

〔註 84〕王微〈敘畫〉載潘運告編《漢魏六朝書畫論》湖南美術出版社 1997 年 4 月一版，頁 294。

畫家擅文字者，都表現了詩畫情韻連通的現象。王微〈敘畫〉是給他的好友顏延之的復信，成為六朝畫論中極重要文獻，他的詩被鍾嶸稱「五言之警策者也」〔註85〕、「殊得風流媚趣」，〔註86〕評價極高。畫家顧愷之答稱會稽山水之美爲「千巖競秀，萬壑爭流，草木蒙籠其上，若雲興霞蔚」（《世說新語‧言語》八八則），饒富詩意，不僅顯現了山川之美，畫家之流風韻致亦隨之畢現。

　　故托言山水表現的不僅是詩畫味外之旨的情趣，也表現了創作者本人的流風韻致。

（二）意象情趣，相融渾化

　　中國許多古典詩只寫景象，對創作的意念情志不加解說，但意象情趣相融渾化，形成一種「文外重旨」「餘味曲包」〔註87〕的韻味。鄭文惠《文學與圖像的文學美學——想像共同體的樂園論述》云：

> 中國古典文學文本多半層疊、並置視覺化、感官化和具空間感的意象，構築成一組組意象序列與一套套表述系統。文學文本所構築的意象範疇，無疑趨近於圖像文本的表述形態。……文學／圖像的互文表述方式往往營構一個若即又若離的對應形式與審美意趣。〔註88〕

文字可以當圖象來處理，而圖象亦當文字來處理，二者在互文表述中，詩情與畫意相與渾化，意象與情趣亦可相融。例如謝莊〈北宅秘園〉:「夕天霽晚氣，輕霞澄暮陰。微風清幽幌，餘日照青林。收光漸窗歇，窮園自荒深。綠池翻素景，秋懷響寒音。伊人儻同愛，絃酒共棲尋。」〔註89〕馮保善評其「不用典實，清新飄逸，不帶玄言」，〔註90〕一以視覺感觸而下筆，句句有景，句句圖畫，化爲文字則詩中有畫，詩畫之間不同載體媒介又彷彿可以融通，這

〔註85〕梁‧鍾嶸撰，成琳、程章燦注譯《詩品》台北：三民書局 2003 年 5 月初版一刷，頁 26。

〔註86〕梁‧鍾嶸撰，成琳、程章燦注譯《詩品》台北：三民書局 2003 年 5 月初版一刷，頁 101。

〔註87〕梁‧劉勰《文心雕龍‧卷九‧隱秀》台北：世界書局 1984 年 4 月五版，頁 140。

〔註88〕鄭文惠《文學與圖像的文學美學——想像共同體的樂園論述》台北：里仁書局，2005 年 9 月初版，頁 7。

〔註89〕清‧沈德潛《古詩源‧卷十一‧宋詩》台北：世界書局 1999 年 1 月二版二刷，頁 159。

〔註90〕馮保善譯《古詩源》台北：三民書局 2006 年 5 月初版一刷，頁 861。

就是一種若即若離的對應形式。

而畫家宗炳臥遊山水是把賞山水的情趣與畫結合，不爲應酬，只爲一個趣味。羅麗容〈魏晉六朝文藝理論中之「情」「理」觀研究〉云：

> 宗炳的畫論很難畫分出何者爲情，何者爲理，他所說的每一個細節，早已將情、理合爲一爐，吾人只能概括而稱之曰「道」，而以今日觀點稱之曰「美學理論」亦不爲過。〔註91〕

> 宗炳的藝術創作緣於他的喜好，亦未始不是緣於補償心理，現實生活中沒有辦法常看到山水，故經營構思出心靈中理想雲嶺山水的境界。〔註92〕

宗炳把畫中的情理相融，又把覽畫與遊山水所目觸的形象在心中綰合起來，其心靈捕捉到幾分意象，就把握到幾分情趣。

詩畫意趣渾化表現在兩方面，一是技巧的渾化，一是境界的渾化。

1. 技巧的渾化

把意象和情趣交疊融渾，是須要靠修辭來完成。

文字圖像畢竟是不同表達媒介，表達無法完全貼合，在若即若離的意象情趣應對中，詩與畫的幅射力都增強了。這是詩畫相與會通之處。不論詩畫，情韻結合之方主要都在象徵。此象徵之法不僅表現在詩畫，所有的藝術皆然。尙達齋〈中國畫的特質〉云：

> 中國畫是一種象徵性的藝術，與中國的舊劇異曲同工。畫家的表現多不受題材的束縛，題材上並不要含有什麼意義。相反的他們常以爲題材上含有某種意義的繪畫，不過是淺薄的功利主義，是近於粗俗的作品。……畫面的物象，是經過畫家的情感人格融化後的物象，也就是作者當時情感的象徵。〔註93〕

像中國古典戲劇，騎馬、開門等動作並不須眞在舞台上放馬架門，而以象徵的動作姿勢傳遞意思，觀者無不接受。在詩畫中也常以象徵手法表意，如陶詩中的「採菊東籬下」象徵隱逸，「五柳」、「三徑」象徵柴門簡居，謝朓〈之宣城出新林浦向板橋〉「江路西南永，歸流東北鶩。天際識歸舟，雲中辨江樹」，

〔註91〕 羅麗容〈魏晉六朝文藝理論中之「情」「理」觀研究〉載《魏晉六朝學術研討會論文集》東吳大學中文系 2005 年 9 月，頁 48。
〔註92〕 羅麗容〈魏晉六朝文藝理論中之「情」「理」觀研究〉載《魏晉六朝學術研討會論文集》東吳大學中文系 2005 年 9 月，頁 52。
〔註93〕 尙達齋〈中國畫的特質〉載《中國文選》73 期，民 59 年 5 月，頁 77。

天際、雲中浩渺之景，襯托歸舟、江樹迷茫之物，雖不必明言，已隱約可知詩人盼幽棲遠隱之意，景物迷茫，心境亦隨之遼遠，情感與景物渾成一體。其情所示在字外不在字內。張俊傑《山水繪畫思想之發展·中國山水繪畫藝術思想之根源》云：

> 美感經驗是一種完整的、有機的心理組織，在這有機的心理組織中，
> 主觀與客觀的關係，朱光潛先生在《文藝心理學》中稱之為「情趣
> 的意象化」或「意象的情趣化」，其實也就是意象與情趣的相渾相化、
> 合而為一的心理現象。〔註94〕

藝術的情趣往往是讓創作者觀賞者從外界景物中尋回自我，所以當創作者從創作意象中捕捉到情趣，此時創作實為一自由表現，形體的肖似與否已不重要了。當謝朓詠出「大江流日夜，客心悲未央」時，眼前是否真有一大江並不重要，即使繪畫最依賴形象，亦不必計較形似。尚達齋〈中國畫的特質〉云：

> 中國畫重畫情，不重畫理，重表現，不重再現，重寫意，不重寫實，
> 故重象徵的內在美，不重物體的表象美，如空中幾撇蘭葉，斜刺裡
> 一根松枝，在簡淡秀韻之間，予人以清雅高潔之感，常使人流連久
> 之而不忍捨去，是其給人感召者，不在畫內而在畫外，可見其潛力
> 之大了。〔註95〕

那種令人「流連久之而不忍捨去」的感召力，就是畫外韻致。其主體核心是情，藉用手法是象徵，形貌雖不一定求肖形，但別有風致逸趣，那就是畫外之韻了。正因不求肖形，繪畫遂打破實用主義牢籠趨向自由表現。顧愷之圖裴楷時為求神似，乃於頰上加三毛，圖謝幼輿時自覺應繪之於岩石間方能襯出其人韻致，這就是「遷想妙得」的自由表現，繪畫題材中山水畫是自由度最高，最能顯畫外之致者，也最能與詩情相應者。

　　象徵、遷想用於詩畫中，能不見技巧痕跡，卻能使意趣渾成。

2. 境界的渾化

　　詩人用心靈的眼去看萬象。宗白華〈中國詩畫中所表現的空間意識〉云：

> 中國詩人、畫家確是用「俯仰自得」的精神來欣賞宇宙，而躍入大

〔註94〕 張俊傑《山水繪畫思想之發展·中國山水繪畫藝術思想之根源》台北：國立
　　　　歷史博物館 2005 年 9 月，頁 36。
〔註95〕 尚達齋〈中國畫的特質〉載《中國文選》73 期，1970（民 59）年 5 月，頁 77。

　　　　自然的節奏裡去「游心太玄」。晉代大詩人也有詩云：「俯仰終宇宙，

　　　　不樂復何如！」……詩畫中所表現的空間意識，……是「俯仰自得」

　　　　的節奏化的音樂化了的中國人的宇宙感。〔註96〕

空間的無限延展，使得作品中有足夠空間使氣質相滲，連帶創作者的心靈也
有足夠悠遊的空間。例如陶淵明如寫「良苗亦懷新」的主客交融的感受，就
會為此結構一個「平疇交遠風」的空闊場域（〈癸卯歲始春懷古田舍〉），使得
不論是苗禾還是詩人的喜悅都有足夠空間去漫渙浸染，意象遼闊，詩境氣象
就遼闊，文中有圖象的展現，神思遊物的情趣也就遼闊。這就是朱光潛〈詩
的境界——情趣與意象〉所說的「情景吻合，景恰足以傳情」〔註97〕的情形，
也就是情趣意象化，而意象也情趣化了。

　　繪畫中也常用空間的延展，來融鑄一個開展的境界。〈山水松石格〉談寫
山水的具體方法云：「水因斷而流遠，雲欲墜而霞輕」〔註98〕水流斷落處正是
想像延伸處，其延伸之景不示現於畫面，卻延伸至畫外、延伸至畫者觀者想
像中，形象化作意象，情趣由此而生。

　　晉人的風神瀟灑，最喜發揮這種不滯於物的渾成意趣。宗白華〈論《世
說新語》和晉人的美〉云：

　　　　晉人風神瀟灑，不滯於物，這優美的自由心靈找到一種最適於表現

　　　　他自己的藝術，這就是書法中的行草。行草藝術純系一片神機，無

　　　　法而有法，全在於下筆時點畫自如，一點一拂皆有情趣，從頭至尾，

　　　　一氣呵成，如天馬行空，游行自在。又如庖丁之中肯綮，神行於虛。

　　　　這種超妙的藝術，只有晉人蕭散超脫的心靈，才能心手相應。〔註99〕

行草的點畫自如，正顯現出晉人瀟散超脫的心靈。這種蕭散超脫心靈的引領，
把繪畫和詩歌藝術帶入一種天然渾成的境界，雖然在詩歌詞采表現上有窮力
追新、窮形盡相的雕琢風氣，卻已超越《楚辭》的襯托功能、漢賦的雕麗堆
砌，形成文字內有景象，文字外有情韻的現象。

〔註96〕　《宗白華全集・卷二・中國詩畫中所表現的空間意識》安徽教育出版社 1996
　　　　年 9 月一版二刷，頁 423。

〔註97〕　朱光潛《朱光潛美學文學論文選集・詩的境界——情趣與意象》湖南人民出
　　　　版社 1981 年 8 月一版二刷，頁 196。

〔註98〕　蕭繹〈山水松石格〉載潘運告編《漢魏六朝書畫論》湖南美術出版社 1997 年
　　　　4 月一版，頁 316。

〔註99〕　《宗白華全集・卷二》安徽教育出版社 1996 年 9 月一版二刷，頁 271。

　　雖未能見到六朝山水畫情韻相融的作品，但人物畫中已有爲追求風神而筆墨溢出形外的現象，品畫時以氣韻爲先而不以形似爲尚即可證之。山水畫遂依此定則循序發展，爾後在畫技上講究線條乾濕濃淡，佈局疏密齊亂等，都是爲了表現韻，而能否表現出韻關鍵則在於創作者能否把個人的情趣移入作畫對象，這一點和詩歌的創作是一致的。

（三）依情待實，立品養興

　　不論詩歌或繪畫，氣韻的表現並非只憑一時的靈感，更重要的關鍵是平日人格的修養。同光〈國畫漫談〉云：

> 畫幅中氣韻之有無，關於作者胸襟之廣狹，學問之深淺，思想之豐嗇，才情之長短，品格之高下等等，這些個都是畫外的事，完全看他的學養的工夫如何才能區別進退上下的。〔註100〕

所謂「畫外的事」指作品的氣韻不在繪畫技巧中呈現，而在創作主體的品格。張俊傑《山水繪畫思想之發展・中國山水繪畫藝術思想之根源》亦云：

> 讀書通神，猶言功期造化，高明如通神靈。讀書益多，明理愈貫徹，理貫則氣靜，氣靜則如神，得其理、氣則如神，爲心的功夫，故「道成而上」。技術磨練爲手的功夫，故「藝成而下」。〔註101〕

氣韻既是畫外的事，則永遠不在畫面上的形中流露。氣韻既是畫家自我生命情感的表現，畫面的物象，包含筆墨線條的表現和題材的選擇，經過畫家的情感人格融化後，成爲作者情感的象徵，觀者對畫猶如對作者的人品，有何種人品就有何種作品，有何種性情就有何種氣韻。何以〈畫雲台山記〉要畫「夾岡乘其間而上，使勢蜿蟺如龍，因抱峰直頓而上」之景，又畫「弟子二人臨下，到身大怖，流汗失色」，或出於假想，不必眞有此境。中國畫是象徵性的藝術，畫家不受題材的束縛，題材上也不需含有什麼意義，選擇題材唯一考慮的是個人想表現什麼，故畫作內容與畫家本身意趣相仿。宗炳云山水質有趣靈，卻是賢者澄懷味象後，從中選取入畫，以爲暢神的適當材料，故畫何種山水，就呈現何種趣味何種人品。

　　詩歌的氣韻與詩人的性情更有密不可分的關聯。徐書城《中國繪畫藝術

〔註100〕同光〈國畫漫談〉載何懷碩主編《近代中國美術論集》台北：藝術家出版社
　　　　1991 年 6 月，頁 14。
〔註101〕張俊傑《山水繪畫思想之發展・中國山水繪畫藝術思想之根源》台北：國立
　　　　歷史博物館 2005 年 9 月，頁 42。

史‧人性的覺醒－晉唐繪畫中的人文主義》云：

> 先人喜歡用「氣」來指稱「人」的生命和他的精神狀態，是一個特
> 定的哲學及美學的用語。移到繪畫藝術領域，也就是如實描摹人物
> 形象從外表到內在精神狀態。〔註102〕

氣的概念最早引用到文學批評方面的是曹丕，其《典論‧論文》中提到：

> 文以氣爲主，氣之清濁有體，不可力強而致。譬諸音樂，曲度雖均，
> 節奏同檢，至於引氣不齊，巧拙有素，雖在父兄，不能以移子弟。
>
> 〔註103〕

不同才性表現出不同氣韻，例如謝靈運與陶淵明，一精工巧麗去模繪山水，
一縱身自然，入景化情不著痕跡，隨性情各有表達旨趣。《文心雕龍‧明詩》
評「嵇志清峻，阮旨遙深」，嵇康〈與山巨源絕交書〉自云「剛腸疾惡，輕
肆直言，遇事便發」，〔註104〕心無抑鬱，故能有「目送歸鴻，手揮五弦。俯
仰自得，游心太玄」的愜意；阮籍選擇向現實低頭，卻又不堪內心理想幻滅
的苦悶，故有「孤鴻號野外，翔鳥鳴北林。徘徊將何見，憂思獨傷心」的憤
懑。都可證明詩人才性影響了作品的情韻。又如張彥遠《歷代名畫記》稱宗
炳、王微皆「擬迹巢由，放情林壑，與琴酒而俱適，縱烟霞而獨往」，因而
繪畫意境高遠，「不知畫者，難可與論」。〔註105〕故知繪畫境界與人品修爲
同步呈現。

劉勰《文心雕龍‧情采》云：

> 有志深軒冕而泛詠皋壤；心纏幾務，而虛述人外：眞宰弗存，翩其
> 反矣。……夫以草木之微，依情待實；況乎文章，述志爲本；言與
> 志反，文豈足徵！〔註106〕

完全說明了情性影響文章，人品建立文章格調，絲毫不能造假。故詩人畫家
作品的表現完全是平日修養累積，黃志源〈六朝時期氣韻論的美學依據〉云：

〔註102〕徐書城《中國繪畫藝術史‧人性的覺醒－晉唐繪畫中的人文主義》北京：人
　　　　民美術出版社2001年2月一版一刷，頁12。
〔註103〕魏‧曹丕《典論‧論文》載鬱沅、張明高編《魏晉南北朝文論選》北京：人
　　　　民文學出版社1996年10月一版1999年1月一刷，頁14。
〔註104〕《嵇中散集》台北：三民書局1998年5月，頁137。
〔註105〕唐‧張彥遠《歷代名畫記‧卷六》台北：藝文印書館原刻影印《百部叢書集
　　　　成》1966年一編，頁5。
〔註106〕梁‧劉勰《文心雕龍‧卷七‧情采》台北：世界書局1984年4月五版，頁
　　　　118。

> 從帶有玄學性又有美學性的人物品藻中發掘出來的、魏晉南北朝時
> 期對於美的意識可以說是「生命美學」，因爲從人格即生命中把握
> 美。〔註107〕

從人格生命中去把握的美，不自意流露於詩畫作品中的，正是一種可意會覺
察卻不可言說的韻，易蘇民認爲「繪畫之聲勢，乃可從脩養含蓄見之，而自
然流露於畫面」，〔註108〕此「聲勢」其實就是韻，是詩人或畫家從自然中感應
出的一己的情感性格，各有其類各不相仿。

　　氣韻是整個作品甚至創作者的整個精神狀態的表現，氣韻這一論題不僅
牢牢把握了人物畫以形寫神的本質，而且糾正了重視局部而忽略整體的偏
頗。王振德《中國畫論通要‧氣韻章》云：

> 「氣韻」是源於具體形象的，是畫家對客觀形象進行觀察、體驗、
> 理解和提煉的結晶，它已經不是客觀形象表面或局部的再現，而成
> 爲物象內含的生命力和帶有本質特點的活靈活現。因此，它不是畫
> 家肉眼所見的表面現象而是身有所感、心有所會的屬於精神方面的
> 東西，這是一種本質化了的具象美，或者說是具象化了的本質美。
> 它是抽象的、精粹的、又是內含的、實實在在的。〔註109〕

詩歌或繪畫都以氣韻作爲評判標準，這便拉大了藝術與客觀現實的距離，增
強了藝術表現力量。

　　不論詩歌或繪畫，氣韻的表現是以形作爲基礎的，形爲描摹對象，創作
者又以之作爲托物詠志寄情的對象。邵琦《中國畫文脈‧宗謝範式》云：

> 山水入詩固然是山水與藝術的完美結合，但「宣物莫大於言，存形
> 莫善於畫」（陸機），詩文與繪畫在藝術樣式上昭彰顯著的區別，雖
> 不足以使山水成爲繪畫的主要題材，但至少道明了繪畫與形的本然
> 聯系。〔註110〕

在形的表現上，山水畫的自由度較之人物畫爲大，所以不論文學或繪畫題材

〔註107〕黃志源〈六朝時期氣韻論的美學依據〉載《中國文化月刊》306 期， 2006
　　　　年6月，頁23。
〔註108〕易蘇民編《國畫的顏色與氣韻‧國畫的氣韻》台北：昌言出版社 1971 年 8
　　　　月，頁99。
〔註109〕王振德《中國畫論通要‧氣韻章》天津：人民美術出版社 1992 年 5 月一版，
　　　　頁36。
〔註110〕邵琦《中國畫文脈‧宗謝範式》上海書畫出版社 2005 年一版一刷，頁35。

的描寫對象，都不約而同地從人物轉移到了山水，《世說新語》對人物美姿美儀的描寫呈現了士人對美的品味，在「莊老告退，山水方滋」山水詩興起的同時，山水畫也悄悄興起，這是一個藝術發展的共象。王力堅《六朝唯美詩學‧內構形態：美在瞬間生成》云：

> 六朝唯美詩歌的題材主要有宦遊、玄言、遊仙、山水、宴遊、隱逸、宮體等等，……種種情思的表現，又都與景物的描寫結合，……與各種情思結合的自然山水和生活環境，在作品中無不以意象的形態呈現。〔註111〕

六朝詩歌的內容題材儘管錯綜複雜，最終仍以形爲基，表現意象、神思、情韻，此處雖分項說明，實則三者均爲有機融合，不可分割。朱光潛《文藝心理學》云：

> 文藝作品都必具完整性。它雖然可以同時連用許多意象，而這許多意象卻不能散漫、零亂，必須爲完整的有機體。……把原來散漫、零亂的意象融成整體的就是想像。〔註112〕

對六朝詩畫內在形構的考察實可集中在「形」之上，山水畫以形媚道，山水詩以形說理、以形會意、以形融情，而意象、情韻都是附於形象的表達，都是不可分割的有機體。山水客觀上是生存活動的空間，主觀上卻是表情說理的工具，藉著特殊的創作方式，超越有限之景，具體地把實際生存的世界，集中體現於文藝創作中。〔註113〕

第二節　詩歌繪畫之情理激盪

　　六朝作家自曹氏父子以降都在作品中表現出鮮明的個性，這是之前漢賦和樂府民歌少見的現象，在同時期繪畫的發展上也較少這種現象。由於個性的鮮明，詩人往往藉文以顯其情、達甚志，又由於政治上的顧慮，許多情志不敢明言，遂藉由詩文隱約顯露，於是詩有虛實的不同層次表現。繪畫則不

〔註111〕王力堅《六朝唯美詩學‧內構形態：美在瞬間生成》台北：文津出版社1997
　　　　年7月一版一刷，頁57。
〔註112〕朱光潛《文藝心理學‧藝術的創造（一）想像與靈感》台灣開明書店 1974
　　　　年12月，頁207。
〔註113〕參 Mathias Obert〈論述畫境——以現象學之觀點談中國山水畫與相關之理論〉
　　　　載《中外文學》第三十二卷第七期， 2003年12月，頁108。

然，畫家多無政治包袱，山水畫更無複雜的人情因素干擾，在表現上可以完全自由，二者不同處或互相激盪而深化了美學的表現。藝術材料上的運用，由簡而麗，由淡而濃，不同的表現狀況亦都顯示出六朝人美學的傾向。

一、虛與實

虛實相濟相成的道理在道家學說中有相當豐富的論理，《道德經》第三章曰「聖人之治虛其心，實其腹」，〔註114〕作虛實相對之論。其他許多無有、強弱等道家對舉之論，成為美學中重要的思考論題。六朝山水詩畫在虛實的表現上，各有不同著力之處，茲分述如後：

（一）意義功能的虛實

儒家仁智說使山水與人的情志作了功能性的結合，然而道家論畫認為藝術創作中的「用志不分」，〔註115〕專注凝神，不受功利、比德、人情等因素干擾的狀態，才是真正的藝術態度。

宗炳提出「暢神說」，以為山水畫別無其他目的，唯暢神而已，然而這是表象，陳傳席《六朝畫論研究・宗炳〈畫山水序〉研究》云：

> 很多人認為「暢神說」是僅僅對山水畫的欣賞而感到的，這只看到
> 了問題的現象，其實本質還是「觀道」，是通過山水畫的形式，實現
> 了觀道和對道理解更深刻的目的，才「暢神」的。這樣就把山水畫
> 的功能提高了。〔註116〕

「觀道」使山水畫有了較近於實質功能的意義，姚最〈續畫品〉更把繪畫功能定在實際生活教化之中，「雲閣興拜伏之感，披庭致聘遠之別」，教化功能置極重要地位，是儒家的精神，其繪畫的教化功能說得實，而暢神意義說得虛，虛實之間很難一刀切割來論先後。但，暢神說超脫功利的看法，藝術可以不為取悅於人，有了不作功利性服務的可能，是六朝藝術觀極大的躍進。

較之於繪畫，山水詩就有了較多實用的功能：

1. 抒情性：詩人藉之以抒鬱憤、嘆悲苦、詠慷慨、寄孤寂等為雕琢情性

〔註114〕《王弼集校釋・老子道德經注・三章》台北：華正書局1992年12月初版，頁8。

〔註115〕黃錦鋐《莊子讀本・達生》台北：三民書局2001年5月初版十六刷，頁242。

〔註116〕陳傳席《六朝畫論研究・宗炳〈畫山水序〉研究》台北：台灣學生書局1999年9月一版二刷，頁113。

而組織辭令；山水畫限於載體材料，除了臥遊暢神外，恐難以再抒發更細膩的感情了。

2. 諷喻性：詩人藉由詩歌明指暗諷，如阮籍〈詠懷廿一〉：「一飛沖青天，曠世不再鳴。豈與鶉鷃遊，連翩戲中庭。」〔註117〕自喻雲間玄鶴，鶉鷃又指誰？或有暗指。被群小壓抑的憤慨遂溢於言表，此為表現單一視象的繪畫所不能及的功能。

然而六朝的詩與畫都起了一個極大的功能變化，就是走向純粹，宗炳繪畫山水不為取悅當世，只為臥遊起興。而山水詩歌也同樣只為取悅自己，給自己找一個可安頓心靈的題目。鄭毓瑜《六朝情境美學綜論》認為謝靈運山水詩不只是功能性地描摩而已，也不只是主觀地抒懷：

> 謝靈運的遊山玩水，也許不只是率性使氣，也不只停留在解憂、去煩的初步動機上，而是透過觀覽讓心靈開展向心靈的世界，以致獲得在寓目之前無法體現的真實存有。換言之，人的存在不只是思想情志，而景物也不只是情性的比附、象徵而已；所以不同於胸中丘壑或理想桃源，而是人與山水彼此投入，互相依存，才是謝詩中具體、真實而足以言安頓的世界。〔註118〕

六朝文藝的社會功能降低了，主體追求真實存有的目標明顯提升，發揮此功能的過程中，文學仍得用思考。繪畫則不然。豐子愷《豐子愷論藝術‧從梅花說到藝術》云：

> 思考是文學藝術上的一種特色。但在繪畫上，就完全不同了。……看畫，仍以感覺為主。……畫的題材不是畫的主體。畫的主體乃在於形狀、線條、色彩與氣韻。換言之，畫不是想的，是看的。〔註119〕

文學中的抒情，不但要表象，又需概念與理知，與訴於視覺的繪畫藝術顯然不同。至於後世繪畫有藉物興諷，乃繪畫原始功能之擴大，特別是題畫詩的形成，亦為取文學功能而用之，此乃長期與文學相互激盪而產生出的現象。

至於文學是否受繪畫藝術的激盪，可由六朝詩文表現出的精美色彩聲律看出，蔣勳《美的沈思‧唯美的時代──魏晉名士風流》云：

〔註117〕林家驪注譯《阮籍詩文集》台北：三民書局 2001 年 2 月初版一刷，頁 289。
〔註118〕鄭毓瑜《六朝情境美學綜論‧觀看與存有》台灣學生書局 1996 年 3 月初版，頁 167。
〔註119〕豐子愷《豐子愷論藝術‧從梅花說到藝術》台北：丹青圖書有限公司 1988 年再版，頁 6。

這些魏晉的名士，懷抱著對人世的大虛無大愴痛，卻似乎唯獨在美
的世界、在藝術的世界找到了可以相信、倚恃的價值。「美」從道德
的範疇中被解放了出來，藝術的各種媒體——聲音、色彩、線條、
文字，也都從意義的桎梏中解放了出來；這些美麗的聲音、色彩、
線條、文字，可以離開「意義」的控制，自由地翱翔發展了。〔註120〕

受到視覺藝術的影響，六朝山水詩在修辭上雕琢，在聲律上講究，在模山範
水的同時，理論上有「沿聖以垂文，因文而明道」〔註121〕之功，實際上多有
不為實用只為求美，擺脫意義追求空靈的目的，謝靈運詩的玄理尾巴是一過
渡現象，而後的山水詩人玄理的闡發愈來愈少，雕章琢句力追辭采者愈來愈
多，愈來愈把詩歌當圖像表達，詩歌中一句一景、一句一象的作品所在多有，
終至形成聲色大開的文風，這是文字向圖畫功能趨步的現象。

（二）題材內容的虛實

　　一首山水詩讀者在乎的是其文字的表現力，很少人去計較其真實性。北
朝《水經注》或有人會以之作為按圖索驥的藍本，但詩歌中的山水不必與真
實對應，讀者欲由詩讀到的是藉由文字表達的美感來「暢神」而已。山水畫
亦然。Mathias Obert〈論述畫境——以現象學之觀點談中國山水畫與相關之理
論〉云：

> 一幅畫「騙」我們的，非以假山代真山，反而是讓我們信以為其即
> 自然本身，而且原來並不是騙我們的，因為實際上它以此特色而超
> 越就足以為我們真正地展開世界。審美觀照時，藝術品可因其結構
> 之特色而超越畫本身來連結畫以外，以自然而然之法式為特徵之世
> 界事實。〔註122〕

畫豈會「騙人」，只因其所繪出的山水不論是真山實水，或是想像虛造，都為
我們打造出一審美觀照出來的美境。六朝士人喜歡暢遊山水，與當世隱逸避
世為高的風尚有關，隱逸之士，與世無爭，但求沖然太和，超塵出世，寄心
雲表，這種環境可以入畫，這種心境可以入詩，詩畫互相激盪，在構成上顯

〔註120〕蔣勳《美的沈思・唯美的時代——魏晉名士風流》台北：雄獅圖書股份有限
　　　　公司 2004 年 1 月一版二刷，頁 66。
〔註121〕梁・劉勰《文心雕龍・卷一・原道》台北：世界書局 1984 年 4 月五版，頁 2。
〔註122〕Mathias Obert〈論述畫境——以現象學之觀點談中國山水畫與相關之理論〉
　　　　載《中外文學》第三十二卷第七期，2003 年 12 月，頁 112。

現了不同的差異：

1. 情景相異而相成。環境是景，心境是情，詩畫的重點一在情一在景，描寫景不以人為中心，描寫情則必以人為中心。故山水畫呈現的是宇宙萬有的共象，山水詩寫的是個人的情懷。（當然詩亦可以景為中心，作純客觀的描寫，不帶個人情感色彩，卻非山水詩的主流。）

2. 空間表現的跳躍性與連帶性。同一首山水詩，可由點狀描寫帶出全景，亦可由帶狀全景引入單一景物，故其描景可以是跳躍性的。繪畫則不論是真景或想像，都須以帶狀景致呈現。故文學的表達更具迸發力，對外景依托度較畫為低。

3. 時間表現的動態與靜態。繪畫的題材很難是動態的，即使是也只有一瞬間的形象，詩卻可以綿長延續。故詩可以藉事言情，以景為襯，陶淵明〈歸園田居〉可以由「晨興理荒穢」寫到「帶月荷鋤歸」，但顧愷之〈畫雲台山記〉寫了弟子「到身大怖，流汗失色」，就不可能再表達其安然回座的情形。

中國畫是一種象徵性的藝術，畫面的物象，就是當下畫家情感的象徵，其情、道、意、志的表現不易具體。山水詩的題材上較寬廣，但要用更多立體想像去解讀。邱明正〈略論藝術的真善美——中國古代美學思想筆記〉云：

> 文學藝術的真不是抽象的，它總是表現於作品的藝術形象之中，具體地說，表現於作品的情、志、景、境、意、理等等方面，而情與志是人的思想和感情，景與境是人處於其中的客觀環境和背景。……古代許多美學家在探討藝術的真實性時，常常要求情真，志真，景真，境真，事真，理真，意真。〔註123〕

有的美學家把情志的真實性提高到藝術之根本的地位，但情志是由境而生，觸景而發，緣事而來，《文心雕龍・明詩》云：「人稟七情，應物斯感，感物吟志，莫非自然。」〔註124〕只有景真、境真、事真，情感才有所依附。在創作時以一真情為核心，其事其景已隨情而變形而有所調整，然而這並不影響作品的真，所以謝朓在寫「大江流日夜，客心悲未央」時，未必真要面一大

〔註123〕邱明正〈略論藝術的真善美——中國古代美學思想筆記〉載《中國古代美學藝術論》台北：木鐸出版社 1985 年 9 月初版，頁 89。

〔註124〕梁・劉勰《文心雕龍・卷二・明詩》台北：世界書局 1984 年 4 月五版，頁17。

江，而〈畫雲台山記〉的「作清氣帶，山下三分居一以上」也是經過調整而以最好的比例畫出，實景未必如此。邱明正〈略論藝術的眞善美——中國古代美學思想筆記〉云：

> 馮夢龍在論戲曲時認爲要「亦眞亦贋」……「事眞而理不贋，即事贋而理亦眞」（警世通言序）「贋」不是假或僞，而是藝術的虛構和集中概括，也就是要有典型性；這種「贋」來自客觀事物的眞，同時又比客觀事物的外在的眞更眞。〔註125〕

詩中的山水比繪畫更可虛構，畫中的山水比畫中的人物更具想像性，創作者可以把不同時間經歷過的山水搬到同一作品中，與眼前景物、當下心情相生發，有機地統一在畫幅形象之中，虛實相生，其景雖虛，其情是眞。曉雲法師《中國畫話・談文人畫》云：

> 中國文人畫，原不重視寫生。內師心源，這本來是最高妙的理想，但是從事技巧的基礎使天然事物的神合，再運用思巧創作，宇宙萬物攝乎方寸之中，運行於毫端之下，這是虛實並濟，不漫不汙，天然事物之神韻，契乎作者之心印，所謂「即物」而「非即物」了。〔註126〕

我們無法判斷出詩與畫何者實像題材較多，但就在創作選材上，都以姚最〈續畫品錄〉所言「心師造化」爲理想，以《文心雕龍・神思》「神用象通」爲境界，心神所至，山水題材自可驅策入詩畫。

（三）藝術表現的虛實

山水畫最傳神的藝術表現在於虛實對應，若論其根由，其實欣賞山水的過程本身就是虛實變化的過程。李翠瑛《六朝賦論之創作理論與審美理論・六朝賦論發展之因素》云：

> 晉人欣賞山水，是有其由實至虛的過程。從景物之中陶冶性情，然後抒發情志，暢其神明，並進一步在自然山水的景物觀察與悠遊之中，培養出對於景物形象的確切把握及其抽象性質之觀照。〔註127〕

〔註125〕邱明正〈略論藝術的眞善美——中國古代美學思想筆記〉載《中國古代美學藝術論》台北：木鐸出版社 1985 年 9 月初版，頁 93。

〔註126〕曉雲法師《中國畫話・談文人畫》台北：原泉出版社 1988 年 5 月，頁 85。

〔註127〕李翠瑛《六朝賦論之創作理論與審美理論・六朝賦論發展之因素》台北：萬卷樓圖書公司 2002 年 1 月初版，頁 75。

例如書法理論中對線條的體會，索靖（239～303）〈草書勢〉形容草書線條有如「蟲蛇虯蟉，或往或還，類婀娜以羸羸，欻奮亹而桓桓」，〔註 128〕形容草書成書之勢：「騁辭放手，雨行冰散，高音翰厲，溢越流漫，忽斑斑而成章，信奇妙之煥爛。」〔註 129〕完全建立在對自然形象特性之精確掌握，使得對實體的觀察能順利轉入抽象的理解，再化爲具象的表達。黃志源〈六朝時期氣韻論的美學依據〉云：

> 在東方繪畫中，其畫面構成中最重視的就是要貫通於一氣，這就是首先強調一幅畫中所貫的生命力。它表徵著大自然的變化，還有大自然宇宙的規律。在這生命力的表現中有著正反、虛實、陰陽。所以從這個角度講，畫面的空白部分具有很重要的意義。〔註 130〕

留白是中國繪畫中很特別的現象，畫面空白分割的適當與否與畫面形式的完美和諧有很微妙的關係。以畫幅的布局而言，空白爲虛，墨彩爲實；以題材的表現而言，以側描掩暎爲虛，如〈山水松石格〉「水因斷而流遠，雲欲墜而霞輕」，正描爲實，如「樹石雲水，俱爲正形。樹有大小，叢貫孤平」，〔註 131〕一覽無遺。虛處使實景有了延展的空間，使旨趣有了薰染的時間。這需要很長時間的實踐體驗，但六朝畫論已先給予理論上的指導啓示。

實象的描摩往往要假由虛白的部分去映襯，這是道家莊子「虛室生白」〔註 132〕觀念的實踐，通過空白的部分來體現無限的藝術理想，並引發出無限的遐思，這種建立於虛空的「遷想」，是眞正可以「妙得」的。通體之留白不迫不漫，則能保持通篇的和諧。書法中有「計白當黑」之說，白處虛處即是實處，因爲虛空之處有言外、畫外之意的傳遞，故畫中留白成爲重要藝術性的表現。

謝赫〈古畫品錄〉評陸探微的畫「窮理盡性，事絕言象」，〔註 133〕當窮盡了人物的理和性，就把人物的內在精神傳達出了。這樣的思維方式不僅表現在繪畫美學當中，而且也表現在所有個別的藝術思潮。黃志源〈六朝時期

〔註 128〕《歷代書法論文選》台北：華正書局 1997 年 4 月，頁 17。
〔註 129〕《歷代書法論文選》台北：華正書局 1997 年 4 月，頁 18。
〔註 130〕黃志源〈六朝時期氣韻論的美學依據〉載《中國文化月刊》306 期，2006 年 6 月，頁 16。
〔註 131〕蕭繹〈山水松石格〉載潘運告編《漢魏六朝書畫論》湖南美術出版社 1997 年 4 月一版，頁 316。
〔註 132〕《莊子讀本・人間世》台北：三民書局 2001 年 5 月初版十六刷，頁 47。
〔註 133〕謝赫〈古畫品錄〉載潘運告編《漢魏六朝書畫論》湖南美術出版社 1997 年 4 月一版，頁 303。

氣韻論的美學依據〉又云：

> 空白是休息的空間，是潛在活力的空間，而且也是充滿著氣的空間。
> 隨著貴無論的思維方式擴展到美學領域，有的藝術表現不是從技能
> 或裝飾的角度，而是從與無的本質相連接的角度，確立了它的存在
> 的根據。〔註134〕

文學中追求的真趣不在實景而在虛景，象外之象，景外之景等美學觀念，都
是這種思維的延伸，可以說趣味只在虛實之間。

其實六朝文論並未明確印證這點，《文心雕龍·情采》所云「為情者要約
而寫真，為文者淫麗而煩濫」〔註135〕及〈隱秀〉篇所稱「文外重旨」庶幾近
是。由於文學不若繪畫具一確定的空間可布白留虛，故只能在文意上留一些
不盡之意予人想像，以六朝山水詩歌的實踐而言，陶淵明詩約略有所表現，「採
菊東籬下，悠然見南山」是實寫，然而全詩要表現的是未能明言的一點「真
意」，「此中有真意，欲辨已忘言」，虛實之間則韻味全出，至於謝詩所帶的玄
言尾巴，則把一點留白之意全填補上而不留餘地，就少了留白的趣味。

除了佈局的留白，另一典型是事象的留白。如嵇康的〈贈兄秀才入軍〉
之十五有「目送歸鴻，手揮五弦」之句，顧愷之欲繪其圖，云：「手揮五弦易，
目送歸鴻難。」道盡了繪畫中虛實景況。「手揮五弦」與「目送飛鴻」代表兩
種相反的藝術企圖，前者是實，後者是虛。實者易寫，虛者難圖，繪畫必然
要以有形之象出無形之意，以有限之實象出無限之虛形，即王微〈敘畫〉所
云「以一管之筆擬太虛之體」，畫勢正是應此表達而產生的。「曲以為嵩高，
趣以為方丈」，朱良志《中國美學名著導讀·顧愷之論畫》云：「為何一曲就
能代表高峻的嵩山，則在於線條內部構成的張力。」〔註136〕線條是實，而張
力為虛，虛實構合成作。

藝術講究形式美，但形式美一定要能廣闊地表現現實，而不只是狹窄的
模擬，這在書法藝術中體現得很突出。詩畫亦不例外。李澤厚《哲學美學文
選·關於中國美學史的幾個問題》云：

〔註134〕黃志源〈六朝時期氣韻論的美學依據〉載《中國文化月刊》306 期，2006 年
6 月，頁 17。

〔註135〕梁·劉勰《文心雕龍·卷七·情采》台北：世界書局 1984 年 4 月五版，頁
118。

〔註136〕朱良志《中國美學名著導讀·顧愷之論畫》北京大學出版社 2005 年 5 月一版
二刷，頁 70。

> 現代的藝術是希望超脫那種比較狹窄的有限的東西，更加自由地去
> 表現廣闊無垠的人生、情感、理想和哲理。中國的藝術就有這樣的
> 特點。一方面，它的形式有很大的寬容性，有很大的容納性能；另
> 一方面，它的形式又有非常嚴格的講究。……它不要求表現那種非
> 常嚴格的狹窄的現實，而要求表現廣闊的人與自然、人與社會的關
> 係。〔註137〕

山水詩寫實的景象中都流露了詩人的情感、哲思，絕不是表面那樣狹窄的景
物框架。繪畫在追求「人馬分數，毫釐不失」的同時，也要求「別體之妙，
亦爲入神」，〔註138〕詩畫使人流連不忍去，充滿感召力者，往往不在畫內而在
畫外，畫內是實，畫外是虛，虛實相生產生藝術的感染力。

　　總之，畫的寫象較實，詩的寫象爲虛。在虛實藝術表現上，佈局上畫以
留白爲虛，事象上，畫以不能眼見爲虛；詩則以文外之旨的意象神思表達爲
虛。所表達的形式不同，內涵意義可以互通，表達的層次不同，卻是互相激
發其藝術精神。何師淑貞〈詩畫本一律──談中國山水詩與山水畫的異形同
神〉云：

> 同樣表現人生百態的詩歌與繪畫，分屬不同的藝術領域繪畫是使用
> 色彩線條等造型符號表現的視覺藝術，適宜描繪具體物象，再現眼
> 前的靜態事物，描繪並列物體在空間的位置、狀態；詩歌是憑藉語
> 言文字等意象符號表現的聽覺藝術，除了眼前事物，還可以表現超
> 越時空、目力所不及的事物以及其外部持續性的動作，甚至人物內
> 在的感情心態、視覺以外的各種感官感受，都能恰當的表現出來。
>
> 〔註139〕

以文字表現的山水詩應更能呈現「以實現虛」的藝術手法，然而繪畫卻比詩
歌更明確地呈現了虛實的空間對比。不同門類的藝術都有融通之理，詩人畫
家同樣是用他們的藝術心眼觀照大自然，捕捉山水之美，載體雖不同，精神
上卻可以相互激發。

〔註137〕李澤厚《哲學美學文選・關於中國美學史的幾個問題》台北：谷風出版社 1987
　　　　年 5 月，頁 487。

〔註138〕謝赫〈古畫品錄・評蘧道愍、章繼伯〉載潘運告編《漢魏六朝書畫論》湖南
　　　　美術出版社 1997 年 4 月一版，頁 310。

〔註139〕何淑貞〈詩畫本一律──談中國山水詩與山水畫的異形同神〉載《玄奘人文
　　　　學報》第一期，2003 年 4 月，頁 29。

二、簡與麗

在文化發展上，六朝是一由正轉奇、由質變文的時代，不論繪畫、文學及其他各類藝術，都由原先的簡樸趨向雕麗，有許多前所未有的創新，也有許多反時代而能特立獨行的狀況。吳功正《六朝美學史‧史的圖式：範疇》云：

> 美的外在形態是感性現象。中國美學在形成自身的特徵時，往往注意其對接受對象的感染力，用種色彩、狀貌來顯示自己，進而確定自己的存在，所謂「摛表五色」是也。〔註140〕

六朝山水詩興盛時期，「麗」不但是審美鑑賞的標準，更擴大到審美接受的範圍。謝靈運的詩「名章迴句，處處間起；典麗新聲，絡繹奔會」，〔註141〕而姚最《續畫品》亦說「賦采鮮麗」，吳功正云：「麗的多種表現，其表現狀態愈豐富，愈能說明六朝美學的感性形式是『麗』美學的存在性。」〔註142〕

文學的簡與麗本為一不必太注目的小現象，但對這個時代而言，麗縟的辭采是時代的標誌，追新逐奇是時代的風尚，而文學觀與繪畫觀中既不否定雕麗，也不排斥簡約，而確也有在縟麗之中以簡約恬淡自立一格者。故作一探討。

六朝時代文風時有代變，《文心雕龍‧通變》以為「魏晉淺而綺，宋初訛而新。從質及訛，彌近彌澹」，〔註143〕文人競今而疏古的結果，使得文風不斷出新。晉有阮旨遙深、嵇志清峻的風格，東晉郭璞玄言詩有「以形媚道」的傾向，〔註144〕而後模山範水的山水詩出現，永明體的聲律助長了對山水聲色的描寫，王力堅《由山水到宮體——南朝的唯美詩風‧新變的審美理想》云：

> 東晉詩重山水之形與景物之色的描寫，則肇始了文貴形似、聲色大開的南朝山水詩創作；而謝靈運的山水詩，更是在對「山水以形媚

〔註140〕吳功正《六朝美學史‧史的圖式：範疇》江蘇美術出版社 1996 年 4 月一版二刷，頁 312。

〔註141〕梁‧鍾嶸撰，成琳、程章燦注譯《詩品‧卷上》台北：三民書局 2003 年 5 月初版一刷，頁 59。

〔註142〕吳功正《六朝美學史‧史的圖式：範疇》江蘇美術出版社 1996 年 4 月一版二刷，頁 319。

〔註143〕梁‧劉勰《文心雕龍‧卷六‧通變》台北：世界書局 1984 年 4 月五版，頁 112。

〔註144〕參王力堅《由山水到宮體——南朝的唯美詩風‧山水以形媚道》台灣商務印書館 1997 年 12 月初版一刷，頁 19。

道」傳統的直接繼承與革新中，得到發展與繁盛。〔註145〕
詩家和畫家不約而同地構築了山水美學。

山水詩由謝靈運的情理分寫，到謝朓情融乎景，以至於後來宮體之興，
文風是逐步由簡而麗，由正而奇地變化，文學藝術的演變由粗糙到精巧是一
個不斷雅化的發展過程，藝術形式與技巧必然由簡約而至繁縟，由素淡而至
雕麗，這是一種藝術的增補。老子曰：「五色令人目盲，五音令人耳聾，五味
令人口爽，馳騁畋獵令人心發狂，難得之貨令人行妨。」〔註146〕莊子認爲：「純
樸不殘，孰爲犧樽！白玉不毀，孰爲珪璋！道德不廢，安取仁義！性情不離，
安用禮樂！五色不亂，孰爲文采！五聲不亂，孰應六律！」〔註147〕所以張建
軍《中國古代繪畫的觀察視野‧傳神論研究》云：

> 在老莊看來，藝術作爲自然的增補這一事實本身就體現出了一種本
> 質的「惡」。……所以一切藝術之類，都屬於非自然的「惡」的增
> 補。〔註148〕

然而，蕭子顯所謂「若無新變，不能代雄」的繪畫批評原則在文學中亦同樣
合用，這種「惡」的增補就是一種外飾，對文學而言可能是新變代雄，尤其
審美體驗深入到了人的本能、直覺、無意識這些幽深的心理領域，一般性的
語言往往不敷使用，或不能與情境相匹，「言不盡意」的困境就發生了，此時
不論任何性質的增補「新變」，都可能「代雄」，六朝詩歌愈來愈精工富麗原
因在此。然而，另一個角度來說，言不盡意的困境如何解決？沒有別的，就
是「直接訴之於『忘言』、『忘象』的內心體驗」，〔註149〕扣住象外之意、言外
之意，簡筆出意的文藝形式就產生了。

畫壇上亦有一熱門論題：畫的精與密。顧愷之稱衛協所作道釋人物「有
情勢」，所繪〈北風詩〉「巧密於精思」。〔註150〕謝赫〈古畫品錄〉評衛協：「古

〔註145〕王力堅《由山水到宮體——南朝的唯美詩風‧山水以形媚道》台灣商務印書
　　　　館 1997 年 12 月初版一刷，頁 29。
〔註146〕《王弼集校釋‧老子道德經注》台北：華正書局 1992 年 12 月初版，頁 28。
〔註147〕《莊子讀本‧馬蹄》台北：三民書局 2001 年 5 月初版十六刷，頁 118。
〔註148〕張建軍《中國古代繪畫的觀察視野‧傳神論研究》濟南：齊魯書社 2004 年 9
　　　　月一版一刷，頁 31。
〔註149〕李澤厚、劉綱紀《中國美學史‧魏晉玄學與美學》台北：谷風出版社 1987
　　　　年 12 月台一版，頁 145。
〔註150〕顧愷之〈魏晉勝流畫贊〉載潘運告編《漢魏六朝書畫論湖南美術出版社 1997
　　　　年 4 月一版》，頁 274。

畫之略，至衛始精。」〔註151〕即古畫線條少，衛協的畫線條多，明顯亦爲由粗略轉精緻的歷史發展傾向。張光福《中國美術史・魏晉南北朝時期的美術》云：

> 新變與當時的文論、純藝術論有密切關係，但就反對「因襲」主張創造這一點來說，以及要求掌握嚴格的表現技巧，都是具有積極意義的。根據他們強調「外飾」，強調「吟詠情性」，強調「新變」的結果，因此在藝術表現形式與風格上形成了「細密精緻而臻麗」的特點。〔註152〕

六朝的新是朝細密麗縟的方向發展，對歷史而言是自然的現象。

（一）雕采縟麗，新變代雄

六朝在美學史觀上有三種主張，一是復古派，如裴子野之論，一是新變派，如蕭子顯《南齊書・文學傳論》所云「若無新變，不能代雄」，又一派是通變派，認爲前後相承。觀整個六朝時代色彩縟麗精美，東晉南朝的二百六十餘年間，除梁末侯景之亂外，社會相對安定，渡江南來的士族，加速了對江南的開發，使得經濟昌盛，也促進文學藝術的由略而精，變質爲文，應是第二種新變派的主張影響最力。

從曹丕《典論・論文》的「詩賦欲麗」，到陸機〈文賦〉的「詩緣情而綺靡」，文論家高舉唯美的大旗，從建安時代曹植的「辭采華茂」，〔註153〕到謝靈運的「富豔難蹤」，〔註154〕詩風愈走愈唯美。但因六朝詩始終未離開過人生，所以文辭上的富麗有了深度核心的依倚，而造成情采並匹的平衡發展，才能在文學史上大張亮麗之旗。王力堅《六朝唯美詩學・導言》云：

> 六朝唯美詩人始終沒有游離人生，甚至是十分執著於人生……形式既有語言、聲律、結構等外在形式美，又有情韻、氛圍、意境等內在蘊涵美的詩歌形態。這也正是六朝唯美詩歌的定義。……四百年

〔註151〕謝赫〈古畫品錄・評衛協〉載潘運告編《漢魏六朝書畫論》湖南美術出版社1997年4月一版，頁303。

〔註152〕張光福《中國美術史・魏晉南北朝時期的美術》台北：華正書局有限公司1986年5月初版，頁248。

〔註153〕梁・鍾嶸《詩品》評曹植句。載成琳、程章燦《詩品讀本》台北：三民書局2003年5月初版一刷，頁37。

〔註154〕梁・鍾嶸撰，成琳、程章燦注譯《詩品》台北：三民書局2003年5月初版一刷，頁7。

的唯美詩歌發展，建構一個失衡而又無不完備的詩學體系。〔註155〕
山水詩由兩晉時代的沖淡化爲綺麗，然而山水在創作者的心靈與外景密附的
情況下，才可能有佳作產生，好詩永遠呈現詩人氣質情志，而不游離人生。
邱明正〈略論藝術的眞善美──中國古代美學思想筆記〉云：

> 只有內容與形式相符才美。劉勰更專對文學藝術的美作了充分的論
> 證，提出了「文附質」，「質待文」的辯證觀點，認爲將「形文」「聲
> 文」與「情文」統一起來才是美的，……如果「繁采寡情・味之必
> 厭」，「盡其美者何？乃心樂而聲泰也」。〔註156〕

所以基本上六朝雕縟的詩歌是美的展現，鍾嶸評謝靈運詩詞彩與山水交融，
如芙蓉出水之清麗，評顏延之詞彩與廟廊結合，故如錯彩鏤金，二人俱以詞
彩齊名，均爲開聲色風氣之先的詩人，而後，與謝靈運清麗秀美不同，鮑照
善於描摩險奇又造成奇麗詩風，一時有一時的風尚，遂一一代雄而起，蔚成
美不勝收的文風。

　　關於「清麗」二字，王力堅《由山水到宮體──南朝的唯美詩風・山水
以形媚道》云：

> 清，代表著六朝人對自然的品味，……謝靈運清麗的山水詩創作，
> 很大程度正是有感於「山水有清暉」、「清暉能娛人」。其次，「麗」，
> 則體現了六朝人對唯美的追求。麗，既是山水聲色之神麗，也是辭
> 藻聲色之飾美。……沒有對自然的愛好與品味，「清」的特徵便難以
> 形成；而沒有對「麗」的唯美追求，「清麗」的詩風更是不可能在六
> 朝詩壇占據如此重要的地位。〔註157〕

明雅巧麗的文藝風尚，影響了畫人對麗的追求。文獻記載顧愷之極擅爲人物
傳神，其畫法已脫離了粗略的階段，趨於精美；用筆「緊勁聯綿，循環超忽」，
〔註158〕「如春蠶吐絲」，如「春雲浮空，流水行地」。〔註159〕薛永年《中國美

〔註155〕王力堅《六朝唯美詩學・導言》台北：文津出版社 1997 年 7 月一版一刷，頁
　　　　3。
〔註156〕邱明正〈略論藝術的眞善美──中國古代美學思想筆記〉載《中國古代美學
　　　　藝術論》台北：木鐸出版社 1985 年 9 月初版，頁102。
〔註157〕王力堅《由山水到宮體──南朝的唯美詩風・山水以形媚道》台灣商務印書
　　　　館 1997 年 12 月初版一刷，頁44。
〔註158〕唐・張彥遠〈論顧陸張吳用筆〉載《中國畫論類稿》台北：河洛圖書出版社
　　　　1975 年 5 月臺影印初版，頁35。
〔註159〕薛永年《中國美術全集（一）・三國兩晉南北朝的繪畫藝術》台北：錦繡出版

術全集（一）‧三國兩晉南北朝的繪畫藝術》云：

> 巨匠們面對的現實，除玄學的流行外，還有書法的妍質之變，文學
> 的由沖淡化爲綺麗，「莊老告退」後山水詩滋生，佛教在東晉以及「南
> 朝四百八十寺」內外的傳播，域外或西域佛教畫家的托鉢東來，西
> 域畫法的傳入。以此之故，他們的作品題材更爲寬廣，藝術表現力
> 更加提高，畫法由「跡簡意淡而雅正」，走向「細密精緻而臻麗」，
> 其後又出現「疏體」。疏密雁行，各擅勝場，極鮮明地顯示出上承漢
> 魏下啓隋唐的時代面貌。〔註160〕

精密粗略是六朝畫壇上的論題。謝赫指出「古畫之略，至協始精」，稱譽衛協
「凌跨群雄，曠代絕筆」。〔註161〕似乎衛氏的出現標誌著中國繪畫已初步脫離
了樸質簡略階段，進入了變「質略」爲「妍質相參」的發展時期。其實此中
學界解讀或有不同，高木森《中國繪畫思想史‧神仙思想與上古時期的畫像
藝術》認爲「精」與「略」是指對形式結構以及形象的造型嚴謹與否而言，
而不是線條的多寡。〔註162〕衛協的畫是否線條繁多？謝赫對精略的評論是何
種意義？人們是否真有誤解？由於畫作未見，今已無從得知，但文字的流傳
給予新觀念的遞變是事實，尤其在文風亦均趨向繁麗之際，畫風講究精妍也
是當然。姚最在〈續畫品錄〉評稽寶鈞「賦彩鮮麗，觀者悅情」，〔註163〕評焦
寶願「衣文樹色，時表新異，點黛施朱，重輕不失」，〔註164〕常著重色彩方面
的評論，且認爲是極大的優點而加以讚美。

　　文壇也出現了「踵事增華」的要求。王夢鷗《文藝美學‧神遊論——移
感與距離原理》認爲依抽象說的心理根據，裝飾除審美主觀外，而這審美目
的，當以敬愛心理較切近後世裝飾藝術發展的事實：

　　　　有限公司 1993 年 11 月，頁 22。

〔註160〕參薛永年《中國美術全集（一）‧三國兩晉南北朝的繪畫藝術》台北：錦繡出
　　　　版有限公司 1993 年 11 月，頁 20。

〔註161〕謝赫〈古畫品錄‧評衛協〉載潘運告編《漢魏六朝書畫論》湖南美術出版社
　　　　1997 年 4 月一版，頁 303。

〔註162〕高木森《中國繪畫思想史‧神仙思想與上古時期的畫像藝術》台北：三民書
　　　　局 2004 年 1 月二版一刷，頁 83。

〔註163〕姚最〈續畫品〉載潘運告編《漢魏六朝書畫論》湖南美術出版社 1997 年 4
　　　　月一版，頁 330。

〔註164〕姚最〈續畫品〉載潘運告編《漢魏六朝書畫論》湖南美術出版社 1997 年 4
　　　　月一版，頁 330。

> 裝飾是我們對某對象之敬愛的象徵，故凡為我們所熟習親近的對
> 象，我們往往有「踵事增華」的欲求。這種超乎實用目的之奢汰的
> 欲求，實為圖案或式樣藝術意欲的本質。倘以這本質來看，則抽象
> 化的藝術意欲又不僅表現於造型藝術，且亦表現於文學上，而成為
> 文學格式的欲求。文學格式的欲求，一言以蔽之，就是踵事增華的
> 欲求。〔註165〕

踵事增華是繪畫藝術的本質。王夢鷗稱此乃出於「愛敬」的心理，喜山水則
繪圖時添彩增色，好臥遊則圖山水時更要比真山實水美妙，這不為任何目的，
只為喜悅愛敬而要追妍求麗。繪畫如此，詩歌亦然，相互激盪的結果，形成
一藝術色彩妍麗斑斕的時代文采。當然這種美不是只美在形式，而是美在鮮
明的藝術個性、千姿百態的藝術形象、獨特的藝術風格，形成具創造性的時
代性的風尚。

（二）去博返約，和諧淡泊

六朝是一美的覺醒的時代，純文學意識抬頭，修辭雅麗的要求隨之而起；
繪畫不再是教化工具的獨立意識同時興起，求技法變化、求筆力氣韻的現象
也自然生起。在一片求美求新求變的風氣中，有一股返樸歸真的逆流存在，
即使當代不受重視，但就整個歷史來看，卻是這個時代極可貴的現象。

《世說新語》在典麗的駢文盛行的當代，以質樸之文寫下了文人的軼聞
瑣事，資料可貴，其文亦意外成為可詠可讀的佳篇。山水文學方面，北朝酈
道元《水經注》以樸實筆法寫下了山水景物，成為重要山水文獻。

山水詩中，陶淵明以恬淡真醇之筆，描繪了田園自然風光，其文若不施
粉彩，而意境全出。鄭振鐸稱他「不用一個濃豔的雕斲的辭句，不使一點做
作的虛矯的心情……純然以他真樸無飾的詩人的天才，來戰勝了一般的慣好
浮誇與做作的作家們」，〔註166〕例如〈讀山海經〉其一：「孟夏草木長，遶屋
樹扶疏。眾鳥欣有託，吾亦愛吾廬。」猶如脫口而出，毫無造作；其享盛名
的〈飲酒〉亦以最平淺之句道出真趣。

陶淵明〈歸園田居〉其五「悵恨獨策還，崎嶇歷榛曲。山澗清且淺，可

〔註165〕王夢鷗《文藝美學‧神遊論──移感與距離原理》台北：遠行出版社 1976
　　　　年 3 月，頁 227。
〔註166〕鄭振鐸《插圖本中國文學史‧六朝的散文》北京：人民文學出版社 1982 年 3
　　　　月一版 5 刷，頁 239。

以濯我足。……」不雕不偶，彷彿順手拈來之句，口語入詩，卻充滿天眞機趣。同樣描寫水景，謝朓〈之宣城郡出新林浦向板橋詩〉有「江路西南永，歸流東北騖。天際識歸舟，雲中辨江樹。……」刻意營造大氣象和駢麗句，雖亦稱得上自然，但渾樸天眞之趣就不及陶詩，所以陶詩在雕麗的時風中，竟以平淡見其眞意，而獨樹一格，是時代的奇特現象。

　　「簡」的產生與六朝言意之辯有密切關係，「言不盡意」這個美學上的重要論題，使文人的表達產生困境，然而這困境也給作家帶來了大顯神通的機會。既然言不盡意，那麼就把不盡之意放在言外去予人咀嚼，於是「文外重旨」、「複意爲工」(《文心雕龍。隱秀》)成爲文學表達的重要技巧，陶淵明「質而實綺，癯而實腴」〔註167〕的原因就在於文外有豐富的意味。「簡」與「素」應爲一對孿生詞，可以由此滋生出「淡」的意境，反而造成文外豐足的意境。

　　孔子對子夏說明人須先有美質然後可加文飾之理，用了「繪事後素」〔註168〕來比方。其實也點出中國畫特色，素底不施彩色使中國畫更富韻味。以先有素底然後可施色彩，來比方人生的先有美質然後可加文飾之意，就可看出不論繪畫、文學，其文化血脈聯通，形成一貫的現象。在簡筆中往往可帶出一種拙淡意味，如陶詩；亦可帶出一種緊勁氣勢，如顧愷之的運筆「緊勁聯綿，循環超忽，調格逸易，風趨電疾」，〔註169〕好像一筆而成；或者表現一種不沾粘的利索筆勢，如南朝陸探微作「一筆畫，連綿不斷」。〔註170〕

　　這種簡筆之法或出於自然，朱良志《中國美學名著導讀》云：

　　　　(王微)就繪畫的筆法來談勢，因爲「目有所極，故所見不周」，人
　　　　的視覺的限制，所見不多；而繪畫要受到畫面的限制，更是彩筆難
　　　　追。這樣，通過率略的形式來表達則是必然的出路。〔註171〕

所謂「率略表達」就是意到筆不到、筆簡意自足的表達方式，此正是中國繪畫上的妙諦。尙逵齋〈中國畫的特質〉云：「中國畫向來主平直自然，渾厚含

〔註167〕蘇東坡云：「淵明作詩不多，然其詩質而實綺，癯而實腴。自曹劉鮑謝李杜諸人，皆莫及也。」載《蘇東坡全集·追和陶淵明詩引》台北：世界書局1996年2月初版七刷，頁72。

〔註168〕《十三經注疏·論語·八佾》台北：藝文印書館1993年9月十二刷，頁27。

〔註169〕唐·張彥遠《歷代名畫記·卷二·論顧陸張吳用筆》藝文印書館原刻影印《百部叢書集成》1966年一編，頁4。

〔註170〕唐·張彥遠《歷代名畫記·卷二·論顧陸張吳用筆》藝文印書館原刻影印《百部叢書集成》1966年一編，頁4。

〔註171〕朱良志《中國美學名著導讀》北京大學出版社2005年5月一版二刷，頁70。

蓄的，凡鋒芒太露，火氣太盛的作品，總不免爲識者輕視。」〔註172〕此「渾厚含蓄」用之於文學，正是要寫意不寫實，寫實的手法必然須以細密的觀察，用客觀的手法去刻劃自然風景的美感，如謝靈運；寫意則不然，如陶淵明將自己整個人生與大自然融爲一體，用主觀寫意的手法去表現自然的精神，如其人讀書不求甚解，如其人率意不束冠帶，如其人「欲辨已忘言」之不在細處著墨的風格。

這種簡風是一種清新，卻不是謝靈運的清麗。尙逵齋〈中國畫的特質〉云：

> 要筆墨清新簡淡，就不得不由繁入簡，使筆墨純化，因而天下萬物
> 形形色色，倘若不加選擇，一概容納，則其畫必流於蕪雜而卑俗，
> 故畫家登山玩水，常常在千山萬壑之中，擇取片石，千樹萬樹之中
> 擇取數枝，所取愈嚴，足見其理想愈高，故執筆時，雖一點一拂，
> 亦須會神構思，使含有無限情趣，其結之精密，至不能率而增減一
> 筆時，而後爲快。因爲只有如此，才能表現清新簡淡的妙趣。〔註173〕

簡淡中自有妙趣，是中國思想的特色。陶德曼〈中國繪畫的蘊藏〉云：

> 中國畫家的嗜好，是在未經人工改變的天然景物，他們喜觀簡單自
> 然的東西，花、鳥等等，現代歐西文明標徵，是要事事有科學的認
> 識，這在東方思想上很不以爲重要，凡是不必妄求甚解，謂之淡泊
> 寡欲，樂天安命，所以中國畫家很少去畫複雜的人生關係，只是畫
> 一枝風前的竹子，畫一個孤棲在松樹上的老鴉，畫一枝出淤泥而不
> 染的荷花，畫一枝向日而飛的孤雁，畫一個孤峰瀑布，卻要從這個
> 簡單的事物裡，畫出自然間內在的精神。〔註174〕

文人從「日月疊璧，以垂麗天之象；山川煥綺，以鋪理地之形」〔註175〕的自然之文中去仰觀俯察自然之道，同樣的山水畫家從「身所盤桓，目所綢繆」中去「含道暎物」、「澄懷味象」，去探知自然之道。詩畫都有表達自然形神和「載道」的意圖，但，道又豈是文墨粉彩可清楚表達。品鑑人物之風及玄學之起使詩書也傾向追求簡約玄淡，超然絕俗，如此一來，可使不易表達清楚

〔註172〕尚逵齋〈中國畫的特質〉載《中國文選》73 期，1970 年 5 月，頁 79。

〔註173〕尚逵齋〈中國畫的特質〉載《中國文選》73 期，1970 年 5 月，頁 79。

〔註174〕陶德曼〈中國繪畫的蘊藏〉載何懷碩主編《近代中國美術論集》台北：藝術
家出版社，1991 年 6 月，頁 64。

〔註175〕梁·劉勰《文心雕龍·卷一·原道》台北：世界書局 1984 年 4 月五版，頁 1。

的道或形諸象外，或淡遠朦朧托出。這也是《文心雕龍・隱秀》所謂之「隱」。
先師沈謙先生《文心雕龍與現代修辭學・隱秀》云：

> 「隱」之產生，……由文章之創作旨趣而言：作者之情……有不可
> 盡言，不能顯言，則唯有假託蘊藉之語。又無心於言，而自然流露。
> 於是言外之旨，弦外之音，聲有餘響。要能「祕響旁通，伏采潛發。」
> 爲讀者留下以意逆志，深義鑑奧，靈魂在傑作中尋幽訪勝的空間。
> 〔註176〕

「簡」的表達有時是「隱」，隱處乃秀出之處，愈不明言，則愈令讀者索玩不
盡，故簡約亦可能是最耐人尋味的表達。詩境如此，畫境亦然，畫家「草草
逸筆」〔註177〕就可能開拓無盡想像空間，即此理論的發揮。六朝雖禮教崩壞，
但傳統喜歡含蓄不求狂烈的價值仍被視爲至高境界。張建軍《中國古代繪畫
的觀察視野・早期繪畫觀念與早期文化》云：

> 孔子要求以「禮」去制約情感，以保證一種完美、穩定、和諧的秩
> 序——「中庸」的存在，這又從另一方面對中國主流的繪畫觀念作
> 出了規定，使得和諧、含蓄等等具有中庸價值的品格永遠被主流思
> 想視爲最高境界。〔註178〕

以一有秩序的禮去制約複雜的感情，就是一種以簡御繁，而以簡御繁正是詩
畫都追求的境界。《文心雕龍・物色》認爲文字表達可以「一言窮理」、「兩字
窮形」，可以「以少總多，情貌無遺」，〔註179〕明雅巧麗的追求以外更有一番
境界。山水畫可令臥遊者足不出戶而徧歷名山大澤，亦是功能性的以簡御繁；
而散點透視可以突破通常空間上的限制，拋棄不必要的東西，達到集中的表
現，使得咫尺之圖可寫百里之景，四方上下宛在目前，畫屋舍可同時見中庭
及後巷中事，畫群山可同時見雲深不知處的古刹，此是兼具功能與技巧的以
簡御繁。

〔註176〕沈謙《文心雕龍與現代修辭學・隱秀》台北：文史哲出版社 1992 年 5 月初版，
頁 305。

〔註177〕元・倪雲林〈答張藻仲書〉云：「僕之所謂畫者，不過逸筆草草，不求形似，
聊以自娛耳。」載王德毅主編《叢書集成續編・清閟閣全集卷之十》新文豐
出版公司 1998 年 7 月台一版，頁 545。

〔註178〕張建軍《中國古代繪畫的觀察視野・早期繪畫觀念與早期文化》濟南：齊魯
書社 2004 年 9 月一版一刷，頁 4。

〔註179〕梁・劉勰《文心雕龍・卷十・物色》台北：世界書局 1984 年 4 月五版，頁
161。

前人論文多揚簡抑繁，例如春秋以微言記大義，曹丕《典論·論文》云：「武仲（傅毅）以能屬文，爲蘭臺令史，下筆不能自休。」〔註180〕對繁言頗有貶意；吳文祺〈論文字的繁簡〉云韓愈柳宗元欲矯駢文冗蔓之弊，刻意求簡，歐蘇承其流而變本加厲：「自宋以後，論文者大都迷信『文貴簡鍊』之說。」然而吳文祺認爲：「由簡單到繁複；由粗枝大葉的記載，到細微曲折的寫描，這是文學的一大進化。」〔註181〕六朝的雕采縟麗來自六朝人美的自覺，而去博返約則源自傳統和平淡泊的民族習性。兩者在文藝美學上均可創出美的境界來。本來在時間發展上來說，先有簡淨淡泊的陶詩、後才有雕采縟麗的謝詩，然而淡遠之風在當世不是主流，直至唐宋古文運動興起之後，陶詩才受重視。故此殿於「雕采縟麗」之後申論。

三、圖像與文字

陸機云：「宣物莫大於言，存形莫善於畫。」〔註182〕繪畫以線條墨彩表形，詩歌以語言文字達意，二者各有職司，卻因爲六朝審美觀起了極大變化，使得二者功能上相互滲浸，而互爲職能。最明顯的現象就是山水詩跨越了「宣物」的本質而企圖「存形」，模山範水描寫姿容；而山水畫「存形」尚未有功，畫論卻已先「宣物」，揄揚聖賢大道。不同媒介卻有如此互文激盪，實中國美學史上奇特因緣。

（一）文字存形

六朝文論追求形象之逼眞，《文心雕龍·物色》云：「自近代以來，文貴形似，窺情風景之上，鑽貌草木之中。吟詠所發，志惟深遠，體物爲妙，功在密附。」〔註183〕陸機〈文賦〉云：「體有萬殊，物無一量，紛紜揮霍，形難爲狀……雖離方而遯照，期窮形而盡相。」〔註184〕就是指六朝追求形似之風。

〔註180〕曹丕《典論·論文》班固與班超語。載鬱沅、張明高編《魏晉南北朝文論選》北京：人民文學出版社 1996 年 10 月一版 1999 年 1 月一刷，頁 13。

〔註181〕吳文祺〈論文字的繁簡〉載傅東華、鄭振鐸編《中國文學研究》1934 年 6 月初版，1968 年 8 月影印，頁 1019。

〔註182〕唐·張彥遠《歷代名畫記·卷一·敘畫之源流》台北：藝文印書館原刻影印《百部叢書集成》1966 年一編，頁 2。

〔註183〕梁·劉勰《文心雕龍·卷十·物色》台北：世界書局 1984 年 4 月五版，頁 163。

〔註184〕陸機〈文賦〉，載《魏晉南北朝文論選》北京：人民文學出版社 1996 年 10 月一版 1999 年 1 月一刷，頁 147。

　　詩歌本來是具音樂性的，《詩經・大序》云：「詩者，志之所之也，在心爲志，發言爲詩。」又云：「情發於聲，聲成文謂之音。」〔註185〕由是儒家詩教的言志說、緣情說一直是詩歌理論的主流。及至六朝，陸機〈文賦〉仍一本此說主張「詩緣情而綺靡，賦體物而瀏亮」，〔註186〕把「緣情說」當作詩大義，而且文中提出「窮形盡相」的主張，讓文論在繼承儒家詩教的同時，暗中轉型，追求形似的美文悄悄登上詩論領域，而且愈演愈烈，《文心雕龍》主張「文貴形似」，《詩品》主張「巧構形似」之處亦多，文學至此已不僅是如《文心雕龍・辨騷》所言「吟誦者銜其山川」而已，而是眞正要使讀到山水詩文的人能「循聲而得貌」。

　　王文進〈詠懷的本質與形似之言〉云：

　　　　六朝詩歌所追求的「形似」，就藝術的類性而言，應該是繪畫的屬性，適巧六朝是一個藝術精神覺醒的時代，非但有藝術理論的萌芽，即或藝術創造亦累積了相當豐碩的成品和經驗。〔註187〕

於是詩人們開始向畫形挑戰，要「模山範水」，要「窮形盡相」，要「寫物圖貌」。文字畢竟不是彩墨線條，不能移山水之形於紙陣，文字有其局限，欲突破文字媒介特性所造成的局限，就要向繪畫性靠攏，於是六朝詩歌除了音樂性外，又多了繪畫性。雖然音樂性仍是詩歌的主要特質，但和古代那種「情動於中而形於言，言之不足故嗟歎之，嗟歎之不足故詠歌之」〔註188〕之意已有所不同，沈約創「四聲八病」的聲律，不是爲言志言情，純粹只是一種藝術裝飾性的增補，華麗的聲律使詩歌走向靡麗之途。而「巧構形似」的追求，也讓詩歌多向度的感染力更形擴大。

　　王文進〈詠懷的本質與形似之言〉云，語言由於具其透明性質，無法限制其浮現出繪畫性，其因有三：

　　1. 中國文字自身即具形象性——文字之形象性
　　2. 中國詩句對襯排列方式最富空間感——偶句之空間性
　　3. 中國語法之活潑性使詩歌易於呈現繪畫效果——語法之羅列性

〔註185〕《十三經注疏・詩經》台北：藝文印書館 1993 年 9 月十二刷，頁 13。

〔註186〕陸機〈文賦〉，載《魏晉南北朝文論選》北京：人民文學出版社 1996 年 10 月一版 1999 年 1 月一刷，頁 147。

〔註187〕王文進〈詠懷的本質與形似之言〉載《意象的流變》台北：聯經出版事業公司 1997 年 4 月六版三刷，頁 117。

〔註188〕《十三經注疏・詩經》台北：藝文印書館 1993 年 9 月十二刷，頁 13。

〔註 189〕

舉謝惠連〈泛湖歸出樓中望月詩〉爲例：

日落泛澄瀛，星羅游輕橈。憩榭面曲汜，臨流對回潮。

輟策共駢筵，并坐相招要。哀鴻鳴沙渚，悲猿向山椒。

亭亭映江月，颼颼出谷飆。斐斐氣羃岫，泫泫露盈條。

近矚祛幽蘊，遠視蕩諠囂。晤言不知罷，從夕至清朝。〔註 190〕

八聯十六句可以工整排列，而五六聯的疊字排偶，空間形式之美已具圖象性。
而近矚、遠視的描摩筆法，景、事、聲、情的精微細致精妍細致，層層羅列，
繪畫效果隨文具現。

朱光潛譯《詩與畫的界限》之論，恰點出此詩文字與圖像相融的狀況：

> 詩人在把他的對象寫得生動如在眼前，使我們意識到這對象比意識
> 到他的語言文字還更清楚時，他所下的每一筆和許多筆的組合，都
> 是具畫意的，都是一幅圖畫，因爲它能使我們產生一種逼眞的幻覺。

〔註 191〕

一首詩的文字有如彩筆，把美景描摩如在目前，而且又有聲有色，有情有事，
此時觀者意識到的形象比字面能辨識的形象還濃，此即詩中有畫，此轉換功
能六朝圖畫向無法完全達到，就是因爲文字有圖畫所不具的偶句空間性與語
法羅列性。

古典文化中首次在六朝出現了文字與圖象的轉換，而且是多義性的語
言文字轉向單象性的繪畫，詩人捨「宣物」之長就「存形」之短，挑戰極
大，卻因而激發了空前繁縟的修辭理論。王文進認爲「形似之言」的影響
極複雜：

> 就表面而言，改變了詩人對待大自然的態度，就語言結構而言，由
> 於媒介的特性使得形似的追求絕無凝滯刻板之虞，尤其當其欲迫肖
> 自然之時，更能將語言的潛質充分逼誘出來，語言與形似之間乃形
> 成一相互誘發的關係，語言愈是要迫肖自然，愈是需以本身的多變

〔註 189〕王文進〈詠懷的本質與形似之言〉載《意象的流變》台北：聯經出版事業公
司 1997 年 4 月六版三刷，頁 145。

〔註 190〕丁成泉輯注《中國山水田園詩集成》湖北教育出版社 2003 年 10 月一版一刷，
頁 26。

〔註 191〕朱光潛譯《詩與畫的界限・能入畫與否不是判定詩的好壞的標準》台北：蒲
公英出版社 1986 年，頁 79。

性來修飾自然，就是在這種情形下，逐漸形成唐詩的風貌。〔註192〕
所以中國詩歌走向「詩中有畫」的繪畫性，是六朝「形似」理論的貢獻之一。

（二）繪畫宣物

六朝幾篇重要的畫論談的都不是繪畫技巧，而是繪畫的文化意義，其功能是「以形媚道」，其趣味是「暢神」（宗炳〈畫山水序〉），其價值在「窮理盡性」（謝赫〈古畫品錄〉評陸探微），其精微妙處在於「有一毫小失，則神氣與之俱失矣」（顧愷之〈論畫〉），除了謝赫六法中氣韻生動外的其他五項，沒有一篇是繪畫大全之類的技術性介紹。原來繪畫要向天地宇宙取道，繪山水之形是要與道化合的；繪畫要窮理盡性，要以形貌取明神，故其為畫者大矣。

繪畫雖然是形象藝術，可是六朝畫論所示，形似與否似乎並不那麼重要，形永遠只為神所役，顧愷之要求「以形寫神」，神情俱足，即使形貌不肖亦無傷。

形神對舉的理論豈僅繪畫有之，文論亦多所討論，玄理思辨亦討論，畫論把本身的高度拉到與哲學齊等的位置，是為了以畫來載道，以畫來「窮理盡性」。只能表達單一瞬間形象的繪畫能有此高度嗎？畫論一如詩歌向「存形」挑戰一樣，也挑起了「宣物」弘道的大樑。

鄭文惠《文學與圖像的文學美學——想像共同體的樂園論述》云：

> 中國古典文學文本與視覺圖像的互文空間常常構成一個具轉喻方式與轉義結構的置換位置，文學／圖像文本一經相對性的置換、對位，往往產生無盡的想像空間與多元的轉喻方式而變轉出新的轉對結構。然而，文學／圖像修辭的意義空間，經符號曲折、隱微的對位、置換所再現的轉喻內涵與轉義結構，實根源於文學／圖像背後觀念系統的投射，因此要穿透文學／圖像互文表述的符號表層，惟有深入文學／圖像對位、置換的互文空間中，才能有效掌握其背後的形式根據與象徵系統。〔註193〕

六朝的山水畫未能見跡，但理論上文字與圖象的互文轉喻空間，就是當代文

〔註192〕王文進〈詠懷的本質與形似之言〉載《意象的流變》台北：，聯經出版事業公司 1997 年 4 月六版三刷，頁 150。

〔註193〕鄭文惠《文學與圖像的文學美學——想像共同體的樂園論述》台北：里仁書局，2005 年 9 月初版，頁 8。

化現象。六朝文人高度自覺，在政治逼壓之下，理想無以實現，但在藝術家手中一樣可以成全一己的生命，以筆精墨妙的技巧去領略自然玄趣，以心靈之眼去觀看天地之道，所以畫論自尊自貴，動輒舉起聖賢大纛、神理玄思，有意向大道索取原本就該有卻一直沒降到它身上的地位。

山水詩作與山水畫論不論是創作心靈或創作技巧，是互相激盪，也互相會通，大處看，其會通是其相同之處，小處看其激盪是其相異之處，然而相同處經會通後更精進深化，形成文化藝術共象，相異處經激盪後，互有融通，互相滋養，而再現新貌。

宋·張舜民《畫墁集卷一·跋百之詩畫》云：「詩是無形畫，畫是有形詩。」〔註194〕詩畫可以互通轉化，王維的詩轉爲李公麟的畫，再由李公麟的畫轉爲黃庭堅的題畫詩，以及題畫詩的流傳，都可以說明這一點。只是要發展成一個現象，得待唐朝王維啓發了文人畫大量發展以後。但六朝給這一條詩畫融通的路線發展，提供了極重要的滋養。何師淑貞〈詩畫本一律——談中國山水詩與山水畫的異形同神〉云：

> 其實這（指「詩畫一律」）不僅指詩畫創作心靈上的一律、意境傳達
> 上的一律，而且在思想文化史的背景上也是一律的。就以文人畫最
> 爲大宗的山水畫來說，儘管山水畫的成熟要比山水詩要晚得多，但
> 是二者的發軔都在人性覺醒的魏晉時期。〔註195〕

中國詩畫間的會通激盪或滲透交融，在六朝時已然做了準備，自我意識的覺醒、玄學的發展、生命的安頓、個體意識的抬頭，都爲領略山水之美的敏銳度做了很大的啓發。郭紹虞《中國文藝思潮史·南朝在文學批評史上的地位》云：

> 南朝的批評家才眞是純粹的批評家。在以前，有的主張以作家兼批
> 評家，如曹丕、曹植；有的主張以學者兼批評家，如王充、葛洪；
> 有的竟以選家兼批評家，如摯虞、李充。以選家兼的只提出了「那
> 些好」的問題，以作家兼的只提出了「怎樣好」的問題，以學者兼
> 的只提出了「爲什麼好」的問題，所以都不夠全面。〔註196〕

〔註194〕宋·張舜民《畫墁集補遺·跋百之詩畫·卷一》台北：新文豐出版公司《叢書集成》六二冊 1984 年，頁 461。

〔註195〕何淑貞〈詩畫本一律——談中國山水詩與山水畫的異形同神〉載《玄奘人文學報》第一期，2003 年 4 月，頁 31。

〔註196〕郭紹虞《中國文藝思潮史·南朝在文學批評史上的地位》，台北：宏政出版社（新聞局台業字 1406 號）頁 48。

南朝不但出現了專業的文論家，而且畫論家輩出，使得美學上的論題常常詩畫共論，畫論家提出了「傳神寫照」（顧愷之），文學隨即要求「神用象通」（劉勰《文心雕龍・神思》）；畫論家提出了「聖人含道暎物，賢者澄懷味象」（宗炳〈畫山水序〉），文論家亦主張「道沿聖以垂文，聖因文而明道」（劉勰《文心雕龍・原道》）；畫論家說「望秋雲，神飛揚，臨春風，思浩蕩」（王微〈敘畫〉），文論家則曰「氣之動物，物之感人，故搖蕩性情，形諸舞詠」（鍾嶸《詩品》）；畫家「眷戀廬衡，契濶荊巫，不知老之將至」（宗炳），詩人亦「尋山陟嶺，必造幽峻，巖障千重，莫不備盡登躡」（謝靈運）。畫論似乎一直領導山水藝術的方向，也和山水文學創作時相呼應。

　　然而山水畫未見與畫論等質的創作，山水詩卻在文論未形成之前，已展現了多彩多姿的表現技巧。模山範水時的名章迴句、麗典新聲，抒發憤懣時以情入景的托喻，神遊物外時的文外重旨，在在都開前所未有的新聲，與日後繪畫技法的發展有必然的關連。只是六朝文論如對「神與物遊」的探討只是開端，在深度上或顯不足，所造成的影響有其歷史的局限，所以留給後人很大的發展空間。而畫論如顧愷之的「遷想妙得」「以形寫神」，與文學中的「神與物遊」相呼應，甚至謝赫的「氣韻生動」，在美學上開啓一番天地，始終是一切藝術的核心。

　　曉雲法師《中國畫話・歷代論畫》云：

> 中國關於繪畫理論的書籍，特別豐饒的原因，即中國畫不是獨生子
> 而與詩、書、文學猶如手足，親切會融，故論詩者有論畫論書法，
> 文學者亦可論畫。〔註197〕

詩畫不但在精神上、技巧上都有融通之處，就是批評方法亦多可觸類相通。由於山水藝術不可脫離「形」，故繪畫美學與文學批評都重形式美，而且批評理論一脈相通。如謝赫以六法論「眾畫之優劣」，劉勰以六觀論文章之優劣；謝赫講究骨法，劉勰講究風骨，鍾嶸講究風力；宗炳曰「含道暎物」、「澄懷味象」，劉勰云「思理為妙」、「神與物游」、「陶鈞文思，貴在虛靜」等不一而足。

　　詩人和畫家的山水美感經驗起於形象直覺，於形象之外又都有要求象外之意；雖然通過耳目感官，卻又要在耳目所及的山水實象，進升至虛靈的精神韻味。使得感官的感動擴大到心靈活動，與老莊哲學中對宇宙生命本體的

〔註197〕曉雲法師《中國畫話・歷代論畫》台北：原泉出版社 1988 年 5 月，頁 133。

領悟過程是一脈相承的。莊子哲學的終極精神就是「逍遙遊」，而山水美學不論有多少表現手法、多少技巧理論，最終極所追求的也就是莊學中的「逍遙遊」。

第六章　結　論

　　中國詩畫眞正開始有融通現象始自唐朝。形式上開始大量以詩論畫者爲杜甫，創作意境上開始以詩入畫、又以畫入詩者是王維，唐不但是詩的顚峰圓融時期，也是詩畫融通的創造期，但是文學的發展是由時間累積而來，六朝在詩畫融通早於唐朝先做出了貢獻。王文進〈詠懷的本質與形似之言〉爲六朝遭文學史誤解而抱屈，認爲陳子昂說「漢魏風骨，晉宋莫傳」，李白說「自建安來，綺麗不足珍」，都是站在「漢魏風骨」「六朝輕綺」相互對揚的見解下立論，如此，則抹煞了六朝詩人在中國詩史上的痕跡。〔註1〕實際上，六朝是中國輝煌詩歌史上初昇的階段，唐詩的發展固如中天之日，但它的醇美深奧也是文學史上「五日一石，十日一水」〔註2〕日起有功的成果。若無六朝文論、畫論的發展，則無唐詩的燦爛發揚；若無六朝山水詩的啓發，就無唐詩恢宏的氣象；若無六朝畫家站在山水畫史起點作一標竿引領，就無後來唐朝的文人畫出現。六朝在山水詩的創作、山水畫的理論方面貢獻是不容忽視的，像顧愷之〈洛神賦圖〉和以嵇康四言詩「目送歸鴻，手揮五弦」爲題材的繪畫，雖未達到「畫中有詩」那樣的境界，但其實踐和理論探索爲後人提供極可貴的經驗。

　　一般文學理論多先有創作，後有理論的歸納，如屈子離騷創作於前，劉

〔註1〕　王文進〈詠懷的本質與形似之言〉載《意象的流變》台北：聯經出版事業公司 1997 年 4 月六版三刷，頁 117。

〔註2〕　杜詩〈戲題王宰畫山水圖歌〉：「十日畫一水，五日畫一石；能事不受相促迫，王宰始肯留眞跡。……」《杜詩鏡銓・卷七》台北：天工書局 1988 年 9 月，頁 327。

齜《文心雕龍‧辨騷》歸結於後，然而山水畫論卻是沒有任何目前所能見到的畫作就已然引領風潮，並且引領文藝思想，歷代研究六朝文學、藝術者，對畫論中的幾個重要命題均置入影響關鍵的位置。

茲總結山水詩畫發展概況及所產生的文藝美學的質變作以下說明：

第一節　六朝山水詩畫發展的突破

山水詩和山水畫會同時在六朝產生，而山水詩的實踐早於山水畫，山水畫論的提出又較山水詩論爲前，此現象有其歷史條件、文化背景。

一、寫實的突破

在六朝之前多存原始宗教及神仙思想，商周面具藝術反映「鬼神意識」，秦漢畫像反映了「神仙思想」，﹝註3﹞並無寫實的客觀條件。洎至六朝，在文學方面，魏晉社會政治的動亂，讓文士感覺生命朝不保夕，詩歌多現慷慨之氣；繼而社會表面相對穩定，骨子裡卻充滿政治壓迫下扭曲的人性，文士又開始以逃避的方式生存，但並不再逃往神仙幻境，而是人間竹林，於是詩歌又充滿著噴鬱之氣；到了東晉南朝，南方的山水引領詩人打開新的眼光，新的覺知體驗，文論家手眼不凡地提出空前啓後的見解——不囿於傳統思想，所以是空前；它又範圍後來的作者，指導後來的批評家，所以又是啓後。這一段時期是中國文學開始燦爛輝煌的初升階段，透過這時期的作品，我們可以清楚感受文人的生命心境，因爲作品完全落實人間，不論是象徵或隱喻，詩人的生命軌跡清晰可見。這是寫實的突破。

繪畫方面，畫家地位提高了，畫技有了突破，於是繪畫從漫無邊際的神仙思想落實到人間，繪畫對象是人，從最基本的人物寫像開始有畫技的突破。顧愷之的「遷想妙得」是理論與實踐同時並行。在山水畫方面，文人的參與，使得畫論融入了人文色彩，那些神仙思想的縹緲無際落實到人間，仙鄉可以在山邊，淨土可以在水涯，臥遊山水和神遊仙境是一樣的，山水畫的誕生是源於把仙鄉落實人間渴望。

至於山水詩，在「神仙思想」瀰漫的兩漢時代，辭賦爲描摩景致作了描

﹝註3﹞　高木森《中國繪畫思想史‧神仙思想與上古時期的畫像藝術》台北：三民書局 2004 年 1 月二版一刷，頁 62。

繪技巧的奠基，六朝文人渴望以悠遊山水來安頓心靈，漢賦的誇大堆砌不能滿足實際上詩人心靈的需求，描景的技巧由虛華浮誇轉爲寫實雕麗，有繼承，也有突破。

二、理論的啓蒙

　　六朝美學意識抬頭，人文自覺抬頭，繪畫理論與此一風尚結合，而提出許多啓蒙的論題，人物畫論的「遷想妙得」，山水畫論的「含道暎物」、「澄懷味象」、「窮理盡性」、「與易象同體」等理論，把山水畫的地位在尚未實踐時就先行提升到與道等同的地位，山水畫在理論的啓蒙和人物畫技巧的奠基下，逐步發展成中國繪畫的主流。

　　山水詩是先有豐富的創作，才有理論的歸納整理，〈文賦〉、《文心雕龍‧物色》、《詩品》等部分的論述，也強調了山水物色與創作的關係。在《文心雕龍‧原道》篇談及聖人因文而明道，文章是要寫天地之輝光，曉生民之耳目，但那是因隨自然的方向垂化成文，不若畫論一般將山水的高度拉到與道等同。而且山水文論的產生也較畫論家爲晚，故可以說畫論引領了美學風騷。

　　山水畫理論的高度，遠高於山水詩歌的理論，其傳神論、暢神論、氣韻生動說等，都深刻地啓引了所有的創作領域。其他如形神問題的探討，使得畫論中有宗教性的辨證；意與象關聯的探討，有美學文學上的邏輯辨證；「心師造化」論題的提出，使得心靈與外境的關係成爲日後畫論重要發展的方向，意象發展成意境，正是在此一基礎上升呈現的。除了山水「以形媚道」之說爲山水創作論所專有，其他人物畫論全可融通於山水畫創作。

　　文論則專門談及山水較少，且不如畫論這麼言簡意賅，其哲學思辨不若畫論那般明確，故在理論上的領導地位讓賢於畫論。總之六朝畫論成就輝煌，山水畫的技巧是在理論建構完成後才綱舉目張，畫論所呈現的現象是「道進乎技」。繪畫理論家不僅是畫家，也是美學家、哲學家，許多理論甚至可作爲安心立命之指導，此乃中國畫論的特點，其啓蒙源自六朝。

三、形上的追求

　　中國藝術表達多有一種形上追求，繪畫是完全的形象藝術，在創作上不及畫論能有相當明確的形上發揮空間。山水畫作所表現的天人合一的境界，必須在技巧已達成熟方才能有所體現。而山水畫在六朝仍屬初期的萌發期，

形上的發揮距成熟期尚遠，只如襁褓嬰孩在山水畫論覆育下逐步成長。畫論中強調要「寫神」，要「氣韻生動」，要「心師造化」等，山水畫從未背離過這個軌道，在這些理論指導下，山水畫必然會追求氣韻生動，必然會脫離過度寫實的方向。以形象為主的山水繪畫，後來竟然能藉由山水的描摩，走出一條講氣韻、講傳神的路線，後代的山水畫一路堅定地朝山高月小，人化於自然的方向發展，這種表現正是一種「天人合一」的形上追求，此當拜六朝畫論之賜。

　　詩歌則不然，文字本可上窮碧下黃泉地論理寄情，故山水詩歌的創作在遊仙詩、玄言詩的萌發、蓬勃、衰退下，自然新變代雄，在形上的實踐早於山水畫。初期山水畫只擺脫了「辨方州」的功能而已，最多提供「臥遊」的賞玩，山水詩卻繼承了玄言詩的玄理追求，托玄理於山水，在模山範水的描繪中寄情託遠、談玄說理。可是卻也比山水畫更早就代謝，因為山水詩不久又被詠物詩、宮體詩所取代，形上的追求轉趨形下，玄理的追求趨向形色，淡遠之風漸趨濃麗，山水詩在六朝是只走了一段中間的過度路程。唯山水詩經後來詠物、宮體的細膩描寫技巧的洗禮，到唐朝竟成為磅礴大氣，與山水畫合流，六朝的過度有其一定的歷史價值。

　　本來詩與畫是一對孿生體，唐代畫家張彥遠在《歷代名畫記》卷一〈敘畫之源流〉云「書畫異名而同體」，[註4] 山水詩畫的創作嚆矢於六朝，理論亦成型於六朝，雖然成就有先後差異，但同樣是中國詩畫創作中的大宗。山水畫在中國畫壇上（尤其是宋朝以後）成為主流，與六朝畫論把山水畫拉到與道同體極高的位置有關；山水詩在詩歌史上一直占有很大分量，因為六朝已把「模山範水」的技巧發展到成熟的境界，所以比山水畫更早就成為創作大宗。這樣的發展不但使六朝文藝發展面貌一新，而且在文藝美學中也產生根本的質變。

第二節　文藝美學質變的意義

　　中國文藝發展每一個時代都有不同的代變，自《詩經》而《楚辭》，自《楚辭》而漢賦，是文學長河中的幾度轉彎，自漢賦而後則所有的支流漫漶奔流，

〔註4〕　唐・張彥遠〈敘畫之源流〉載《中國畫論類稿》，台北：河洛圖書出版社 1975年5月臺影印初版，頁28。

形成後世的萬滙歸宗而達顛峰。誠如劉熙載《藝概・文概》所云文章蹊徑自《世說新語》成書是一變，這代表六朝在文學流變中是一變，是好尚之變，是品味之變，是審美之變。

　　六朝山水詩畫的產生是在整個六朝的中期，以發展弧線而言是高峰期，故以自然山水作為文藝母題，引發文藝美學的質變，亦是六朝文藝美學的轉關期。可歸結出幾個特點：

一、文藝指向的轉折

　　中國自《詩經》以來以詩言志為文學理論的核心，《楚辭》雖為「由正轉奇」的關鍵，但基本上是詩言志的類型，雅頌與楚騷是文學上的兩個重要依據，影響後世非一代也。

　　屈騷「衣被詞人」，影響所及包括漢魏六朝的山水文學、感傷文學，甚至劉勰所未點出的神話文學。漢賦承繼了《楚辭》的富豔，《文心雕龍・辨騷》所謂「菀其鴻裁，獵其豔辭」，此後詩歌不一定只是言志而已，它可以「緣情而綺靡」，個人情志逐日生發，它可以「體物而瀏亮」，文辭上日形富豔。

　　六朝山水詩繼承了《楚辭》的浪漫，個人情志在山水描繪中可以隱喻寄託，可以暢快抒發；它也繼承了漢賦的侈豔，從「莊老告退」後，山水詩人就以精工富豔的辭藻模山範水，以巧構形似之言語構築景觀，文人由內在情理觀轉為外求的物色觀，在自然的動蕩相召下，人誰獲安？在大自然的召喚下，人的積量逐漸淡化，而心靈轉向大自然求天人合一、情景密附、神用象通的境界，這一轉變代表了自然的召喚力取代了倫理箝制，山水擺脫比德的框架，有了真正美的價值，其根本原因是人文自覺的上升，是基於人自覺性的選擇和美感知覺的提升。

　　然而山水畫的藝術表現並未侈豔浪漫，山水畫的形貌也並無巧構形似，山水畫論卻是在文論、書論、甚至樂論均以形式美為宗旨的發展情況下，指出要「與易象同體」、「含道暎物」的思想核心論點，主張以道引領文藝，也更由於尚缺乏技巧性的歸納理論，反凸顯了畫論所追求的「道」，雖然其「道」非傳統儒家倫理觀念的道，而是儒家雜糅著佛思想的道，是美學為核心的道，但，只要是有道指引，文藝方向就無可偏頗地順循此道前行。

　　這個美學核心帶動起因有三：

　　（一）《世說新語》的寓目美學啓發，對山水文學的開啓有著密切的關連。

人由一見而知其美知其德，影響到人對物色之美的視聽移覺感知，此爲其一；以自然爲喻充滿文學性的妙言巧喻形容人的風神，影響了人與物色的交感密合，此爲其二；對人物形態之美的品味欣賞，終至發展成全面性對物象美的欣賞，山水美學趁此時機而發展開來，此爲其三。

（二）言意象的關係討論。六朝玄學家提出言不能盡意的論點，面對此困境給了文士最好的言語的深度挑戰機會，由於言不能盡意，於是文外索求，隱秀的觀念、氣韻的命題、形神的觀念都因此而被提出討論，造成當世甚至後世的文藝觀的理論核心逐步浮現。

（三）形式之美就是美的本質。沒有一個時代像六朝那般愛美，人愛美的面貌美的風神，也愛美的景觀，江南風物給予文士美的心靈滋養。於是，對聲音的美質要直接體悟，而不計較是否牽動心情（聲無哀樂）；對天地要味其象，要直接感知它的美，不必再比德；對美妙的文辭要精益求精，既然言不能盡意，就直接以其美爲終極價值，於是修辭興起，於是山水詩畫興起，使整個時代美不勝收。

所以，在思想上，山水之美在詩畫中放大了，在生活中放大了，人可以「縱浪大化」而不喜不懼，人可與自然同化而不覺物大人小或人大物小；在技巧上，窮形盡相、窮力追新，意圖客觀摩寫外境，以物喻情、寄形出神，意圖主觀融情於景。美的內在醒覺使文人藝術家開始向外境追摩，使得藝術表現形成了：內涵上則營構一澄懷淡遠、隨物宛轉的心境，形式上則能游心竄句、奇巧創新，使得文藝的內境之美與外境之美前所未有地密附縐合起來。

二、文字圖像的互滲

文學藝術家憑藉表意表象的媒介去思想、感受和表達，媒介是文學藝術家開展審美想像的重要物質形式，詩畫媒介不同，但彼此互相滲化融通，六朝山水詩以文字去表達圖像，而山水畫論以形象向形上領域去體道。文字圖象間的互涉，是聯繫著多重的文化意涵，六朝的文化是一外在元素正蘊蔚地向內裡滲化，思想的滲化也帶動不同物質性的文藝媒介相互滲化。

六朝各個藝術領域均有以形式美爲藝術本質之論，樂論中有嵇康主張聲無哀樂，聲音本身就是構成它的美的形式，書論中每每以龍蛇物象弓弩陣勢喻其線條，文論多強調物色景致引發創意的論點，這些不以具形爲質的藝術

都朝向表形的方向發展其藝術型態，反而是完全以圖像爲質的繪畫其理論卻少及於形象的表達，而把「道」或「神」、「靈」這種主體與外境交感的創作理論，發揮到一相當的深度。雖然六朝的山水畫作未見，但文字與圖像的互滲融通的現象是顯而易見的。詩畫最能融通之處在於空間的營構，當藝術創作中把意象視象化、空間化，上升到無形大象時，意象便拓爲意境，文外畫外的神韻即能在當中迴盪。

　　文學藝術的表達必然受到文化美學的制約，六朝寓目美學、品鑑美學、玄言理論等的發展，使文學藝術不但形象之美被開發，而且精細地評鑑其等次，標出時代風尚和文士的眼光。山水詩以能形成圖像者爲成功的表達，山水畫以能展現畫論文字呈述的境界爲指標。文字圖像的互滲，也影響著時代的美學風尚，使六朝詩人的心靈對圖像之美的感受力特強，而山水畫家對文字所能發揮的闡述功能也特別嚮往，遂畫外求畫，標舉「神韻」引領文藝。於是乎詩畫互滲的現象又影響文化美學的走向，使得日後唐宋山水詩畫氣象格外磅礴。

三、心靈美境的交感

　　江南半壁河山，對文人美感心靈的滋養極大。黃景進云：「從客體（境）的角度觀察，可以發現，因其具有某種特徵，故易引起某種情意；而當我們從主體（心）的角度觀察，則可發現，因主體先有某種情意，故易受到具有某種特徵的事物刺激，引起其原本具有的情意。」〔註5〕說的是心物感應的關係，六朝文人懷著亂離的憂、政治迫害的憂、人生不易安頓的憂，一遇江南山水，心物交感，憂得到化消寄託。於是文人開始注意到山水的美，及山水美的表現，又講究表現山水美的形式，於是外境的美又內化爲主體心靈的美。這是古代詩學中一「興」的作用，但除了修辭意義外，又更具美學豐富意義。

　　先秦時「興」指讀者感發志意，東漢時轉變爲結合作者本意與語言符碼的託喻，六朝時又轉變爲作者感物起情與作品興象之義。文人情志與外境的「應目會心」的作用變得重要了，詩人感會於外境山水麗景，以精工富麗之筆追摩山水之美，畫家以畫筆把山水之美駐留於畫面以備臥遊。心之所向，

〔註5〕　黃景進《意境的形成論——唐代意境論研究・境字本義及其衍變：先秦至六朝》台灣學生書局 2004 年 9 月初版，頁 48。

遂細細考究起作品中的美：修辭中麗辭與詩人追求平衡的心靈同構、夸飾與文人奮飛騰擲的心靈同質、山水詩中的寄玄託情與「人化的自然」是同一示現；山水畫把聖人與道心縮合起來而一寄以山水美境，這是六朝感物興情的美學現象。

總之六朝人的心靈關注美的事物，從美的品貌、美的風神而投向了烘托美的人物品貌的天地山水，人對山水，可以不必只爲標識物性而去判識，也可以不必然爲了表情而去應用山水，可以就是直接以感官聞見經歷的聲色形象，來構現一個真實活潑的山水，在各種物色聲光相互造訪、彼此輻射，就在交接、對比、映照的關係連結中，潑灑出山水的生機意趣，山水之美遂空前受到文士青睞，與文士心靈連縮密合。

四、山水位階的重整

山水之美在六朝空前受到文人青睞，但六朝詩畫筆下的山水又不只是單純的形式之美而已，它是與「道」玄同的原鄉，可以讓人安心立命，化消憂苦，在真山實水中，佛子仙家可以修身鍊性，隱士可以放下俗慮，即便仕宦之人亦可隨境化憂，暫得於心。

詩畫中的山水，投射了人的情感志意，隱喻了人的品格生命，更表現了人的神采韻致。陶淵明、謝靈運、謝朓、鮑照、庾信等詩人在窺情風景、鑽貌草木的同時，也抒寫了一己的心境或情志，顧愷之、宗炳、謝赫等畫家在舉筆論畫的同時，也寫出了個人的理想和眼光。山水創作豈止是景物的客體呈現而已！

傳統儒家對山水的評價，是仁與智的比德，在欣賞山水的同時，人只在意自身的存在，山水不過是比德的喻依而已。六朝的山水脫去了比德的儒家包袱，它的價值可以只在於自身的美，觀賞山水的同時，人與山水同化，人化的山水可以聲采俱逸，而山水化了的人格可以曲折迂拗，山水與人格不是間接的比附，更是直接的投射，畫家筆下的山水也不僅是美景的呈現，更與道體同位存在。

由於山水客觀價值獨立呈現，於是乎，詩人畫家以文字彩墨描繪它、歌頌它，甚至居之以求逍遙，孔子「不與鳥獸同群」的觀念被遠遠拋棄。爾後不管時序轉到了那一個時代，也不管山水描摩彩繪中是以感官辭采或悠揚意境見長，文人始終沒有背離六朝這樣的山水原鄉情懷。

五、山水美學的起點

　　六朝文人對美的感受特別敏銳，因之對美的評論也如花果蕃蔚般興起。山水畫的創作尚未成就，山水畫論已先以最核心的理論爲創作引航。又因爲六朝畫論所提的論題都是哲學、美學上極重要的命題，如「傳神論」、「氣韻說」等，對文學、美學、藝術發展有重要影響，所以六朝畫論不僅是爲畫引航，也是爲整個藝術史、美學史引航。

　　文人畫興起以前，畫家的地位遠不及文學家，可是六朝文論家在美學思辨上，反不若畫論那麼言簡意賅，例如《文心雕龍》前五篇的文原論是思想核心，其效果如孔子總結商周文獻，定出千秋大義，如史遷集三千年史事於一冊，納百家之言爲一書，彌綸群言，啓佑後世。可是在山水美學的理論上，成就的是一種述而不作的眼光，只認定了山水是文人「洞見風騷」的助力而已。固然，屈騷描繪山水壯麗宏偉，但也要到六朝劉勰才有這樣的視力，把山水對美感心靈的啓沃點化出來，是一了不起的視界。但山水畫論更有極大的開創，開創了美學評論的新眼界：山水與道同體，不只是助力，還是個觀道、含道，讓聖賢暎其物、味其象的標的。有了這樣的宏觀偉識，山水畫成爲繪畫主流是遲早的事。而文學方面，山水除了是後世自然派詩作主題之外，其他題材也常以山水爲輔襯，如送別詩、尋訪詩、邊塞詩、題畫詩、懷鄉詩等，也多以山水爲興寄引發。可以說六朝山水美學爲後世山水文學、山水藝術的創作灌注了極大的養分。

　　詩歌不僅是「緣情」的表達，使讀者能以意逆志，讀其文則知其心，而且具繪畫的形象性，使讀者披覽之時，亦可如宗炳一般「臥遊」。詩畫本一律，詩中有畫境，靠的是詩人模山範水的技巧，巧構形似的才華，畫中有詩境，靠的是畫家修養、靈性、深度。六朝詩畫交疊的發展，是藝術史上極大的貢獻，雖然六朝山水詩與山水畫發展得並不均衡對襯，但都有其社會的、政治的、學術的背景原因，對後世也各有不同的深遠影響，如果能把握到山水詩畫開始發展的主軸面向，那麼山水詩畫在整個文藝史甚至文化史的正確位標就很明確了。

參考文獻

一、古 籍

（一）古籍及注疏（依四庫全書總目編序）

1. 《十三經注疏・周易》台北：藝文印書館，1993 年 9 月十二刷。
   《王弼集校釋・周易略例》台北：華正書局，1992 年 12 月初版。
2. 《十三經注疏・詩經》台北：藝文印書館，1993 年 9 月十二刷。
   余培林《詩經正詁》台北：三民書局，1993 年 10 月初版。
3. 《十三經注疏・左傳》台北：藝文印書館，1993 年 9 月十二刷。
4. 《十三經注疏・論語》台北：藝文印書館，1993 年 9 月十二刷。
   南懷瑾《論語別裁》台北：老古文化事業公司，1981 年 12 月增訂注音十版。
5. 《春秋繁露》漢・董仲舒撰。
   賴炎元《春秋繁露今註今譯》台北：台灣商務印書館，1992 年 11 月初版三刷。
6. 《說文解字》漢・許慎撰，台北：漢京文化事業公司，1985 年 10 月初版。
7. 《三國志注》晉・陳壽撰，宋・裴松之注，台北：鼎文書局，1900 年 2 月六版。
8. 《晉書》唐太宗御撰，台灣中華書局，1966 年 3 月臺一版。
9. 《水經注》北魏・酈道元撰。
   趙望秦等譯注《水經注》台北：錦繡出版社，1992 年 4 月初版。
10. 《法言》漢・揚雄撰。
    韓敬《法言注》北京：中華書局，1992 年 12 月一版一刷。

11. 《人物志》魏・劉劭撰，世界書局，2000 年 4 月二版一刷。

　陳喬楚《人物志今註今譯》台灣商務印書館，1996 年 12 月初版。

12. 《廬山慧遠法師文鈔》晉・慧遠大師撰，法嚴寺出版社，1998 年 6 月初版。

13. 《山海經》晉郭璞注。

　袁珂《山海經校注》台北：里仁書局，1995 年 4 月初版三刷。

14. 《顏氏家訓》北齊・顏之推撰。

　程小銘譯注，台灣古籍出版社，1996 年 8 月初版一刷。

15. 《世說新語》宋・劉義慶撰。

　劉正浩等《新譯世說新語》台北：三民書局，2005 年 5 月初版六刷。

16. 《藝文類聚》唐・歐陽詢主編，台北：文光出版社，1974 年 8 月初版。

17. 《高僧傳》唐・釋道宣撰，台北：福智之聲出版社，1996 年 11 月。

18. 《道德經》。

　王弼《王弼集校釋・老子道德經注》台北：華正書局，1992 年 12 月初版。

19. 《莊子》。

　晉・郭象注，清・郭慶藩集釋，台北：萬卷樓圖書有限公司，1993 年 3 月初版二刷。

　黃錦鋐《新譯莊子讀本》，台北：三民書局，2001 年 5 月初版十六刷。

20. 《楚辭》戰國・屈原等撰。

　宋・洪興祖《楚辭補註》台北：藝文印書館，1986 年 12 月七版。

21. 《曹子建集》魏・曹植撰，台灣中華書局，1966 年 3 月台一版。

22. 《嵇中散集》晉・嵇康撰，台灣中華書局，1966 年 3 月一版，。

　崔富章《新譯嵇中散集》台北：三民書局，1998 年 5 月。

23. 《阮步兵集》魏・阮籍。

　林家驪注譯《阮籍詩文集》台北：三民書局，2001 年 2 月初版一刷。

24. 《靖節先生集》晉・陶淵明撰，台灣中華書局，1966 年 3 月臺一版。

　《陶靖節集注》清・陶澍注，台北：世界書局，1999 年 2 月二版一刷。

25. 《謝康樂集》宋・謝靈運撰，上海文明書局，宣統 3 年 7 月無錫丁氏藏版。

26. 《謝宣城集》齊・謝朓撰，台灣中華書局，1966 年 3 月台一版。

27. 《杜詩鏡銓》唐・杜甫著，清・楊倫箋，台北：天工書局，1988 年 9 月。

28. 《柳河東全集》唐・柳宗元撰，台北：世界書局，1999 年 10 月二版一刷。

29. 《蘇東坡全集》宋・蘇軾撰，台北：世界書局，1996 年 2 月初版七刷。

30. 《文心雕龍》梁・劉勰撰，黃叔琳注，台北：世界書局，1984 年 4 月五

版。

李曰剛《文心雕龍斠詮》台北：國立編譯館中華叢書編審委員會 1982 年 5 月。

王更生《文心雕龍讀本》台北：文史哲出版社，1999 年 9 月初版七刷。

31. 《詩品》梁‧鍾嶸撰。

成琳、程章燦《詩品注譯》台北：三民書局，2003 年 5 月初版一刷。

32. 《歷代名畫記》唐‧張彥遠撰，江蘇美術出版社，2007 年 8 月一版一刷。

33. 《詩藪》明‧胡應麟撰，台北：廣文書局，1973 年 9 月初版。

34. 《薑齋詩話箋》清‧王夫之撰，戴鴻森箋，台北：木鐸出版社，1982 年 4 月初版。

35. 《古詩源》清‧沈德潛撰，台北：世界書局，1999 年 1 月二版二刷。

馮善保《古詩源注譯》台北：三民書局，2006 年 5 月初版一刷。

36. 《說詩晬語》清‧沈德潛，載王德毅主編《叢書集成續編》199 冊，台北：新文豐出版公司，1998 年 7 月台一版。

37. 《畫禪室隨筆》清‧董其昌撰，載王德毅主編《叢書集成三編》31 冊，台北：新文豐出版公司，1997 年 3 月台一版。

38. 《藝概》清‧劉熙載撰，台北：金楓出版社，1986 年 12 月初版。

（二）**古籍彙編**（依出版時間編序）

1. 《八代詩精華錄箋註》清‧丁福保編，上海文月書局 1931 年排印本。

2. 《全漢三國晉南北朝詩》清‧丁福保編，台北：世界書局，1962 年 4 月初版。

3. 《漢魏六朝賦選》瞿蛻園選注，台北：中華書局，1964 年 7 月一版。

4. 《中國畫論類稿》台北：河洛圖書出版社，1975 年 5 月臺影印初版。

5. 《二十五史精華》台北：讀者書店，1978 年 1 月。

6. 《歷代詩話續編》清末民初‧丁福保輯，台北：木鐸出版社，1983 年 9 月。

7. 《宋金元文論選》陶秋英編，北京：人民文學出版社，1984 年 11 月一版，1999 年 1 月一刷。

8. 《四庫全書薈要》世界書局，1988 年 2 月初版。

9. 《隋唐五代文論選》周祖譔編，北京：人民文學出版社，1990 年 5 月一版 1999 年 1 月一刷。

10. 《魏晉南朝文學史參考資料》北京大學中國文學史教研室選注，1992 年 3 月。

11. 《全漢賦》鄭競編，台北：之江出版社，1994 年 7 月初版。

12. 《先秦兩漢文論選》張少康、盧永璘編，北京：人民文學出版社，1996 年 5 月一版，1999 年 1 月一刷。

13. 《魏晉南北朝文論選》鬱沅、張明高編，北京：人民文學出版社，1996 年 10 月一版，1999 年 1 月一刷。

14. 《漢魏六朝書畫論》潘運告編，湖南美術出版社，1997 年 4 月一版。

15. 《歷代書法論文選》台北：華正書局，1997 年 4 月。

16. 《漢賦名家選集》台北：漢湘文化事業公司，2001 年 11 月初版一刷。

17. 《中國山水田園詩集成》丁成泉輯注，湖北教育出版社，2003 年 10 月一版一刷。

二、專　書（依姓名筆畫序）

（一）哲學類

1. 牟宗三《才性與玄理》台北：學生書局，1983 年 8 月。

2. 李春青《魏晉清玄》台北：雲龍出版社，1995 年 3 月初版。

3. 呂昇陽《六朝美學中的形神思想之研究》台北：花木蘭文化出版社，2008 年 9 月。

4. 胡適《中國中古思考史上》台北：遠流出版社。

5. 唐君毅《心物與人生》台北：亞洲出版社，1953 年 10 月初版。

6. 唐君毅《中國人文精神之發展》台北：台灣學生書局，2000 年 6 月一版二刷。

7. 袁濟喜《六朝美學》北京大學出版社，1999 年 1 月二版一刷。

8. 魯迅、容祖肇、湯用彤等著《魏晉思想》乙種三編，台北：里仁書局，1995 年 8 月初版。

9. 賀昌群、劉大杰、袁行霈等著《魏晉思想》甲種三編，台北：里仁書局，1995 年 8 月初版。

10. 高華平《魏晉玄學人格美研究》巴蜀書社，2000 年 8 月一版。

11. 馮友蘭《中國哲學史新編》第四冊，北京：人民出版社，1992 年。

12. 湯用彤《湯用彤學術論文集》北京：中華書局，1983 年 5 月一版一刷。

13. 賀昌群、劉大杰、袁行霈《魏晉思想》台北：里仁書局，1995 年 8 月初版。

14. 勞思光《新編中國哲學史》台北：三民書局，1993 年 8 月增訂七版。

15. 演培法師《維摩詰所說經講記》高雄：演培法師全集出版委員會，2004 年 1 月重版一刷。

16. 劉子清《中國歷代人物評傳》台北：黎明文化事業公司，1974 年 12 月。

（二）美學類（依姓名筆畫序）

1. 王夢鷗《文藝美學》台北：遠行出版社，1976 年 3 月。

2. 史作檉《藝術的終極關懷在那裡》台北：水瓶世紀文化事業公司，2001 年 6 月初版一刷。

3. 任仲倫《遊山玩水——中國山水審美文化》台北：地景企業公司，1993 年 6 月。

4. 伍蠡甫編《山水與美學》台北：丹青圖書公司，1987 年 1 月。

5. 朱光潛《文藝心理學》台北：台灣開明書店，1974 年 12 月。

6. 朱光潛《朱光潛美學文學論文選集》湖南人民出版社，1981 年 8 月一版二刷。

7. 朱光潛等《中國古代美學藝術論》台北：木鐸出版社，1985 年 9 月初版。

8. 朱良志《中國美學名著導讀》北京大學出版社，2005 年 5 月一版二刷。

9. 李建中《魏晉文學與魏晉人格》湖北教育出版社，1998 年 9 月一版一刷。

10. 李澤厚《美的歷程》台北：三民書局，2000 年 11 月初版二刷。

11. 李澤厚《哲學美學文選》台北：谷風出版社，1987 年 5 月。

12. 李澤厚、劉綱紀《中國美學史》台北：谷風出版社，1987 年 12 月台一版。

13. 李明宗《六朝美學點描》台北：亞太圖書出版社，2001 年 12 月初版一刷。

14. 吳功正《六朝美學史》江蘇美術出版社，1996 年 4 月一版二刷。

15. 吳功正《中國文學美學》江蘇教育出版社，2001 年 9 月一版一刷。

16. 宗白華《宗白華全集》安徽教育出版社，1996 年 9 月一版二刷。

17. 金民那《文心雕龍美學》台北：文史哲出版社，1993 年 7 月。

18. 周靜佳《六朝形神思想與審美觀念》台北：花木蘭文化出版社，2008 年 9 月。

19. 胡經之、王岳川《文藝美學方法論》北京大學出版社，2005 年 12 月一版六刷。

20. 徐復觀《中國藝術精神》台北：台灣學生書局，1998 年 5 月初版十二刷。

21. 張少康《古典文藝美學論稿》台北：淑馨出版社，1989 年 11 月。

22. 陳詠明《劉勰的審美理想》台北：文津出版社，1992 年 12 月初版。

23. 陳洪《詩化人生——魏晉風度的魅力》河北大學出版社，2001 年 9 月一版。

24. 童慶炳《中國古代心理詩學與美學》萬卷樓圖書有限公司，1994 年 8 月初版。

25. 趙樹功《閑意悠長——中國文人閑情審美觀念演生史稿》河北人民出版社，2005 年 10 月一版。

26. 葉朗《中國美學史》台北：文津出版社，1996 年 1 月一版一刷。

27. 葉朗《胸中之竹——走向現代之中國美學》安徽教育出版社，1998 年 4 月一版一刷。

28. 鄭毓瑜《六朝情境美學》台北：里仁書局，1997 年 12 月初版。

29. 鄭毓瑜《六朝情境美學綜論》台北：台灣學生書局，1996 年 3 月初版。

30. 鄭文惠《文學與圖像的文學美學——想像共同體的樂園論述》台北：里仁書局，2005 年 9 月初版。

31. 劉綱紀《中國書畫、美術與美學》武漢大學出版社，2006 年 10 月一版一刷。

32. 儀平策《中國審美文化史》山東畫報出版社，2003 年 1 月一版三刷。

33. 蔣勳《美的沈思》台北：雄獅圖書股份有限公司，2004 年 1 月一版二刷。

34. 錢鍾書《管錐篇》蘭馨室書齋印行。

35. 鍾仕倫《魏晉南北朝美育思想研究》北京：中國社會科學出版社，2006 年 11 月一版一刷。

36. 豐子愷《豐子愷論藝術》台北：丹青圖書公司，1988 年再版。

（三）文學類（依姓名筆畫序）

1. 丁成泉《中國山水詩史》台北：文津出版社，1995 年 8 月初版。

2. 王逢吉《文學心靈與傳統》台北：康橋出版事業公司，1985 年 12 月三十版。

3. 王國瓔《中國山水詩研究》台北：聯經出版公司，1996 年 7 月初版四刷。

4. 王立《中國古代文學的十大主題——原型與流變》台北：文史哲出版社，1994 年 7 月。

5. 王力堅《六朝唯美詩學》台北：文津出版社，1997 年 7 月一版一刷。

6. 王力堅《南朝的唯美詩風——由山水到宮體》台北：台灣商務印書館，1997 年 12 月初版一刷。

7. 王文進《仕隱與中國文學》台北：臺灣書店，1999 年 2 月初版。

8. 王澧華《兩晉詩風》上海古籍出版社，2005 年 7 月一版一刷。

9. 朱自力《說詩晬語論歷代詩》台北：里仁書局，1994 年 10 月。

10. 李曰剛《中國詩歌流變史》台北：聯貫出版社，1973 年 2 月。

11. 李森南《山水詩人謝靈運》台北：文史哲出版社，1989 年 7 月初版。

12. 李翠瑛《六朝賦論之創作理論與審美理論》台北：萬卷樓圖書公司，2002 年 1 月初版。

13. 沈謙《文心雕龍與現代修辭學》台北：文史哲出版社，1992 年 5 月初版。

14. 吳先寧《北朝文學研究》台北：文津出版社，1993 年 9 月初版。

15. 林文月《山水與古典》台北：三民書局，1996 年 6 月初版。

16. 林淑貞《中國詠物詩「託物言志」析論》台北：萬卷樓圖書有限公司，2002 年 4 月初版。

17. 郁沅、張明高《魏晉南北朝文論選》北京：人民文學出版社，1999 年 1 月一刷。

18. 袁行霈《中國文學史》台北：五南圖書出版公司，2003 年 1 月一版一刷。

19. 韋鳳娟《中華文學通覽──空谷流韻》台北：中華書局，1997 年 3 月一版。

20. 韋鳳娟《靈境詩心──中國古代山水詩史》江蘇：鳳凰出版社，2004 年 4 月一版。

21. 崔富章《嵇中散集》台北：三民書局，1998 年 5 月初版。

22. 陳昌明《緣情文學觀》台北：台灣書店，1999 年 11 月初版。

23. 陳昌明《六朝文學之感官辯證》台北：里仁書局，2005 年 11 月。

24. 郭紹虞《中國文藝思潮史》台北：宏政出版社（新聞局台業字 1406 號）。

25. 黃維樑《中國詩學縱橫談》台北：洪範書店，1978 年 10 月。

26. 黃景進《意境的形成論──唐代意境論研究》台北：台灣學生書局，2004 年 9 月初版。

27. 張少康《中國文學理論批評史》台北：水牛圖書出版事業有限公司，2005 年 9 月。

28. 張少康《中國古代文學創作論》台北：文史哲出版社，1991 年 6 月初版。

29. 張晶、白振奎、劉潔《中國古典詩學新論》北京：廣播學院出版社，2002 年 12 月一版一刷。

30. 褚斌傑、公木等《中國文學史百題》台北：萬卷樓圖書有限公司，1994 年 4 月初版。

31. 葉太平《中國文學的精神世界》台北：正中書局，1994 年 12 月初版。

32. 葉慶炳《中國文學史》台北：台灣學生書局，1992 年 9 月初版三刷。

33. 葉嘉瑩《漢魏六朝詩》台北：桂冠圖書股份有限公司，2000 年 2 月初版一刷。

34. 劉文中《鮑照和庾信》台北：群玉堂出版事業股份有限公司，1991 年 12 版。

35. 鄧喬彬《古代文藝的文化觀照》上海教育出版社，2003 年 2 月一版一刷。

36. 鄭振鐸《插圖本中國文學史》北京：人民文學出版社，1982 年 3 月一版五刷。

37. 鄭在瀛《六朝文論講疏》台北：萬卷樓圖書有限公司，1995 年 5 月初版。

38. 魯金波、劉耕路《佯狂任自然——竹林七賢》台北：萬卷樓圖書公司，2000 年 12 月初版

39. 魯迅《魏晉風度及其他》上海古籍出版社，2000 年 12 月一版一刷。

40. 蔡英俊《比興、物色與情景交融》台北：大安出版社，1990 年 8 月一版二刷。

41. 鍾優民《中國詩歌史》台北：麗文文化公司，1994 年 5 月初版。

42. 羅宗濤《山水之歌》台北：文化建設基金管理委員會，1996 年 10 月。

43. 廚川白村著，吳忠林譯《苦悶的象徵》台北：金楓出版社 1990 年 11 月。

（四）藝術類（依姓名筆畫序）

1. 王振德《中國畫論通要》天津：人民美術出版社，1992 年 5 月一版。

2. 田川流、劉家亮《藝術學導論》濟南：齊魯書社，2004 年 10 月一版一刷。

3. 朱光潛譯《詩與畫的界限》台北：蒲公英出版社，1986 年。

4. 朱玄《中國山水畫美學研究》台北：台灣學生書局，1997 年 8 月初版。

5. 何懷碩主編《近代中國美術論集》台北：藝術家出版社，1991 年 6 月。

6. 邵琦《中國畫文脈》上海書畫出版社，2005 年 1 月一版一刷。

7. 易蘇民編《國畫的顏色與氣韻》台北：昌言出版社，1971 年 8 月。

8. 尚剛《林泉丘壑》北京大學出版社，2007 年 1 月一刷。

9. 徐書城《中國繪畫藝術史》北京：人民美術出版社，2001 年 2 月一版一刷。

10. 高準《中國畫論史導論》台北：文史哲出版社，1997 年 10 月二版。

11. 高木森《中國繪畫思想史》台北：三民書局，2004 年 1 月二版一刷。

12. 陳振濂《歷代書法欣賞》台北：蕙風堂筆墨有限公司，2001 年 10 月一版五刷。

13. 陳傳席《六朝畫論研究》台北：台灣學生書局，1999 年 9 月一版二刷。

14. 陳傳席《中國繪畫理論史》台北：三民書局，2004 年 7 月二版一刷。

15. 陳傳席《中國山水畫史》江蘇美術出版社，1998 年 4 月一版。

16. 陳傳席《中國山水畫史》天津：人民美術出版社，2001 年 1 月一版。

17. 郭因《先秦至宋繪畫美學》台北：金楓出版有限公司，1987 年 7 月初版。

18. 馮作民《中國美術史》台北：藝術圖書公司，2002 年 4 月再版。

19. 傅抱石《中國繪畫理論》，1934 年 9 月。

20. 傅抱石《傅抱石畫論》台北：藝術家出版社，1991 年 10 月。

21. 傅抱石《中國繪畫理論》江蘇教育出版社，2005 年 10 月一版一刷。

22. 張光福《中國美術史》台北：華正書局有限公司，1986 年 5 月初版。

23. 張桐瑀《100 位中國畫家及其作品》台北：高談文化事業公司，2006 年 3 月初版三刷。

24. 張俊傑《山水繪畫思想之發展》台北：國立歷史博物館，2005 年 9 月。

25. 張建軍《中國古代繪畫的觀念視野》濟南：齊魯書社，2004 年 9 月一版一刷。

26. 莊伯和《中國繪畫史綱》台北：幼獅文化事業公司，1987 年 6 月初版。

27. 葛路《中國古代繪畫理論發展史》台北：華正書局，1987 年 5 月初版。

28. 楊大年《中國歷代畫論采英》江蘇教育出版社，2005 年 10 月一版一刷。

29. 熊碧梧《論畫》台北：黎明文化事業股份有限公司，2000 年 2 月。

30. 曉雲法師《中國畫話》台北：原泉出版社，1988 年 5 月。

31. 薛永年《中國美術全集・三國兩晉南北朝的繪畫藝術》台北：錦繡出版有限公司，1993 年 11 月。

32. James Cahill 原著・李渝譯《中國繪畫史》台北：雄獅圖書公司 1999 年 7 月五版七刷。

33. Michael Sullivan 原著・曾堉、王寶連譯《中國藝術史》台北：南天書局，1992 年 3 月初版二刷。

（五）工具書（依出版年代先後編序）

1. 《中國畫論類編》台北：河洛圖書出版社，1975 年 5 月初版。

2. 《兩漢魏晉南北朝文學批評資料彙編》柯慶明、曾永義編，台北：國立編譯館，1978 年 9 月。

3. 《魏晉南北朝文學史參考資料》北京大學中國文學史教研室選注，台北：里仁書局，1992 年 3 月。

4. 《文淵閣四庫書指南》陳有方編譯，台北：台灣商務印書館，1988 年 12 月初版。

5. 《中國古典文學辭典》廖仲安、劍國盈主編，北京出版社，1989 年 10 月一版一刷。

6. 《古代藝術三百題》上海古籍出版社，1994 年 12 月一版一刷。

7. 《漢魏六朝詩鑒賞辭典》上海辭書出版社，2002 年 6 月一版 12 刷。

三、論　文

（一）專書論文（依姓名筆畫序）

1. 王力堅〈魏晉品鑒與文學之關係探討〉載《六朝隋唐學術研討會》台北：文史哲出版社，2004 年 7 月，頁 109～128。

2. 王文進〈詠懷的本質與形似之言〉載《意象的流變》台北：聯經出版事業公，司 1997 年 4 月六版三刷，頁 115〜154。

3. 王夢鷗〈魏晉南北朝文學之發展〉載《中國文學史論文選續編》，台北：台灣學生書局，1985 年 2 月初版，頁 203〜244。

4. 吳文祺〈論文字的繁簡〉載傅東華、鄭振鐸編《中國文學研究》台北：龍門書，1934 年 6 月初版，1968 年 8 月影印，頁 1015〜1030。

5. 李豐楙〈山水詩傳統與中國詩學〉載《中國詩歌研究》台北：中央文物供應社，1985 年 6 月，頁 89〜130。

6. 李栖〈兩晉士人的藝術才氣〉載《魏晉南北朝文學與思想學術研討會論文集第二輯》台北：文津出版社，1993 年 11 月，頁 589〜616。

7. 林文月〈謝靈運的詩〉載羅聯添編《中國文學史論文選續編》，台北：台灣學生書局，1985 年 2 月初版，頁 269〜298。

8. 陳華昌〈魏晉南北朝詩書畫之關係〉載香港中文大學中文系主編《魏晉南北朝文學論文集》台北：文史哲出版社，1996 年 11 月初版，頁 239〜271。

9. 黃永川〈道教與中國早期山水繪畫的創建〉載《道教與文化學術研討會論文集》台北：國立歷史博物館，2000 年 12 月，頁 221〜236。

10. 莊雅州〈美學的會通──論和諧〉載《第四屆東方美學學術研討會》論文集，國立歷史博物館出版，2003 年 9 月，頁 11〜22。

11. 楊承祖〈論謝朓的宣城情懷〉載香港中文大學中文系主編《魏晉南北朝文學論文集》台北：文史哲出版社，1996 年 11 月初版，頁 211〜224。

12. 錢穆〈魏晉玄學與南渡清談〉載羅聯添編《國學論文精選》幼獅文化事業公司，1987 年 11 月。

13. 費振剛〈漢賦的形成和發展〉載《中國文學史百題·上》台北：萬卷樓圖書公司，1994 年 4 月初版，頁 119〜126。

14. 羅麗容〈魏晉六朝文藝理論中之「情」「理」觀研究〉載《魏晉六朝學術研討會論文初稿》東吳大學中文系，2005 年 4 月，頁 1〜36。

（二）期刊論文（依姓名筆畫序）

1. 王波〈六朝時期的旅遊文化〉載《歷史月刊》130 期，1998 年 11 月，頁 22〜29。

2. 朱曉海〈六朝玄學對文學影響的另類觀察〉載《六朝學刊》第一期，成大，2004 年 12 月，頁 61〜70。

3. 何淑貞〈嘯傲東軒·詩畫本一律──談中國山水詩與山水畫的異形同神〉載《玄奘人文學報》第一期，2003 年 4 月，頁 27〜43。

4. 尚逵齋〈中國畫的特質〉載《中國文選》37 期，1970 年 5 月，頁 77〜83。

5. 唐亦男〈魏晉思潮的特色〉載《第四屆魏晉南北朝文學思想研討會》專題

演講，頁 3～12。

6. 黃聖旻〈山水畫的形神理論〉載成功大學《雲漢學刊》第七期，2000 年 6 月，頁 169～188。

7. 黃志源〈六朝時期氣韻論的美學依據〉載《中國文化月刊》306 期，2006 年 6 月，頁 1～36。

8. 黃景進〈重讀《淨土宗三經》與〈畫山水序〉——試論淨土、禪觀與山水畫、山水詩〉載《中國文史哲研究通訊》十六卷・第四期，2006 年 12 月，頁 217～243。

9. 陳昌明〈「形－氣－神」中國人獨特的美學思維〉載《國文天地》九卷九期，1994 年 2 月，頁 18～22。

10. 陳志平〈時空藝術的造型化——論詩畫交融藝術〉載《詩網絡》第二十一期，頁 70～74。

11. 傅抱石〈論顧愷之至荊浩之山水畫史問題〉載台灣商務印書館《出版月刊》二卷十期，1967 年 3 月，頁 51～57。

12. 顏崑陽〈從「言意位差」論先秦至六朝「興」義的演變〉載《清華學報》新二十八卷第二期，1998 年 6 月，頁 143～172。

13. 韓學君〈從「入內」「出外」的命題看中國古典美學的規律和特徵〉載淡大文研所主編《文學與美學第六集》台北：文史哲出版社，1998 年 5 月，頁 405～434。

14. Mathias Obert〈論述畫境——以現象學之觀點談中國山水畫與相關之理論〉載《中外文學》第三十二卷，第七期，2003 年 12 月，頁 101～115。

（三）**學位論文**（依成書時間先後序）

1. 劉漢初《六朝詩發展述論》台灣大學，民國 72 年博士論文。

2. 李豐楙《魏晉南北朝文士與道教之關係》政治大學，民國 67 年博士論文。

3. 鄭毓瑜《六朝藝術理論中之審美觀研究》台灣大學，民國 79 年博士論文。

4. 沈禹英《六朝隱逸詩研究》政治大學，民國 81 年博士論文。

5. 林聖智《〈竹林七賢與榮啓期圖〉研究》台灣大學，民國 82 年碩士論文。

6. 張森富《六朝文學與思想心靈境界之研究》政治大學，民國 87 年博士論文。

7. 林莉翎《六朝物色觀念研究》成功大學，民國 88 年碩士論文。

8. 郭國泰《六朝美學中形神關係之研究》南華大學，民國 89 年碩士論文。

9. 李幸玲《廬山慧遠研究》台灣師範大學，民國 91 年博士論文。

10. 施筱雲《文心雕龍・辨騷研究》玄奘大學，民國 92 年碩士論文。

11. 黃素卿《文心雕龍・物色研究》玄奘大學，民國 93 年碩士論文。

12. 林敏勝《六朝「大地」之多元思想及其詮釋》政治大學，民國 95 年博士論文。

13. 蕭淑貞《魏晉山水紀遊詩文之研究》台灣師範大學，民國 95 年博士論文。

14. 杜方立《六朝美學與玄學的關聯》中國文化大學，民國 95 年博士論文。

附表：論文相關文士生卒年表及相關資料

朝代	姓名及出生年	文學風格或事件	專　長	有關著作
漢魏	蔡　邕（132～192		經學、文論	蔡中郎集
	劉　劭（168～240）		論性情	人物志
	孔　融（153～208）		詩文	孔北海集
	曹　操（155～220）		詩文	魏武帝集
	陳　琳（？～217）		詩文	
	劉　楨（？～217）		詩	
	應　瑒（？～217）		詩	文質論
	阮　瑀（165～212）		詩文	文質論
	徐　幹（171～217）			中論
	王　粲（177～217）		詩賦	王侍中集
	曹　丕（187～226）		詩文、文論	魏文帝集、典論
	曹　植（192～232）		詩文	曹子建集
	何　晏（190～249）		賦文	注論語
	阮　籍（210～263）	正始之音	詩文	阮步兵集
西晉 265 ｜ 316	皇甫謐（215～282）	針灸甲乙經，最早針灸書	散文	帝王世紀、高士傳

傅　玄（217～278）	自然由氣組成，反清虛無風	詩文	傅鶉觚集
羊　祜（221～278）		駢文	
劉　伶（221～301）	摒棄名教復返自然		
嵇　康（224～263）	越名教而任自然	詩文賦	嵇中散集
李　密（224～289？）		文	
鍾　會（225～264）		文	鍾司徒集
王　弼（226～249）			注老子、周易
向　秀（227？～272）		賦文	莊子隱解
張　華（232～300）	詩品評兒女情多風雲氣少	詩賦文	張茂先集、博物志
陳　壽（233～297）		散文	三國志
王　戎（234～305）	家有好李鑽其核，爲人所譏	散文	
何　劭（236～301）	善詩文，有遊仙詩四	詩	
索　靖（239～303）	自名其字銀鈎蠆尾，眾宗之	書論	草書勢
潘　岳（247～300）	文辭綺靡，太康文學基本趨向	詩賦文	潘黃門集
石　崇（249～300）		詩文	金谷詩序
左　思（250～305）	爲賈謐講漢書退居宜春里	詩賦	三都賦
左　芬	左思妹，入宮	詩文	
張　翰（258～319）	雜詩六首縱任不拘	賦文	
摯　虞（252～311）		文	文章志、文章流別集
束　晢（261？～305）	能辨析汲豚墓	詩	束陽平集
陸　機（261～303）	300 作文賦	詩賦文，文論	文賦
陸　雲（262～303）	二陸入洛，三張減價	詩文	逸民箴序
裴　頠（267～300）	辨才論未成而卒		崇有論

東晉 317 — 419	劉　琨（271～318）		詩文	劉中山集
	郭　璞（276～324）	阻王敦叛亂，被殺	詩賦	郭弘農集、爾雅注
	葛　洪（283～363）		散文、文論	抱朴子
	庾　闡（286～339？）	開始比較多量寫山水詩	詩文	莊子注
	庾　亮（289～340）	好莊老	散文	
	郭　象（？～312）			注莊子
	支　遁（314～366）		佛理、詩	
	孫　綽（314～371）	三月三日蘭亭詩序	玄學、詩賦	孫廷尉集
	謝　安（320～385）		詩、玄學清談	
	王羲之（321～379）	353 作蘭亭序	詩文、書法	王右軍集
	戴　逵（325？～396？）	主張神滅		
	慧　遠（334～416）	居廬山，佛教宗宗創始人	詩文	
	王徽之（？～388）			
	王獻之（344～388）		詩文、書法	王大令集
	顧愷之（345～406）	六朝三大畫家之一	詩、畫論	畫雲台山記
	王　珣（349～400）		書法	
	湛方生（不詳）	曾任衛軍諮議參軍	詩	
	陶　潛（365～427	入宋後不仕	詩文	陶淵明集
宋 420 — 478	羊　欣（370～442）		畫論	
	裴松之（372～451）		史學	三國志注
	宗　炳（375～443）	山水畫論始祖	散文、畫論	畫山水記
	顏延之（384～456）		詩文	顏光祿集
	謝靈運（385～433）	山水詩大家	詩文	謝康樂集
	謝惠連（397～433）		詩賦文	謝法曹集
	范　曄（397～445）		史學	後漢書
	劉義慶（403～465）		散文	世說新語
	鮑　照（414～466？）		詩賦文	鮑參軍集
	王　微（415～443）		文論、畫論	敘畫
	謝　莊（420～466）		賦文	謝光祿集

齊 479 ｜ 501	陸探微（？～485）	六朝三傑，創一筆畫	畫	
	王僧虔（426～485）		書論	筆意贊
	孔稚珪（447～501）		詩文	孔詹事集
梁 502 ｜ 556	沈　約（441～513）			宋書
	江　淹（444～505）	曾任宰相	詩賦文	江醴陵集
	范　縝（450～515）			神滅論
	陶弘景（452～536）		詩文、書論	帝王年曆、陶隱居集
	任　昉（460～508）		駢文、小說	任彥昇集、述異記、#文緣起
	何　遜（？～518）		詩文	何水部集
	袁　昂（461～540）		書論	古今書評
	謝　朓（464～499）		詩文	謝宣城集
	蕭　衍（464～549）		文	梁武帝集
	丘　遲（464～508）		詩文	丘中郎集
	劉　勰（465～532？）		文論	文心雕龍
	鍾　嶸（469？～518？）		文論	詩品
	吳　均（469～520）		詩文	
	裴子野（469～530）		文論	眾僧傳
	庾肩吾（487～551）		書論	
	皇　侃（487～545）		書論	
	蕭子顯（489～537）			南齊書
	蕭　統（501～531）			昭明文選
	蕭　綱（503～551）	即梁簡文帝		與湘東王書
	蕭　繹（508～554）		詩、畫論、書法	山水松石格
	謝　赫（531～551？） （生於宋，此指其活動時間）		繪畫六法	古畫品錄

陳 557 ｜ 588	陰　鏗（？～565？）		詩	
北朝	酈道元（466？～527）			水經注
	邢　邵（496～560）	主張神滅	經史詩文	
	徐　陵（507～583）		詩	
	庾　信（513～581）		詩	
	顏之推（531～591？）		文論	顏氏家訓
	姚　最（537？～603）	生於梁，仕於周，歿於隋，始終未入陳		續畫品

附　圖

附圖一　東晉顧愷之〈洛神賦圖〉局部

附圖二　隋展子虔〈遊春圖〉

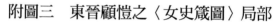

附圖三　東晉顧愷之〈女史箴圖〉局部

附圖四　南朝磚印壁畫〈竹林七賢與榮啟期〉局部

附圖五　趙佶〈芙蓉錦雞圖〉

附圖六　趙佶〈文會圖〉（右上為趙佶題字左上為蔡京和詩）

附圖七　趙佶〈雪江歸棹圖〉局部

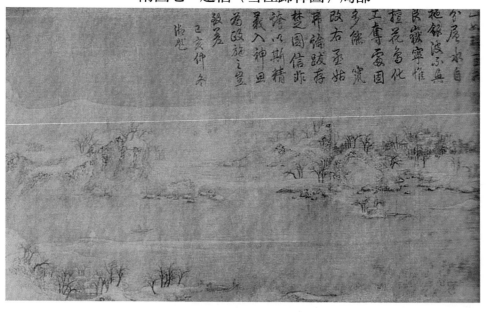

附圖八　趙佶〈祥龍石圖〉題字部分

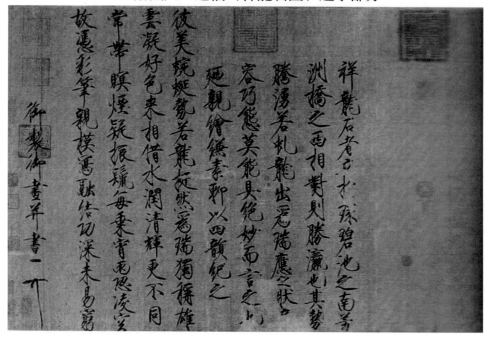